EL LEGADO DEL DESTRIPADOR

LA TRILOGÍA DEL ESTUDIO EN ROJO LIBRO 2

BRIAN L. PORTER

Traducido por
ANA ZAMBRANO

"El legado del Destripador" está dedicado a la memoria de Enid Ann Porter (1914 - 2004). Su creencia en mí y en mi trabajo nunca decayó, aunque nunca vivió para ver el primer libro publicado, y a Juliet, que proporciona la ayuda y el apoyo sin los cuales ninguno de mis libros se completaría.

Y a Sasha, 2010-2020 xxx

ACKNOWLEDGMENTS

2020

A Study in Red, El Diario Secreto de Jack el Destriador, El legado del Destripador y El Réquiem para el Destripador fueron publicados originalmente en 2008 por la recientemente desaparecida Double Dragon Publishing. Por ello, me sentí muy agradecido a Miika Hanilla, de Next Chapter Publishing, la editorial de más de veinte de mis obras más recientes, que aceptó publicar versiones nuevas y actualizadas de los tres libros de mi trilogía del Destripador, además de mi novela Pestilencia. Sin la ayuda y la confianza de Miika en mi trabajo, los cuatro libros habrían pasado a la historia y no habrían estado disponibles para los lectores por más tiempo.

A Julieta, mi esposa, como siempre, mi eterno agradecimiento por su apoyo incondicional.

También debo dar las gracias a mi investigadora y correctora, Debbie Poole, que ha ayudado minuciosamente a revisar y actualizar el manuscrito original.

Y ahora, los agradecimientos originales, que siguen

siendo tan relevantes hoy como en el momento de la publicación original.

2009

Esta secuela de "A Study in Red - The Secret Journal of Jack The Ripper" debe mucho a una serie de personas cuya inestimable ayuda y apoyo han contribuido a la creación del manuscrito final. Mi agradecimiento a Frogg Moody y a los miembros del comité de The Whitechapel Society 1888. No sólo he aprendido mucho de mi pertenencia a esta augusta organización, sino que el comité me dio generosamente su permiso para utilizar el nombre de la sociedad en el libro, cuando podría haber utilizado fácilmente una organización ficticia con la que vincular el personaje de Alice Nickels. Su generosidad ha contribuido a dotar a "El Legado del Destripador" de un realismo mayor del que podía esperar.

A mis amigos y compañeros Destripadorólogos de www.jtrforums.com, también añado mi agradecimiento, en particular a Howard Brown y Mike Covell. Como fuente de información y apoyo para cualquier persona interesada en los asesinatos de Whitechapel, sus páginas son una mina de oro de información. Agradezco especialmente a Howard y a Mike su continuo apoyo y estímulo.

Le debo un gran agradecimiento a Deron, de Double Dragon Publishing, por su confianza en mi trabajo y por su maravilloso e innovador diseño de la portada, y a Lea Schizas, mi editora, que realiza un magnífico trabajo de "ajuste" y, estoy seguro, de mejora de mis manuscritos.

Mario Domina, de Thunderball Films LLC, fue

una maravillosa fuente de ánimo cuando la novela se acercaba a su fin, ya que me costó mucho completar los últimos capítulos, al igual que mi gran amigo Graeme S Houston.

También quiero dar las gracias a Brian Gallagher por sus ocasionales e inestimables conocimientos en el campo de la psicología criminal, y por proporcionarme montones de material de lectura sobre el tema.

Mi gratitud también se dirige a todos los lectores que compraron "A Study in Red – The Secret Journal of Jack The Ripper" y lo convirtieron en la historia de éxito en la que se ha convertido.

Por último, me sería imposible dar las gracias sin incluir a mi esposa en estos agradecimientos. A lo largo de mi creación de "A Study in Red" y "El legado del Destripador", Juliet ha "vivido" con Jack el Destripador y sus crímenes durante más de cuatro años. Su paciencia y su entereza al leer cada capítulo, a veces desgarrador, a medida que se iba creando, son dignas de un elogio que nunca podré conceder con razón. Su ayuda, opiniones y consejos han sido inestimables.

EN EL PRINCIPIO

En el año 1888, en lo que se conoció como "El Otoño del Terror", se produjeron una serie de asesinatos en el Zona Este de Londres, que conmocionaron no sólo a los habitantes de la capital del mayor imperio que ha conocido el mundo moderno, sino que llegaron a las vidas de la población de todo el país, ya que el asesino merodeaba a su antojo por las oscuras calles de Whitechapel, plagadas de crímenes, donde asesinaba y mutilaba a sus víctimas, aparentemente a voluntad. La policía parecía impotente en su búsqueda de este descarado y sádico asesino que la historia ha registrado para siempre con el nombre por el que pronto se le conoció, ¡Jack el Destripador!

A medida que aumentaba el número de cadáveres, se asignaron más y más agentes de policía al caso y se inició la mayor cacería humana que jamás había visto Inglaterra en un intento de llevar al asesino ante la justicia. A pesar de esta acción, y del interrogatorio de docenas de posibles sospechosos, no se produjo ninguna detención en el caso, y comenzaron las especulaciones sobre la identidad del Destripador, que han continuado hasta hoy. ¿Era un hombre soltero, un solitario, o podría haber sido un hombre casado con familia propia? ¿Tenía hijos? ¿Podrían sus genes haberse transmitido por herencia de nacimiento a lo largo de los años, permitiendo así que sus descendientes caminen entre nosotros, desconociendo su propia herencia espantosa y asesina?

A lo largo de los años se han propuesto muchas teorías. ¿Era un médico, un lunático, un miembro de la comunidad judía que odiaba a las mujeres, o era "Jack el Destripador" un nombre conveniente para encubrir a un grupo de dos o más asesinos que operaban como parte de un gran complot masónico, o, quizás la teoría más extravagante de todas, un miembro de la familia real?

Es probable que la identidad del primer asesino en serie reconocido oficialmente en el mundo siga siendo un secreto oculto, que nunca se revelará, y lo único que podemos decir con certeza es que Jack el Destripador murió hace mucho tiempo, y por lo tanto su reino de terror terminó con su muerte... ¿o sí?

Mi nombre es Jack, una declaración del paciente.

¿Cuándo comenzó? Eso es lo que todos quieren saber. La doctora Ruth siempre me pregunta:

"¿Cuándo empezó? ¿Cuáles son sus primeros recuerdos de estos sentimientos?"

Le digo lo mismo que les estoy diciendo a todos ustedes ahora. Es difícil poner un momento o un lugar en el que comenzó, aunque era joven, muy joven, quizás cuatro o cinco años cuando me di cuenta por primera vez de que era "diferente" a los demás niños de mi edad. Ya entonces sabía que mi vida estaba trazada, que tenía un destino que cumplir. A tan tierna edad, por supuesto, me resultaba imposible comprender cuál era ese destino. Sólo mucho más tarde me di cuenta de que estaba siendo guiado por una mano mucho más poderosa que la mía, una cuya inteligencia y astucia era tal que no tenía dudas, cuando llegaba el momento, del curso de acción que debía tomar.

Yo era diferente, verán, diferente a todos esos niños que hacían de mi vida una miseria, los que me insultaban porque no quería participar en sus tontos juegos, o en estúpidas actividades de grupo después de la escuela. Cuando era muy joven, no sabía que tenía el poder y los medios para poner fin a sus burlas e insultos. Sólo cuando llegué a los nueve años me enfrenté de repente a esas voces tontas, risueñas y burlonas. Fue el día en que un grupo de niños me acorraló en el patio del colegio, fuera de la vista de los vigilantes profesores y asistentes del patio. De alguna manera, se habían enterado de mis visitas periódicas al psicólogo infantil. Mi asistencia, en sí misma, no era un secreto, por supuesto. Todos sabían que tenía que asistir a las citas periódicas con el médico, pero, como ocurre de vez en cuando, se corrió la voz en el colegio sobre el verdadero motivo de mis citas.

—Chupasangre, Drácula, ¿te comes la carne cruda, Jack Reid? —gritaban en una cacofonía de chillidos infantiles.

—Es un vampiro, chupa la sangre de los gatos vivos, eso es lo que he oído, —gritó Andrew Denning, uno de los cabecillas del grupo de arengadores.

—Eres un bicho raro, Reid, eso es lo que eres, me gritó Camilla Hunt en la cara.

Ya había tenido suficiente. Cuando Denning se acercó para gritarme en la cara una vez más, esperé a que estuviera a una distancia de contacto y, rápido como un rayo, agarré a mi torturador con ambas manos, una a cada lado de la cara, y lo acerqué a mí. Luchó mientras yo inclinaba la cabeza hacia un lado y los demás gritaban de pánico, pero nadie acudió en su ayuda mientras mis dientes se hundían profundamente en su carne, mordiendo con fuerza la tierna masa de tendones y músculos que formaban su oreja. Fue entonces cuando estalló el grito más fuerte de todos, esta vez del propio Andrew Denning, cuando aparté mi cabeza de la suya para revelar un gran trozo de su oreja todavía atrapado entre mis dientes. La sangre brotó del lado de la cabeza del niño y los demás niños se pusieron a gritar, clavados en el sitio en su miedo y fascinación. En segundos, se oyó el sonido de una voz adulta gritando,

"¿Qué es todo este alboroto? Si han estado peleado, yo ... ¡Oh, Dios mío! ¡Jack! ¿Qué has hecho?"

La señorita Plummer estuvo a punto de desmayarse en el acto, pero, a su favor, mantuvo el equilibrio lo suficiente como para que dos de los otros niños corrieran a pedir ayuda. No recuerdo cómo lo hizo, pero consiguió que abriera la boca el tiempo suficiente para que recuperara los restos mordidos de la oreja de Andrew Denning, que envolvió rápidamente en un pañuelo que sacó de un bolsillo del lateral de su falda. Los demás se retiraron rápidamente y la señorita Plummer se quedó conmigo y con Andrew, que siguió gritando hasta que llegó otro profesor y se lo llevó. Poco después, un coche desapareció por las puertas del colegio llevando al niño herido al hospital. Después me enteré de que los médicos le habían cosido lo que pudieron de la oreja, pero en realidad nunca volvería a estar bien, y estoy seguro de que Andrew Denning nunca olvidará nuestro encuentro. Digo esto porque sólo escuché estas cosas de segunda mano.

Después de ese incidente, el director convocó a mis padres a la escuela y me sacaron de ese lugar de educación en particular y me enviaron a lo que irónicamente se llama, una "escuela especial", donde se enseña a los niños con "necesidades especiales". En aquel momento me pareció extraño que nadie pareciera apreciar cuáles eran mis peculiares "necesidades especiales".

No fue hasta mucho más tarde cuando empecé a darme cuenta de hacia dónde se dirigía mi vida, y de lo que estaba destinado a cumplir, justo después de mi decimoctavo cumpleaños, mi "mayoría de edad", como se dice. Fue entonces cuando las cosas empezaron a encajar en mi mente, y por eso tú y todos los que le siguen, y la doctora Ruth especialmente, nunca, nunca me olvidarán. Lo siento, he sido negligente. Tal vez debería presentarme antes de continuar. Mi nombre es Jack, Jack Thomas Reid, y esta es la carta que dio comienzo a todo lo que ocurrió después de aquel fatídico día en que recibí mi legado del tío Robert.

A mi queridísimo sobrino, Jack,

Este testamento, el diario y todos los papeles que lo acompañan son tuyos a mi muerte, como lo fueron a la de mi padre. Tu tía Sarah y yo nunca tuvimos la suerte de tener hijos propios, así que escribo esta nota para acompañar estas páginas con mucho dolor. Si tuviera otra alternativa, te ahorraría la maldición del secreto más profundo de nuestra familia, o quizás debería decir, ¡secretos! Después de haber leído lo que vas a leer, no he tenido el valor de destruirlo, ni de revelar los secretos que contienen estas páginas. Te ruego, como me rogó mi padre, que leas el diario y las notas que lo acompañan, y que te guíes por tu conciencia y tu inteligencia para decidir qué curso de acción tomar cuando lo hayas hecho. Decidas lo que decidas hacer, querido sobrino, te ruego que no juzgues con demasiada dureza a los que te han precedido, pues la maldición del diario que vas a leer es tan real como estas palabras que ahora te escribo.

Cuídate, Jack, por favor.

Tu cariñoso tío,

Robert

En cuanto al resto, te sugiero que vayas a hablar con la doctora Ruth. Ella es la experta después de todo.

UNO

UN CAMBIO DE EMPLEO

¿TIENE NOMBRE LA MUERTE VIOLENTA? ¿Puede realmente nacer el mal en el mundo, un mal tan profundo que se cría en la composición genética de un individuo? Hasta que llegué a este lugar y conocí al hombre que me hizo empezar a sospechar que un mal así podía existir, habría sido tan despectiva como la mayoría de mi profesión ante la perspectiva de tal posibilidad.

Mi nombre es Ruth Truman, y esto, supongo, es mi confesión, mi testamento del fracaso de todo lo que he intentado hacer, de todo lo que he defendido desde el día en que hice el juramento hipocrático de convertirme en médico, en sanadora, en alguien que hace que la gente mejore cuando está enferma, que cura la enfermedad y devuelve una sonrisa saludable a la cara de aquellos que son acechados por la enfermedad.

Mi carrera fue siempre una vía rápida hacia la especialización que había elegido en la Facultad de Medicina de Londres, y así, hoy, soy psiquiatra, y como tal me encargo de administrar el tratamiento a los pacientes que sufren algunas de las enfermedades más terribles y menos comprendidas que nos aquejan como seres humanos, las enfermedades de la mente. Mi carrera, hasta hace poco, ha sido un éxito rotundo, ya que ascendí en la categoría de mi profesión con una rapidez casi indecente, convirtiéndome en psiquiatra consultor superior en uno de los mayores hospitales universitarios de nuestro país con sólo cuarenta y un años. Mi trabajo con los pacientes más difíciles y con los que padecen algunas de las enfermedades psiquiátricas menos conocidas, pero tal vez más interesantes, en particular la enfermedad bipolar, más conocida como depresión maníaca, y algunos de los trastornos disociativos más oscuros, hizo que finalmente me ofrecieran el puesto de consultor principal en uno de los mayores hospitales psiquiátricos de seguridad del Reino Unido. En esta época ilustrada, por supuesto, ahora nos referimos a estos lugares como "hospitales especiales", en lugar de la antigua descripción de tipo institucional que antes se aplicaba a estas instalaciones.

No, en nuestra nación actual, políticamente correcta, orientada a la salud y la seguridad, la palabra "manicomio" ya no tiene cabida, y quizás con razón. Los que son encarcelados, o debería decir tratados en el hospital ya no se les llama "reclusos", sino simplemente "pacientes". Estos pacientes, por supuesto, por la naturaleza de los actos que cometieron y que llevaron a su confinamiento en Ravenswood, son algunos de los individuos más peligrosos que nuestra sociedad puede producir. Como tales, deben ser tratados con el máximo respeto para garantizar la seguridad de aquellos que tienen que trabajar cerca de los violadores, asesinos, pirómanos y criminales en serie de todo tipo que los tribunales han decidido etiquetar como perturbados de sus facultades mentales. A menudo, esos pacientes pueden ser, por supuesto, un peligro no sólo para quienes deben cuidarlos, sino también para sus compañeros de prisión, perdón, pacientes, y ocasionalmente para ellos mismos. El número de intentos de autolesión en un hospital como Ravenswood es mucho mayor de lo que podría suponer la gente de fuera. Con el mayor cuidado y supervisión que podamos ofrecer, un individuo decidido siempre encontrará la manera de infligirse un daño grave, a veces con consecuencias fatales. Afortunadamente, estos sucesos son poco frecuentes, ya que la mayoría de los pacientes son encontrados y tratados antes de que puedan completar el acto de suicidio.

Este es, por tanto, el entorno del barril de pólvora en el que se encuentra una selección de los miembros más dañados de nuestra sociedad, mentalmente hablando. Como médicos y enfermeras, el personal debe estar constantemente vigilante y en guardia cuando trata con estos individuos, y mientras algunos logran su objetivo de una eventual liberación de su encarcelamiento en el hospital, otros, no tan afortunados, pueden encontrarse viviendo los largos años de su vida natural dentro de los confines de Ravenswood y otras instalaciones de su tipo. Contamos con otro personal, no cualificado médicamente, pero que en cualquier otro entorno similar podría denominarse simplemente guardias. Estos hombres y mujeres son miembros del servicio penitenciario y están asignados a ocuparse de la seguridad adicional necesaria para el funcionamiento tranquilo y eficiente de un establecimiento de tan alto riesgo. Sin su presencia, los "pacientes" podrían acabar infligiendo terribles daños tanto al personal como a los compañeros del hospital, y reinaría el caos.

El hombre cuya historia deseo relatar, el hombre que me ha llevado a dudar de la profesión y la ética a la que he entregado mi vida, no muestra ningún signo externo de ser el monstruo proverbial, la cosa del mal, la bestia que a partir de ahora profeso que es. En realidad, Jack Reid es uno de los jóvenes más guapos que he conocido. Tiene la buena apariencia de la juventud, una disposición alegre y, a veces, muy encantadora, y su cabello rubio y sus ojos azules, combinados con su sonrisa cálida y amable, son tales que el hombre es capaz de "encantar a los pájaros de los árboles", por citar un coloquialismo muy utilizado. Con algo menos de un metro ochenta de estatura, tiene la ventaja sobre mí, que mido apenas un metro setenta, pero tengo que admitir que el imponente joven nunca ha utilizado su tamaño para tratar de intimidarme en ninguno de nuestros encuentros. Jack Reid es la cortesía misma.

Cuando llegué aquí por primera vez, Jack llevaba poco más de un mes como paciente entre estas paredes. Ninguno de los tres médicos que habían intentado "conectar" con el joven triste e infeliz que era en ese momento había conseguido ni siquiera un mínimo de éxito. Jack Reid había sido declarado culpable por razón de demencia de una serie de tres asesinatos de mujeres jóvenes inocentes en la zona de Brighton y sus alrededores. Su abogado había alegado con éxito en el juicio que, como Jack no recordaba haber cometido los asesinatos, lo que había sido confirmado por los intensos exámenes psiquiátricos previos al juicio realizados por una serie de respetados consultores psiquiátricos, sería imposible condenarlo por asesinato "intencionado". La fiscalía propuso que Jack había cometido los asesinatos mientras se encontraba en una forma de "estado de fuga", casi un trance, o mientras sufría un cambio de personalidad provocado por un profundo trastorno psicótico, un episodio esquizoide grave. La historia de Jack, sin embargo, era muy diferente y se consideraba tan improbable que nadie, y menos la policía y la fiscalía, le dio mucho crédito en su momento. Esa historia, por increíble que pueda parecer a veces, constituye la base de mucho de lo que deseo registrar aquí.

La declaración de "*no* culpable por razón de locura" fue rechazada por el juez, que ordenó al jurado que hiciera caso omiso de cualquier opción de este tipo al llegar a su veredicto.

Jack Reid, aunque aparentemente no tenía conocimiento de sus actos en el momento en que cometió los asesinatos, era lo suficientemente consciente de sus crímenes como para hacer todo lo posible por encubrirlos después de cometer cada uno de ellos. Dijo, y los psiquiatras que le examinaron le creyeron lo suficiente como para aceptarlo, que se había despertado como de un sueño en cada una de las escenas de la muerte, y que, sabiendo que debía ser el responsable de las escenas de caos que encontró, y no queriendo ser atrapado y castigado, hizo lo posible por eludir el debido proceso legal. Otras veces contradecía esta historia, diciendo que él no había matado a las chicas, que el responsable era otro, y ahí entra la parte más elaborada e increíble de su historia, en la que nos centraremos muy pronto. Este cambio ilógico y a veces lamentable de una historia a otra probablemente ayudó al juez a decidir que había suficientes pruebas sobre el estado mental del acusado como para que se

pudiera dictar una condena por los motivos expuestos
por el abogado de la acusación, y el jurado estuvo de
acuerdo.

¿Cómo puede un hombre cometer semejantes crímenes y, sin embargo, no tener conocimiento de ellos,
y al mismo tiempo tomar todas las medidas razonables
para evitar su aprehensión y enjuiciamiento? Algo en
el caso de Jack Reid causó suficiente consternación
como para que fuera internado en Ravenswood, el
hospital más seguro y tecnológicamente moderno de
su clase en el Reino Unido. Se esperaba que el personal médico de este lugar fuera capaz de llegar al
fondo de este extraño y escalofriante caso, y ahí, por
supuesto, es donde yo entré en escena.

El director de los servicios médicos de Ravenswood, el doctor Andrew Pike, solicitó mis servicios
con una oportuna aproximación unas semanas antes
de mi primer encuentro con Jack. Me había cansado
de mi puesto en un importante hospital universitario
de Londres y estaba lista para un nuevo reto. Cuando
un amigo mío, que se había enterado de una de mis
largas y aburridas charlas durante el almuerzo sobre la
necesidad de cambiar de rumbo profesional, conoció a
Pike en un congreso de psiquiatría unos días después
de que yo estuviera hablando como cotorra, y Pike le
habló de la inminente jubilación de su consultor principal, Paul sugirió que Pike hablara conmigo sobre la
vacante. Tras una llamada telefónica del Director y
una entrevista que fue poco más que un encuentro
social entre los dos, Pike me ofreció el puesto y yo, ha-
lagada por la confianza que aparentemente tenía en
mis capacidades, acepté amablemente mi nuevo
cargo. Realmente sentía que podía marcar la diferencia y, tal vez, aportar una nueva dimensión al trata-

miento de lo que en un tiempo se habría descrito como "criminales dementes", aunque estas frases están mal vistas en estos tiempos ilustrados.

Sólo tardé un par de semanas en hacer los arreglos necesarios para mi traslado a Ravenswood, y en encontrar una hermosa casa de campo para alquilar, a apenas a ocho kilómetros de las instalaciones. Dejé mi departamento en Londres en manos de un agente para que se encargara de alquilarlo por mí, asegurándome de que la propiedad estaría al menos ocupada, y la suma de dinero que recibía cada mes cubriría con creces el alquiler de mi pintoresca casa de campo en el hermoso pueblo de Langley Mead. Mis jefes en el hospital se mostraron reacios a aceptar mi dimisión, pero no pudieron hacer nada para impedir que ocupara mi nuevo puesto, y así me encontré entre los muros de Ravenswood mucho antes de lo que había creído posible.

Era abril, y los tulipanes y narcisos estaban en plena floración en la jardinera situada justo al lado del gran ventanal de mi despacho, en la planta baja del ala Pavlov, llamada así en honor a Ivan Pavlov, a quien debemos mucho de nuestro conocimiento de la psicología del comportamiento actual. Verdaderamente, una gran cantidad de colores, rojos y amarillos vibrantes, matizados con algunos tonos de rosa pastel y blanquecino, daban a la pequeña jardinera la apariencia de estar inundada de muchas más flores de las que realmente había plantadas. La ilusión creada por la naturaleza no pasó desapercibida para mi mente lógica. Si las propias plantas que brotan de la tierra pueden hacernos dudar de la realidad de una situación, ¿cuánto más listos son aquellos cuyas mentes han desarrollado los códigos éticos más retorcidos y engañosos, y que harían todo lo posible por engañar y desviar a los que tratamos de entenderlos? La ironía de la situación era que, aunque las flores eran libres de doblarse con la brisa y de absorber los vivificantes rayos del sol que les daban sustento, mis nuevos pacientes estaban, al igual que yo, encerrados en las estructuras que componen el hospital, lejos de la luz del sol, en un aislamiento seguro. Incluso la ventana de mi despacho estaba provista de barrotes en el interior y de una alarma para evitar la apertura no autorizada de las estrechas rendijas del ventilador en la parte superior. Incluso en un día caluroso y sofocante, la propia ventana no se abría. Los que estábamos encarcelados con nuestros pacientes entre esas paredes teníamos que contar con el aire acondicionado para mantener un ambiente confortable. Teniendo en cuenta estas limitaciones, supongo que es posible sentir envidia de un tulipán.

Mi nueva secretaria, Tess Barnes, entró en mi despacho, me dio los buenos días con una sonrisa y colocó una gran pila de carpetas de pacientes en mi bandeja de entrada. Se detuvo un momento antes de dejarme y, al levantar la vista, pude ver que estaba ansiosa por hablar.

—Sí, Tess, ¿qué sucede? Si tienes algo que decir, por favor, acostúmbrate a que no soy una ogra de ningún tipo. Siéntete libre de hablar conmigo cuando quieras.

—Lo siento, Doctora Truman, —respondió ella. "No estaba segura de lo ocupada que está. Es que el Doctor Roper me pidió que me asegurara de que miraras el archivo que está en la parte superior de esa pila. Cree, con todo respeto, que tal vez quieras encargarte personalmente de ese paciente en particular".

14

—De acuerdo, Tess, no hay problema. Lo miraré enseguida si lo considera tan importante.

—Gracias, Doctora, —dijo, y con eso giró sobre sus talones y salió de mi oficina, cerrando la puerta silenciosamente tras ella.

Una vez más sola, me acerqué a la bandeja de entrada y cogí el expediente que el doctor Roper había designado como de especial interés para mí, con el que recordaba haberme encontrado un par de veces en los dos días anteriores. Parecía un hombre agradable y amable y transmitía un aire de confianza y tranquilidad, el comportamiento perfecto para un psiquiatra. Preguntándome qué le parecía tan importante del expediente como para pedirle a mi secretaria que me dirigiera específicamente a él, coloqué la carpeta beige sobre mi escritorio y miré el nombre que figuraba en la portada del expediente del paciente que tenía ante mí. Allí, con una letra pulcra y ordenada estaban escritas sólo tres palabras.

¡El expediente era el de Jack Thomas Reid!

DOS
AL PRINCIPIO

AL LEER el expediente que me habían dejado tan tentadoramente sobre mi escritorio, pronto me vi envuelta en la vida del joven cuyo tratamiento futuro, y
hasta cierto punto, su vida de ahora en adelante, se
habían puesto efectivamente en mis manos

Jack Reid había nacido de unos padres cariñosos
en el año mil novecientos noventa y seis. Tom y Jennifer Reid eran lo que podría llamarse una pareja
"promedio" de clase media, siendo el marido un respetado aunque un poco excéntrico ingeniero informático. Tom Reid trabajaba para una empresa
especializada en la producción de hardware militar de
última generación para las Fuerzas Armadas británicas.

El joven Jack había vivido una infancia relativamente feliz y convencional, aunque a los diez años
había desarrollado una marcada y bastante inquietante obsesión por la visión de la sangre. Sus padres,
comprensiblemente perturbados por el interés bastante macabro de su hijo, lo llevaron a varios psicólogos y psiquiatras infantiles. El propio primo de
Tom, Robert, primo segundo oficial del niño, pero al

que siempre se refería como "tío", había sido psiquiatra hasta su muerte por los efectos de un tumor cerebral en mil novecientos noventa y ocho, y aunque Jack era demasiado joven para conocer a su tío en el momento de su muerte, Tom siempre había tenido la esperanza de que su hijo pudiera seguir sus pasos o los de su difunto hermano. Sin embargo, las manifestaciones de la mente de su joven hijo parecían excluir la segunda posibilidad, ya que Tom se dio cuenta de que algo lejos de lo normal estaba teniendo lugar dentro de las secciones cognitivas del cerebro de su hijo. Lejos de convertirse en un psiquiatra, parecía que Jack podría encontrarse permanentemente bajo el cuidado de uno.

Dicho esto, tanto Tom como Jennifer Reid querían mucho a su hijo y no escatimaron en gastos a la hora de elegir a los médicos que seleccionaron para tratar de obtener el mejor cuidado y la posible cura para las extrañas predilecciones de Jack. Aunque al principio confiaron en los recursos de su propio médico de cabecera y del hospital local del Servicio Nacional de Salud para atender a su hijo, pronto tuvieron claro que los recursos desbordados del Servicio Nacional de Salud nunca proporcionarían, ni a corto ni a largo plazo, alivio para la condición de su hijo, ni las atenciones de un médico de cabecera con escasos conocimientos de los trastornos psiquiátricos. Tomaron la costosa decisión de buscar atención privada para Jack.

Afortunadamente, el trabajo de Tom en Industrias Beaumont les proporcionaba unos ingresos más que suficientes, y aunque las finanzas de la familia a veces estaban al límite, Jack pronto estuvo bajo el cuidado de un psicólogo infantil, el Doctor Simon Guest, y de una psiquiatra, la Doctora Faye Roebuck. Entre ambos, los dos nobles miembros de mi profesión hicieron todo lo posible por el joven. Ambos llegaron a la conclusión de que Jack sufría un trastorno de la personalidad, pero que, con tratamiento, podía controlarse y finalmente erradicarse.

Sus métodos diferían, por supuesto, como correspondía a sus diferentes campos de la medicina. Como psiquiatra, la Doctora Roebuck había tratado de introducirse en la mente del joven Jack y había intentado controlar sus impulsos sometiéndolo a un régimen de medicamentos que esperaba que atenuaran sus inusuales deseos y sentimientos.

El Doctor Guest, por su parte, trató simplemente de identificar cualquier cosa en los antecedentes del chico o en su vida y crianza en casa que pudiera haberle llevado a sus inusuales fijaciones. Pasó horas hablando con Jack y sus padres y, a pesar de no encontrar nada que sugiriera que algo en su entorno hubiera causado el comportamiento aberrante de Jack, trató de inculcar al joven un nuevo y regimentado sistema de vida con la esperanza de que la continuidad y la estabilidad en su vida diaria pudieran ser utilizadas como una herramienta para regular y controlar los sentimientos de Jack, para aclarar las cosas en su joven mente y, poco a poco, provocar un cambio en sus actitudes mentales que resultara en una perspectiva más sana y racional por parte del chico.

Siguieron años de tratamiento, que parecía haber tenido éxito cuando a los catorce años se consideró que Jack estaba lo suficientemente bien como para dejar la escuela especial a la que había sido asignado tras el incidente en su escuela infantil, para entrar de nuevo en el mundo de la educación regular, esta vez en la escuela local Comprehensive, donde se adaptó bien y sin más incidentes de violencia. Jack parecía feliz y bien adaptado, y sus médicos, y sobre todo sus padres, respiraron aliviados.

El adolescente Jack era un chico popular, y su círculo de amigos le tenía en alta estima. Era brillante en los estudios y destacaba en los deportes, siendo un buen futbolista y un excelente portero y bateador en el campo de críquet. De hecho, era tan hábil en el juego del cricket que fue seleccionado para el equipo de la asociación de escuelas del condado local, jugando en competiciones con otras asociaciones del condado. Al final, Jack dejó la escuela con un puñado de aprobados en los exámenes de Certificado General de Educación Secundaria y se trasladó a la universidad local, donde comenzó un curso de diseño gráfico, con la esperanza de obtener un título y convertirse en ilustrador de libros. Sin embargo, a mitad de su primer año en la universidad, su enfoque cambió y, sin previo aviso, abandonó sus estudios y encontró un trabajo como enfermero en prácticas en su hospital local.

Al principio, sus padres se horrorizaron al pensar que su proximidad con los enfermos y las personas con discapacidad, y sobre todo su exposición casi diaria a los que sufrían heridas abiertas y sangrantes, podría provocar una reaparición de sus problemas anteriores. Sin embargo, Jack pudo apaciguarlos cuando les explicó que una de sus amigas de la universidad, una joven nada menos, también había comenzado el mismo curso de enfermería. Tal y como dijo Jack a sus padres, ya había recibido suficiente tratamiento por parte de los servicios sanitarios y, como enfermero cualificado, podría devolver algo al sistema que le había ayudado a curarse de su anterior afección infantil.

Su madre estaba encantada de pensar que su hijo se había vuelto tan responsable y maduro en su visión de la vida, pero su padre se mostró un poco más escéptico sobre todo el asunto y decidió reservarse el juicio sobre el repentino cambio de carrera de su hijo. La retrospectiva, aparentemente, probaría que sus reservas eran justificadas.

Al principio, sin embargo, todo parecía estar bien, y Jack era un estudiante diligente, atento a sus profesores y escrupuloso en sus estudios. Todos sus trabajos escritos se entregaban a tiempo y su trabajo práctico bajo supervisión en las salas era ejemplar. En sus primeros seis meses, Jack Reid se ganó la reputación de ser un estudiante modelo, y sus enfermeras tutoras informaron por escrito de que, con el tiempo, se convertiría en un excelente y valioso miembro de la profesión de enfermería.

Al acercarse su decimoctavo cumpleaños, Jack se presentó a la primera evaluación oficial de su formación. Después de recibir un informe elogioso de todos sus tutores, volvió a casa esa noche para informar a sus padres de que se le consideraba uno de los dos mejores estudiantes de su curso. Su madre y su padre se alegraron de la noticia y coincidieron en que por fin podían sentirse realmente orgullosos de los logros de su hijo. Incluso su padre, antes escéptico, se sintió lo suficientemente satisfecho como para abrir una botella de su mejor Chablis, que la pequeña familia de tres miembros consumió con deleite durante la cena de esa noche.

Durante la cena, su madre trató de atraerlo para que hablara de la chica que lo había seducido para que se uniera a ella en la fraternidad de enfermería. Jennifer pensó que si tal vez se estaba desarrollando una relación entre Jack y la chica, podría considerar la posibilidad de invitar a la nueva amiga de su hijo, su primera novia como ella decía, a cenar una noche. Sin embargo, Jack había rechazado totalmente cualquier pregunta de su madre sobre el tema. Aparte de decirles a sus padres que la chica se llamaba Anna, que no era ni de lejos tan inteligente como él y que no merecía la pena invertir más tiempo en ella, se convirtió en un tema cerrado. Jennifer Reid estaba decepcionada, ya que creía que si su hijo podía lograr algún tipo de relación normal con un miembro del sexo opuesto, sería un paso más hacia su total rehabilitación de sus anteriores problemas juveniles. Tal vez, a la luz de los acontecimientos que pronto se producirían, el hecho de que Jack no lograra consolidar ningún tipo de relación con Anna, que más tarde testificaría en su juicio, fuera una bendición disfrazada.

Dos semanas después de esa primera evaluación, Jack cumplió dieciocho años. Sus padres le habían preguntado si quería invitar a alguno de sus amigos o compañeros a una cena de celebración en un restaurante local, pero Jack declinó la oferta. Una comida con sus padres sería suficiente, así les informó.

Lamentablemente, sus padres, tutores y compañeros no habían reconocido la burbuja de aislamiento en la que Jack se estaba encerrando. Algo había ocurrido en su mente que le hizo encerrarse cada vez más en sí mismo, y aunque sus estudios no se habían visto afectados, el antes sociable y popular estudiante empezó a aislarse de los que le rodeaban.

Más tarde, las declaraciones de sus padres confirmarían que la noche del decimoctavo cumpleaños de

Jack fue quizás la última ocasión realmente feliz que disfrutaron juntos como familia. Aunque no era especialmente hablador, Jack había estado en un estado de ánimo brillante y feliz y agradecido a sus padres por el reloj de oro que le habían comprado para celebrar su cumpleaños. En el reverso del reloj habían grabado las siguientes palabras: *"Para Jack T. Reid con mucho amor en tu decimoctavo cumpleaños, mamá y papá"*. A Jack le encantó, y la noche de su cena de cumpleaños transcurrió amistosamente y con mucho buen humor en la casa de los Reid. Nadie podía haber previsto lo que estaba por venir, más allá del horizonte inmediato del tiempo.

Por el momento, sin embargo, todo iba bien, al menos en apariencia, y no fue hasta que los Reid recibieron la notificación, a través del abogado del difunto primo de Tom, de que se estaba guardando un paquete en fideicomiso para su hijo, que se le entregaría cuando cumpliera dieciocho años, que los acontecimientos se precipitaron hacia la calamidad que esperaba a la familia.

Desde el día en que la familia visitó al abogado y el paquete se puso en manos de su hijo, la vida de nadie volvería a ser la misma. Se había plantado una semilla que estaba a punto de dar frutos, y para Jack Thomas Reid, la maduración de esa semilla resultaría ser el presagio de su propia caída, y el precursor del asesinato. ¡La tormenta estaba a punto de desatarse!

TRES

¿UN VÍNCULO CON EL PASADO?

Tal vez deba señalar en este punto de mi relato que los padres de Jack no estaban con él cuando su hijo leyó el contenido del paquete que le legó su difunto "tío Robert". Todo lo que contenía el archivo de papeles que se le entregó quedó en su poder. Su padre testificó en el juicio de Jack que no tenía ni idea de lo que su primo había dejado en fideicomiso para Jack, negando cualquier conocimiento de lo que Jack afirmó en su defensa que contenía, por lo que no tenía ningún motivo que pudiera haber causado un cambio tan repentino en su conducta y comportamiento.

Tom Reid continuó describiendo cómo, la noche en que recibió su legado, Jack se retiró a su habitación alrededor de las nueve de la noche y Tom y Jennifer no volvieron a verlo hasta que llegó a la cocina para desayunar alrededor de las nueve de la mañana siguiente. Estaba previsto que trabajara en una de las salas del hospital a partir de las dos de la tarde de ese día, pero les dijo a sus padres que se sentía mal y llamó para decir que estaba enfermo. Su "enfermedad" continuó durante otros dos días, tras los cuales los Reid notaron un cambio drástico en el carácter de su hijo. Casi de la noche a la mañana, Jack se había convertido en un personaje malhumorado y triste, y parecía que llevaba el peso del mundo, o al menos una gran carga sobre sus hombros. Cuando sus padres le presionaron para que hablara de las razones de su estado de ánimo melancólico, se negó a hablar del asunto. Suponiendo que podría tener alguna relación con los papeles heredados a Jack por su tío Robert, Tom y Jennifer hicieron todo lo posible por averiguar de su hijo lo que contenía el paquete que había recibido. Todo lo que Jack Reid dijo en respuesta a sus preguntas fue: "Era algo y nada".

Tom Reid llegó incluso a llamar a Sarah Cavendish, la viuda de Robert, para intentar averiguar qué había contenido en el paquete de papeles. Sarah le dijo a Tom que conocía el paquete y su existencia, pero que Robert lo había guardado bajo llave en su caja fuerte y que ella nunca había visto su contenido. Dijo que sospechaba que contenía algo que lo había perturbado y alterado en algún momento, pero pensó que lo que fuera difícilmente podría ser un factor que contribuyera al actual estado de ánimo oscuro y sombrío del joven Jack. Continuó diciendo que poco antes de su muerte Robert había entregado el paquete a su abogado y que eso era todo lo que sabía. Ni siquiera sabía que se lo había dejado al joven Jack y reiteró su creencia de que unas cuantas páginas de papel no podían ser la causa de tal cambio en el joven. Tom y Jennifer pensaban lo contrario, pero no pudieron insistir en sus dudas ante Sarah. Cuando los acontecimientos posteriores superaron a la familia, incluso el abogado de Robert Cavendish se vería obligado a admitir que no tenía ni idea del contenido del paquete.

A los pocos días de recibir su legado, a sus padres les pareció que todo el comportamiento y la personalidad de Jack habían sufrido una transformación radical. El joven feliz que habían visto desarrollarse con tanto placer después de los problemas psicológicos de la infancia parecía alejarse de ellos. Volvió a sus estudios en el hospital universitario, pero ya no sonreía ni al principio ni al final del día. Su conversación se hizo más forzada, casi monosilábica. A su madre, en particular, le preocupaba que tal vez la proximidad a la fuente original de sus fijaciones infantiles, la sangre, unida a cualquier noticia inquietante que pudiera haber leído en los papeles que le había dejado su tío, hubiera provocado de algún modo esta alteración en la personalidad de su hijo. Su padre, aunque no se lo mencionó a Jennifer, llegó a llamar al tutor principal de Jack en el hospital, que al principio se mostró reacio a divulgar mucha información sobre uno de sus alumnos, pero que al final fue convencido de abrirse al padre. El excepcional chico de oro del curso había dejado caer su nivel de exigencia. El trabajo de Jack en las salas, que antes se consideraba ejemplar, se había convertido en algo de mala calidad y constantemente necesitado de corrección. Su trabajo escrito y otros aspectos de su curso de estudio habían caído por debajo del nivel y Tom fue advertido de que un deterioro tan rápido de los estándares sólo podría conducir al eventual fracaso si no se corregía lo más pronto posible.

A pesar de que su padre le reprendió por sus supuestas deficiencias en relación con los estudios, en el transcurso de unas semanas el comportamiento y la atención de Jack Reid hacia su trabajo experimentaron una transformación casi total a peor.

En pocas palabras, la vida del joven, que hasta hace poco parecía tener una brillante carrera en la profesión de enfermero por delante, simplemente se derrumbó. Tom y Jennifer suplicaron a su hijo que fuera a ver a su propio médico, para hablar sobre las cosas que le ocurrían, pero en lo que respecta a Jack todo era como debía ser. No veía la necesidad de consultar a un médico por lo que consideraba "su asunto personal".

Finalmente, incapaz de soportar el constante bombardeo de críticas y preguntas de sus incrédulos y aparentemente desaprobadores padres, Jack se fue de casa. No hubo ninguna discusión sobre el asunto con sus padres ni ninguna advertencia sobre sus intenciones. Una mañana, salió arbitrariamente por la puerta con una maleta en la mano y nunca más volvió a casa de sus padres. Los intentos de ponerse en contacto con Jack a través de su celular durante los días siguientes resultaron inútiles; el teléfono estaba apagado o se desviaba al buzón de voz. Su padre se vio obligado a consolar cada vez más a su mujer, la madre de Jack, ya que la sensación de pérdida le afectaba profundamente al corazón y a la mente. Obligado a elegir entre la búsqueda de Jack y el cuidado del bienestar psicológico de la mujer que amaba, Tom Reid eligió esta última opción. Utilizaría todo el tiempo que pudiera para tratar de localizar el paradero de Jack, pero su primera prioridad sería su esposa, la mujer a la que amaba y adoraba por encima de todo las demás.

Tom se enfrentaba a la nada envidiable tarea de convencer a Jennifer de que su hijo había vuelto con toda probabilidad a su anterior estado mental. Como madre cariñosa y mimosa, Jennifer fue difícil de convencer, pero finalmente estuvo de acuerdo con su marido en que tal acontecimiento era la única explicación posible para el repentino cambio en la personalidad de Jack, aunque tanto ella como Tom tenían la firme convicción de que el legado que había recibido al cumplir la mayoría de edad de su difunto tío Robert había contribuido de alguna manera a su repentina regresión.

—Tuvo que ser ese paquete, o al menos algo en él. Estaba bien hasta que lo recibió, —afirmó Jennifer, sin ninguna duda en su mente, una tarde en la que ella y Tom intentaban una vez más racionalizar todo lo que había sucedido en las últimas semanas.

—Tienes razón, por supuesto, Jen, había respondido él. "Y de alguna manera tenemos que averiguar qué había en él. ¿Qué diablos puede haber sido tan estremecedor que lo haya cambiado tan repentina y dramáticamente?"

—¿Sabes, Tom? Sé que Sarah dijo que no tenía ni idea de lo que contenía el paquete, pero tienes que admitir que Robert parecía un hombre cambiado poco antes de morir. ¿Podría haber sido afectado por el contenido de esos papeles de la misma manera que Jack?

—Jen, querida, Robert murió de un tumor cerebral, ya lo sabes.

—Sí, pero ¿qué hay de antes de eso? ¿No recuerdas cómo estuvo en un coma después del accidente que mató a su padre, tu tío?

—Por supuesto que sí, pero ¿qué tiene que ver eso con Jack?

—Tom, esfuérzate más. Sarah dijo que cuando volvió en sí, balbuceaba que tenía una especie de pesadillas, que pensaba que Jack el Destripador iba a por él o algo así...

—Oh, vamos, Jen, sé realista. Eso eran sólo divagaciones de su mente mientras estaba en estado comatoso, probablemente inducido por la cantidad de medicamentos que tomaba para el dolor.

—¿Pero qué pasa si no fueron sólo las divagaciones de su mente? ¿Y si realmente le pasó algo a Robert que no sabemos?

—Si así fuera, estoy seguro de que Sarah habría dicho algo, o el propio Robert, llegado el caso.

—¿Pero nos lo habrían dicho? Debes admitir que Robert parecía una persona diferente después del accidente, y apenas los vimos a él y a Sarah después de ese momento, hasta su muerte. Desde entonces rara vez hemos visto o sabido de Sarah, y antes era tan burbujeante y llena de diversión. Ahora, es como una reclusa, dando vueltas en esa gran casa vieja por sí misma, casi nunca sale o se relaciona. Tom, quiero que vayas a verla, por favor. Si tienes que hacerlo, presiona sobre el estado mental de Robert después del accidente. Trata de averiguar si hubo algo que le ocurrió a Robert que pudiera haber sido el desencadenante de lo que le ocurrió a Jack.

Jennifer no se dejó disuadir de su plan de acción y finalmente Tom aceptó visitar a la esposa de su difunto primo el fin de semana siguiente. Mientras tanto, contrató a Philip Swan, de Investigaciones Privadas Swan, con instrucciones de localizar a su hijo. Proporcionó al investigador los nombres de los pocos amigos de Jack de los que tenía conocimiento, incluida Anna. Swan dijo que haría lo que pudiera, aunque no sería mucho. Tom le dijo al hombre que no podía pedirle más. Swan nunca encontró ni un cabello de Jack, y Tom Reid acabó pagando la factura del investigador con cierto arrepentimiento por haberle empleado en la infructuosa tarea.

Llegó el fin de semana y Tom Reid dejó sola a su preocupada esposa en casa mientras partía en el coche familiar hacia la casa de la esposa de su difunto primo. No había avisado a propósito a Sarah Cavendish de su llegada. Pensó que cualquier aviso podría ponerla en guardia, si es que había algo que les había ocultado desde la muerte de Robert. Le parecía absurdo, por supuesto, pero las súplicas de su esposa y la creencia de que algo en el pasado unía el comportamiento de Robert y Jack le hacían ser un poco reacio a la hora de acercarse a Sarah.

Al entrar en la soleada y frondosa avenida arbolada donde él y Jennifer habían compartido tantas tardes felices con Robert y Sarah en un pasado oscuro y lejano, las oscuras sombras del estado mental de su hijo parecieron alejarse de su mente. Aquí, en el corazón de los suburbios ingleses, todo parecía normal y tranquilo. Uno de los vecinos de Sarah estaba cortando el prístino césped frente a su casa de estilo georgiano. Otro estaba recortando las ramas que sobresalían de un extenso arbusto de lilas que amenazaba con invadir la propiedad de su vecino por encima de la valla.

Sólo cuando Tom entró en el camino de entrada de la casa de Sarah volvió a la realidad del motivo de su visita. Se detuvo detrás del Toyota rojo de Sarah, complacido porque su presencia probablemente indicaba que ella estaba en casa. Al salir de su reluciente BMW negro, Tom no pudo evitar notar que, aunque limpio, el coche de Sarah parecía estar cubierto de una fina capa de polvo, incluido el parabrisas, lo que le dio la pista de que no había salido en el vehículo durante unos días como mínimo. La observación de Jennifer de que Sarah se había convertido en una especie de reclusa le vino a la mente y, por primera vez, mientras se ponía de pie y pulsaba el timbre para anunciar su llegada y a pesar del calor del día, Tom sintió un frío escalofrío de presentimiento ante lo que podría descubrir en la casa de su difunta prima. Al no recibir respuesta a su primera presión del timbre, lo intentó una y otra vez, y después de lo que le pareció una eternidad al cada vez más impaciente Tom, oyó pasos desde el interior. ¡Sarah venía!

CUATRO
LA CONFESIÓN DE SARAH

La cara que recibió a Tom Reid al abrirse la puerta era una que él conocía muy bien y, sin embargo, algo en la sonrisa de Sarah sonaba a falso en su mente. No era la mujer feliz y despreocupada que había reído e intercambiado chistes e historias con él y Jennifer en las buenas épocas, cuando Robert estaba vivo. Hacía más de un año que no veía a la viuda de su primo y parecía haber envejecido considerablemente en ese tiempo.

Tras la trágica muerte de Robert, Tom y Jennifer habían mantenido durante un tiempo estrechos lazos con Sarah, pero, como suele ocurrir en las familias, las visitas a las casas de unos y otros se hicieron menos frecuentes hasta que disminuyeron a una vez al año, hasta que incluso esas visitas ocasionales cesaron y el teléfono se convirtió en el principal medio de mantener la comunicación. Después de todo, estaban luchando con los problemas que planteaba el adolescente Jack, y Sarah había estado intentando reconstruir su propia vida tras la muerte de su marido. De alguna manera, los dos hilos opuestos habían abierto poco a poco una brecha insuperable entre ellos.

—Bueno, esto es una sorpresa. Pasa, Tom. ¿A qué debo el honor? —preguntó Sarah, haciendo todo lo posible por parecer acogedora, aunque Tom se sintió como si estuviera entrometiéndose en su intimidad y, en realidad, se sintió menos que bienvenido al cruzar el umbral de la que fuera la casa familiar de su primo.

—Hola, Sarah. Siento venir sin avisar, pero hay algo de lo que tengo que hablar contigo y no podía esperar. Es urgente y tiene que ver con Jack.

—¿Jack? ¿Por qué? ¿Qué ha sucedido? —preguntó con una expresión de desconcierto en su rostro. "Habría pensado que yo sería la última persona en poder ayudarte con un problema que te concierne a ti y a tu propio hijo".

—Mira, Sarah, —dijo Tom mientras lo conducía a la familiar sala de estar donde a menudo había mantenido largas y agradables discusiones sobre todo tipo de temas con Robert en tiempos más felices. "Sé que dijiste cuando te llamé hace un rato que no tenías ni idea de lo que había en el paquete que Robert le dejó a Jack, pero Jen y yo estamos convencidos de que tiene algo que ver con su desaparición".

—¿Su desaparición? Tom, ¿qué demonios ha pasado? No tengo ni idea de por qué Jack debería desaparecer. ¿Cuándo ocurrió esto?

Mientras Sarah se sentaba con una mirada preocupada en el sillón frente al sofá, Tom relató la historia del aparente descenso en el trauma psicológico de Jack después de su cumpleaños y la entrega de su "legado" de Robert. Ella no interrumpió su largo discurso sobre los acontecimientos que habían llevado a su llegada a la puerta de su casa. En su lugar, escuchó con atención, el ceño fruncido en su rostro se hizo más profundo cuando Tom llegó al final de su relato.

—Así que ahí lo tienes, Sarah. Desde el día en que Jack recibió ese paquete, su vida se fue desmoronando poco a poco. Todo lo que te pido es que por favor me digas si tienes alguna idea de por qué puede haber sido así. Seguramente Robert te habrá dado alguna pista a lo largo de los años sobre lo que se propuso dejarle a Jack.

—Te he dicho, Tom, y también a Jen, que Robert nunca me mencionó nada al respecto. Sabía que tenía algo que consideraba importante para Jack, pero nunca, nunca me dijo lo que era.

—Lo siento, Sarah. No quiero sonar incrédulo y no quiero que pienses ni por un minuto que te estoy acosando, pero Robert y tú eran tan unidos que es casi inconcebible que te ocultara algo así.

—Pero lo hizo, Tom, y esa es la verdad.

—De acuerdo, Sarah. Supongamos que ese es el caso. ¿Podemos ver esto desde otro ángulo?

—¿Qué "ángulo" sería ese, Tom? No veo qué tiene que ver todo esto con la huida de Jack. ¿A dónde nos lleva todo esto?

Tom respiró profundamente. No deseaba desenterrar viejos y dolorosos recuerdos en la mente de Sarah, pero la preocupación por el bienestar mental de su hijo superó tales consideraciones mientras continuaba.

—Bueno, ¿recuerdas cuando Robert salió del coma por primera vez? ¿Habló de ser acosado o perseguido por Jack el Destripador?

—¡Oh, Tom, de verdad! Sarah se quejó. "El pobre Robert había estado en coma, y esos eran sólo los sueños febriles y las pesadillas que experimentó mientras estaba en ese terrible estado. ¿Cómo puede tener eso algo que ver con Jack?"

—Mira, sé que esto es doloroso para ti, y no quiero que lo sea, pero, bueno, supón que las pesadillas de Robert eran de hecho algo más que eso.

—¿Qué demonios quieres decir con eso? ¿Cómo pueden haber sido más que eso? Eran pesadillas, malos sueños, las alucinaciones creadas por su mente mientras estaba en coma. ¿Cómo podrían haber sido algo más?

—No lo sé, Sarah. Supongo que me estoy agarrando a un clavo ardiendo, tratando de encontrar alguna razón lógica para explicar el repentino cambio de personalidad y comportamiento de Jack.

—Puedo entender y simpatizar con eso, pero culpar a algo que puede o no haber surgido de las alucinaciones de Robert mientras estaba en coma no es exactamente lógico, ¿verdad?

—Lo sé, pero tiene que haber algo, algún lugar que me dé una pista de lo que ha provocado todo esto tan repentinamente.

Sarah no contestó inmediatamente, y Tom sospechó que quería decir algo pero no encontraba las palabras para expresar lo que fuera. Esperó, los pocos segundos de pausa en su conversación parecieron horas mientras el silencio descendía en la habitación y el escalofrío que había sentido a su llegada volvía a hacer que se le erizaran los cabellos de la nuca. Sarah finalmente rompió el silencio.

—Creo que necesitamos una taza de té, Tom. ¿Qué dices? "¿Eh? Oh, sí, un té estaría bien, Sarah, gracias".

Se levantó de su silla y sin decir nada dejó a Tom sentado en el sofá mientras se dirigía a la cocina. Tom pensó mejor en preguntar si necesitaba ayuda. Sarah era demasiado independiente para aceptar tal oferta. La conocía lo suficientemente bien como para hacer esa suposición y en los pocos minutos que estuvo empleada en la preparación de la infusión caliente y humeante se preguntó cuáles podrían ser las razones, si es que había alguna, de su repentino silencio y renuencia inmediatamente antes de la oferta de té. Estaba seguro de que Sarah sabía algo, o que al menos creía saber algo. ¿Lo revelaría todo a su regreso? Tom no tuvo que esperar mucho, ya que Sarah no tardó en volver con té para dos, servido en una bandeja de plata maciza, con tazas y platillos de la mejor porcelana de Royal Worcester, y el azúcar a la antigua usanza, en terrones servidos en un cuenco con pinzas plateadas.

—¿Sigues tomando azúcar, Tom? —preguntó mientras servía el té de una tetera que hacía juego con las tazas y los platillos.

—Uno, el mismo de siempre, —respondió él.

—Por supuesto. Pensé que tal vez lo habías dejado, el azúcar, quiero decir, le sonrió Sarah, aunque la sonrisa tenía una cierta falsedad que a Tom le resultaba desconcertante.

Sarah le alcanzó el té y Tom hizo el gesto de removerlo con la cucharilla y tomar un pequeño sorbo de la taza antes de volver a hablar.

—Sarah... comenzó, pero ella se adelantó a sus palabras levantando la mano. "Tom, cállate, por favor", dijo ella, y volvió a esbozar esa falsa sonrisa. Esta no era la Sarah que él había conocido a lo largo de los años. La mujer que se sentaba frente a él tenía las características de una mujer con profundos e intensos problemas propios. Se preguntó por qué no lo había notado antes. Incluso su cabello había empezado a encanecer en los bordes, y sus mechones, antes largos, estaban ahora cortados con un estilo poco moderno que apenas le llegaba al cuello. Tom Reid se dio cuenta de repente de que la viuda de su primo podía estar albergando algún secreto profundo y terrible, algo que temía discutir, incluso con él. Decidió no insistir en el tema y esperar a ver si ella acababa por revelar lo que él sospechaba que podía estar ocultando.

"Lo siento, yo..."

—Tom, por favor, *cállate*. Tengo algo que decirte. No sé si es relevante para lo que le ha sucedido a Jack y puede que sólo sean las divagaciones de una viuda solitaria, pero había algo extraño en las cosas que le sucedieron a Robert, después de que saliera del hospital, ya entiendes, no directamente relacionado con el coma, al menos, no lo creo.

—¿Qué quieres decir con extraño?

—Bueno, cuando volvió a casa tardó unos días en abrirse del todo y contarme todo sobre los sueños o alucinaciones o lo que fuera. Cuando lo hizo, me lo contó con una sensación de gran temor y presentimiento. Estoy segura de que no me lo contó todo, pero Robert estaba convencido de que el espíritu, el alma, llámese como se quiera, de Jack el Destripador, había invadido su mente mientras estaba en estado de coma. Yo me opuse a la idea, por supuesto, pero él era inquebrantable en su creencia, y al final acepté lo que creía que eran sus delirios para tranquilizarlo, ya que a menudo se agitaba cuando me contaba sus historias de la "vida del Destripador". Unas semanas después de volver a casa, recibió un paquete del abogado de su padre, que, según me dijo, contenía documentos y cartas personales, pero sé que algo de ese paquete le afectaba enormemente, y a menudo pasaba largas horas en su estudio, normalmente hasta altas horas de la noche, leyendo lo que contenía. Más tarde, cuando le diagnosticaron el tumor cerebral, supuse que su extraña idea sobre el Destripador podría haber sido causada por lo que le estaba ocurriendo a su cerebro. Por supuesto, nunca creí nada de eso, pero es posible que el paquete que recibió del abogado haya sido el que le dejó al joven Jack, aunque no tengo idea de lo que contenía.

—Sarah, lo que dices tiene sentido y al mismo tiempo no lo tiene. Me parece que estás tratando de decir que el paquete puede haber tenido algo que ver con sus delirios de Jack el Destripador, pero si eran sólo eso, delirios quiero decir, entonces ¿por qué demonios el abogado de su padre los habría tenido en su poder y por qué los escondería durante años y luego se los dejaría a mi hijo?

—Esa es la cuestión, Tom. No tengo ni idea. Ni siquiera sé si debería contarte todo esto. No significa nada en realidad, ¿verdad? Al igual que tú, no veo qué conexión pueden tener los sueños, delirios o miedos de Robert con el estado mental actual de Jack.

—Dices que Robert tenía "miedos". ¿Qué quieres decir exactamente con eso? Nunca me mencionó ningún miedo en el tiempo que transcurrió entre su coma y su eventual muerte.

—Escucha, Tom, Robert me dijo que su mayor temor era acabar siendo arrojado a una existencia de tipo purgatorio, como la que él creía que las víctimas del Destripador habían sido consignadas. Decía que le visitaban en sus peores pesadillas y que nunca podía quitarse de la cabeza sus nombres o sus rostros. Hablaba como si las conociera personalmente, Tom;

Mary Kelly, Martha Tabram, Annie Chapman, Catharine Eddowes, Liz Stride y Mary Ann Nicholls. Verás, Incluso yo sé todos sus nombres. Su vida posterior fue perseguida por ellas, y cuando estaba muriendo, sus últimas palabras, que nunca he dicho a ningún alma viva fueron: *"Están aquí"*. Estaba convencido de que vendrían por él Tom, estoy segura de ello. No pudo encontrar nada de paz, ni siquiera en sus últimos momentos.

Tom miró a Sarah, y se dio cuenta de repente de que esa mujer, la viuda de su primo, había llevado esa gran carga dentro de ella durante tanto tiempo que el peso de la mente torturada de su propio marido la había acosado hasta que estuvo a punto de romperse. Estaba tan evidentemente cargada de culpa que había sido incapaz de ofrecerle la paz y el consuelo que él había buscado tan desesperadamente en sus últimos días, aunque no hubiera sido culpa suya. La mente de Robert había creado sus propios demonios, pero Sarah se había visto obligada a vivir con esos demonios cada día desde su muerte. Las lágrimas corrieron por el rostro de Sarah y Tom Reid se levantó de su lugar en el sofá y se dirigió al sillón. Se sentó en el brazo del sillón, colocó su brazo alrededor del hombro de Sarah y le dijo en voz baja: "Gracias, Sarah. No sé si esto me ayuda con Jack, pero sé que ha sido difícil para ti contarme estas cosas. No sé por qué nunca me lo contaste antes, pero estoy seguro de que tenías tus razones".

—Robert me rogó que nunca se lo contara a nadie, —resopló, —pero después de lo que acabas de contarme pensé que era justo decírtelo. Jack es de la familia después de todo.

—Mira, Sarah, creo que ahora que lo has sacado a la luz, tal vez deberías venir y quedarte conmigo y con

Jen por un tiempo, como hiciste en los viejos tiempos. ¿Qué te parece si vienes para una visita prolongada?

—Gracias, Tom, aprecio tu oferta, pero no puedo, realmente. No salgo mucho estos días y me siento mucho más cómoda aquí en mi propia casa, donde tengo mis recuerdos de Robert, que en cualquier otro sitio.

—¿Estás segura, Sarah? Puede que te haga bien, ya sabes. Estaríamos más que contentos de que vinieras. Lo sabes.

—Lo sé. Lo siento. No quiero ser desagradecida, pero por favor entiende lo que quiero decir cuando digo que me siento más cerca de Robert aquí. Lo quería mucho, sabes, y todavía lo quiero, aunque se haya ido para siempre. Estoy más cerca de él aquí.

—No te presionaré, Sarah, —dijo Tom, resignado. "Pero recuerda, por favor, que la invitación sigue en pie todo el tiempo que sea necesario. Puedes venir a visitarnos y quedarte con nosotros cuando quieras, por el tiempo que sea necesario. A Jen le encantaría tenerte con nosotros".

—Gracias, Tom. Te lo agradezco, de verdad, —dijo Sarah mientras se secaba las lágrimas con un pañuelo de papel de una caja que tenía junto a su silla. Tom sospechaba que probablemente había llorado mucho en su solitaria vida en la vieja casa de ella y Robert, sola con nada más que sus recuerdos del marido que había amado y perdido a manos de la parca de la muerte y los fantasmas de sus pesadillas de hacía mucho tiempo.

Cinco minutos más tarde, después de decir una difícil y tierna despedida y reiterar una vez más su invitación a Sarah para que se quedara con él y Jennifer, Tom Reid sacó su coche de la entrada de su casa, y al mirar por el espejo retrovisor, juró que vio una sombra oscura y pesada que se cernía sobre la casa que acababa de dejar, a pesar de la luminosidad del sol que bañaba el resto de la calle y del cielo azul sin nubes que había encima. ¿Podría ser su imaginación? Tal vez el paso del tiempo y los acontecimientos que siguieron le proporcionaron la respuesta a la pregunta de Tom. Para esa respuesta, relataré esos acontecimientos tal y como sucedieron, y dejaré de lado por un momento las pruebas y adversidades de Tom y Jennifer Reid, y la mente perturbada de Sarah Cavendish.

CINCO
LAURA KANE

En la madrugada del 7 de agosto de 1888, el cuerpo de la prostituta Martha Tabram, a veces conocida como Martha o Emma Turner, fue descubierto en un charco de sangre en el rellano de un primer piso en una dirección indicada como George Yard Building, Whitechapel, en la Zona Este de Londres. El día anterior había sido un día festivo y Martha, junto con una amiga, Mary Ann Connolly, también conocida como Pearly Poll, había pasado la noche recorriendo los bares de las peligrosas calles de Whitechapel. Pearly Poll informó más tarde de que la última vez que había visto a Martha había sido cuando su amiga había ido con un soldado a George Yard con el propósito de mantener una relación sexual. Martha no volvió a ser vista con vida.

Cuando el doctor Timothy Killeen la examinó más tarde, se descubrió que su cuerpo había recibido 39 puñaladas en los pulmones, el corazón, el hígado, el bazo y el estómago. El ataque, aparentemente frenético, se había concentrado en sus pechos, vientre y zona genital.

A la luz de lo que siguió durante el reino del terror en las semanas siguientes, puede parecer extraño que, tras el avance de los asesinatos en la Zona Este, muchos expertos de la época, y de hecho hasta bien entrado el siglo XX, desestimaran el asesinato de Martha Tabram por no tener relación con los de las víctimas posteriores. Sin embargo, hoy en día, muchos de los que han estudiado los crímenes cometidos durante la época conocida como El Otoño del Terror aceptan que Martha Tabram fue efectivamente la primera víctima del hombre que llegó a ser conocido en las semanas y meses siguientes como ¡Jack el Destripador!

Puede ser significativo que el inspector Frederick Abberline, uno de los oficiales encargados de la caza del Destripador, estuviera casi con toda seguridad convencido de que Martha fue una víctima del horrible y desconocido autor de los atroces crímenes que sembraron el terror en los corazones y las mentes de los habitantes de la Zona Este en particular, y de Londres y toda Inglaterra en general durante aquel terrorífico otoño.

Por lo tanto, ¿podría haber sido una mera coincidencia que en la noche del 6 al 7 de agosto del año que ahora nos ocupa, una mujer llamada Laura Kane fuera vilmente asesinada y su cuerpo abandonado en un charco de sangre en el rellano del primer piso de un bloque de departamentos en las afueras de Brighton, el balneario de la costa sur tan apreciado por muchos londinenses?

El cuerpo de la mujer asesinada fue descubierto por un repartidor de leche, Dave Fowler, aproximadamente a las cuatro de la madrugada, mientras realizaba sus entregas a los departamentos. Inmediatamente utilizó su teléfono móvil para llamar a la policía y a los servicios de emergencia, pero Laura, aunque todavía estaba caliente al tacto, estaba más allá de cualquier ayuda médica que los paramédicos que acudieron al lugar pudieran proporcionar. El forense concluyó más tarde que Laura llevaba probablemente menos de media hora muerta cuando Fowler se encontró con su cuerpo, un hecho que conmocionó y consternó al lechero, que se dio cuenta de que el asesino podría haber estado todavía cerca cuando encontró los restos de Laura, y que él mismo podría haber tenido suerte de escapar.

La urbanización Regent, donde se encontraba el bloque de departamentos, era un vestigio de las pesadillas urbanísticas que afectaron a tantas ciudades inglesas durante los años sesenta, y toda la zona había sido recientemente destinada a la degradación y reurbanización por parte del ayuntamiento. En el momento del asesinato de Laura, la urbanización seguía siendo un refugio para traficantes de drogas, prostitutas y delincuentes de poca monta, que encontraban en el sistema de calles y callejones, parecido a una conejera, el lugar perfecto para sus nefastas andanzas. La propia Laura Kane era prostituta y se pensó que su asesino era con toda probabilidad un "cliente" con predilección por lo macabro, y que su asesinato fue un hecho aislado, aunque no se sabe en qué pruebas se basó tal teoría. Los acontecimientos posteriores demostrarían que era un disparate, por supuesto, pero en aquel momento encajaba con las escasas pistas de la policía y la falta de pruebas forenses en el lugar de los hechos, así como con el deseo del Ayuntamiento de restar importancia a todo el episodio para no disuadir a los visitantes de acudir a la zona costera, que tanto dependía del turismo de larga duración y del de un día. La policía emprendió la mayor persecución que Brighton había presenciado en muchos años, aunque al principio mantuvo un enfoque de bajo perfil para no desviar la atención de las atracciones menos horripilantes de Brighton. Tal vez el hecho de que Laura fuera una prostituta hizo que hubiera menos publicidad de la habitual en la prensa y los medios de comunicación.

Dicho esto, el Detective Inspector Mike Holland se aplicó incansablemente al caso, ayudado por su asistente, el Detective Sargento Carl Wright, y a ninguno de los dos se le pueden reprochar sus esfuerzos por intentar localizar al despiadado asesino. Holland, de 48 años, era alto, delgado y atlético. Divorciado desde hacía diez años, había servido muchos años en la policía, mientras que Wright era cinco años más joven, nunca se había casado, y no era menos atlético y poseía una melena rubia que siempre parecía necesitar un buen peinado. Formaban un buen equipo, pero su caso actual era cada vez más frustrante y lleno de callejones sin salida.

Los forenses estaban desconcertados por la falta de pruebas en la escena del crimen. No había señales de heridas defensivas en las manos o los brazos de la chica y no se pudo extraer ningún residuo valioso del ADN del asesino de debajo de sus uñas. Simplemente no había nada que extraer. No había sido agredida sexualmente y el agresor se había llevado el arma homicida y se había deshecho de ella o la había guardado. En esa primera fase, la policía se negó a descartar la posibilidad de que el asesino fuera una mujer, aunque estaban bastante seguros de que una agresión tan frenética y prolongada sólo podía haber sido llevada a cabo por un hombre. Por el momento, Holland y Wright mantuvieron la mente abierta ante la falta de pruebas en ambos sentidos.

Las comprobaciones de los antecedentes de Laura, de veintiocho años, resultaron ser singularmente poco útiles. Huérfana a los tres años, se había criado en un orfanato de la ciudad de Lyme Regis, en Dorset, otra ciudad costera que podría haber ayudado a explicar por qué decidió hacer su vida en Brighton cuando tuvo edad suficiente para abandonar el hogar. Quizás había desarrollado un amor por el mar y deseaba permanecer cerca de él. Sin familia a la que interrogar, Holland trató de encontrar a los amigos de Laura, pero de nuevo encontró una clara falta de personas a las que interrogar. Al parecer, la joven había sido muy reservada y no había entablado amistades ni dentro ni fuera de la comunidad local de "chicas trabajadoras". La hostilidad local hacia la policía en la urbanización también dificultó la obtención de información de los residentes locales, y Holland y Wright tuvieron la sensación de que se daban de bruces contra la proverbial pared de ladrillos en su búsqueda del asesino de Laura. A pesar de sus esfuerzos, nadie confesó haber visto u oído nada la noche de la muerte de Laura y, lo que fue igualmente frustrante para la policía, nadie pudo o quiso proporcionarles información sobre la vida de la mujer asesinada. Si Laura Kane hubiera sido la única víctima del asesino enloquecido que había atacado esa noche, el caso podría haber pasado a engrosar la lista de "no resueltos" que persigue a los encargados de dar caza a quienes matan a sus semejantes. Holland y Wright no lo sabían en ese momento, por supuesto, pero Laura iba a ser sólo la primera de una serie de asesinatos que desconcertarían y confundirían al cuerpo de policía. Aunque no lo sabían, estaban a punto de verse inmersos en una pesadilla de sangre, vísceras y terror hasta entonces desconocida en la hermosa ciudad costera.

Había pistas presentes, pero esas pistas eran tan vagas y estaban tan vinculadas con el pasado que no cabía esperar que ni Holland ni Wright ni nadie relacionado con la investigación establecieran ninguna conexión con el asesinato de una prostituta de Whitechapel ocurrido más de un siglo antes. Si lo hubieran hecho, habrían encontrado una escalofriante coincidencia en que el asesino de Laura Kane le hubiera infligido exactamente 39 puñaladas en el cuerpo, concentrando el ataque en sus pechos, vientre y zona genital.

SEIS

LA FOTOGRAFÍA

EL 20 DE AGOSTO, tanto Holland como Wright tenían muy claro que la investigación sobre la muerte de Laura Kane no iba a ninguna parte. Aparte de que el forense había establecido que la causa de la muerte era una grave pérdida de sangre como resultado de múltiples puñaladas, una de las cuales había lacerado la garganta de la chica casi por completo de izquierda a derecha, en realidad no habían avanzado más que desde el día en que se descubrió su cuerpo. El forense había señalado que consideraba que la herida de la garganta había sido administrada por detrás, y que habría sido suficiente para inmovilizar a la chica por el shock y también habría impedido que gritara. Adivinó que tal vez estaría viva cuando comenzaron a infligirle el resto de las puñaladas, una perspectiva que horrorizó a Holland y Wright y a todos los relacionados con el caso.

Desgraciadamente, la falta de cooperación de los residentes locales, ya sea por miedo o apatía o por franca oposición a la policía, combinada con la falta de pruebas forenses, hizo que los investigadores no tuvieran casi nada en lo que basarse, ni pistas, ni ideas. Habían realizado una búsqueda casa por casa en la localidad del asesinato, sin éxito.

Mientras él y Wright se sentaban en su despacho tratando de pensar en una forma de hacer avanzar el caso, Holland reflexionó sobre el triste estado del mundo en el que vivía.

—Aquí estamos, en el puñetero siglo XXI supuestamente ilustrado, Sargento, y una chica puede ser brutalmente asesinada, descuartizada en el rellano de un bloque de departamentos sin que nadie oiga ni vea nada. Es casi increíble que nadie en esa maldita urbanización haya visto u oído nada, o que no sepan quién podría estar involucrado. ¡Seguramente, alguien, en algún lugar debe saber algo!

—Tal vez tengamos que asumir que el asesino es de fuera de la urbanización, jefe, o incluso de fuera de la ciudad. Tal vez es un visitante, alguien que estuvo aquí por poco tiempo y aprovechó para llevar a cabo un pequeño y espeluznante asesinato para dejarnos a los policías algo que hacer.

—Espero que no, Sargento. Si el bastardo es de fuera de la ciudad, puede que nunca lo atrapemos. Podría haber huido a un refugio en cualquier parte del país y sin nada que lo vincule a Brighton o a la urbanización Regent, no tendremos posibilidad para identificarlo.

—A menos que lo haga de nuevo en otro lugar.

—Ese es un buen punto, Carl. No sólo eso, sino que tal vez este no es su primer asesinato. Deberíamos echar un vistazo y ver si ha habido informes similares de asesinatos sin resolver que coincidan con éste antes del nuestro, en cualquier lugar del país.

Wright aprovechó con entusiasmo la idea de Holland. El sargento se había quedado especialmente consternado por la horrible visión que se le había presentado cuando vio por primera vez el cuerpo de Laura Kane y tanto él como su inspector estaban comprometidos con llevar al asesino ante la justicia y la frustración de los últimos días le estaba afectando.

—Estoy en ello, jefe, —dijo, y abandonó inmediatamente el despacho de Holland para volver a su propio escritorio, donde envió minuciosamente un correo electrónico a todas las fuerzas del Reino Unido con una petición de información relativa a cualquier asesinato que presentara características similares al de Laura Kane.

Media hora más tarde, cuando Carl Wright levantó la vista de la pantalla de su ordenador, vio a Holland acercándose a él a grandes zancadas a través de la oficina. En cuestión de minutos, los dos hombres se dirigían de nuevo a la urbanización Regent. A pesar del minucioso examen forense previo de la escena del crimen y de la casa de Laura Kane en un bloque de departamentos casi idéntico al que fue asesinada, Holland quería repasar la casa de la chica una vez más. Siempre era posible que el equipo forense hubiera pasado algo por alto. Improbable, lo sabía, pero posible.

El número 44 de Marchland Towers presentaba una visión triste y lamentable para los dos detectives. Situado en la segunda planta del bloque de departamentos, el umbral conservaba la cinta policial azul y blanca que cruzaba la puerta. La casa de la chica asesinada seguía precintada como parte de una investigación de asesinato en curso y, hasta el momento, nadie más que la policía y los equipos forenses habían puesto un pie dentro del lugar desde el descubrimiento del cuerpo de Laura Kane. Después de romper la cinta y utilizar una llave para entrar en el piso, Holland y Wright se encontraron con la lúgubre vista de la casa de la difunta. Laura Kane no tenía muchos muebles. Un maltrecho sofá azul oscuro se encontraba en el centro del salón, frente a una mesa de televisión bien usada, probablemente de segunda mano, sobre la que se encontraba un pequeño televisor, también de segunda mano por su aspecto descuidado, con lo que no parecía ser más grande que una pantalla de treinta y cinco centímetros. En una esquina había una lámpara de pie, bastante fuera de lugar, cuya pantalla era de un amarillo brillante, el único toque de color en la habitación. Una mesa de comedor barata con efecto pino y sillas a juego completaban el mobiliario de la sala de estar. Las alfombras de todo el piso estaban desgastadas y habían visto días mejores mucho antes de que Laura las hubiera conseguido.

El dormitorio de Laura presentaba una imagen aún más sombría para los dos hombres. La cama ocupaba el centro del escenario, y Holland se preguntó si la chica había traído alguna vez clientes a esta habitación para ganarse unas cuantas libras. Si lo hubiera hecho, pensó, los clientes se habrían vuelto locos si hubieran vuelto por segunda vez. La cama estaba sin hacer, tal y como ella la había dejado, con una funda de edredón azul lisa y suelta que dejaba al descubierto una sábana azul arrugada y mal combinada de un tono totalmente diferente. Al menos, se dio cuenta, la funda de la almohada hacía juego con la sábana.

Un viejo despertador de cuerda, que hacía tiempo

que había dejado de funcionar, estaba sobre la pequeña mesilla de noche del lado de la ventana de la habitación. Frente a la cama, un tocador estaba abandonada, con los cajones abiertos y su contenido, varias prendas de ropa interior y un par de suéteres, tres blusas e igual número de faldas baratas y muy cortas, yacían ordenadamente donde las había dejado el equipo forense. Holland sospechaba que los forenses habían sido más ordenados que la víctima en el tratamiento de su ropa.

El cuarto de baño mostraba una decoración aún más espartana. Las paredes desnudas no estaban adornadas con ningún accesorio y un pequeño espejo de maquillaje era el único artículo "de lujo" presente en la habitación, que se encontraba abandonado en la repisa de la ventana. Una toalla rosa estaba colocada en el lateral de la ducha, y una toalla de mano más pequeña del mismo material colgaba sin fuerza sobre el único gancho de plástico blanco que colgaba detrás de la puerta. Una bolsa de maquillaje de flores con los pintalabios, el rímel y otros objetos personales de Laura estaba tirada en el suelo, debajo del lavabo.

—No es una persona que tenga muchas comodidades, ¿eh? —dijo Wright mientras contemplaba las tristes y patéticas vistas de la casa de la mujer asesinada.

—No puedo discutir esa hipótesis, —respondió Holland. "Supongo que se habrá fijado en que ninguna de estas habitaciones tiene papel tapiz en las paredes".

—No pude evitar notarlo, jefe. Maldita pintura verde hospitalaria en todas las paredes del lugar. Es suficiente para ponerte los pelos de punta. ¿Cómo pudo vivir así? "Me parece que Laura Kane nunca tuvo una gran vida, Sargento. Ella puede que estuviera "en el juego" pero lo que ganaba con los clientes que conseguía no era suficiente para mantenerla con algún tipo de lujo, eso es seguro".

—Quizá pensó que algún día triunfaría y tendría lo suficiente para salir de aquí, ¿qué te parece? —preguntó Wright, tratando de inyectar algo de optimismo tardío en el escenario que rodeaba el sombrío final de la víctima.

—Tal vez, Carl, —respondió Holland. "Nunca lo sabremos, ¿verdad? Apuesto a que casi cada céntimo que ganaba se destinaba a alimentar su adicción a las drogas. El forense dijo que mostraba signos de abuso prolongado de drogas. Ahora, empecemos a husmear a ver si podemos encontrar algo que los forenses hayan pasado por alto".

Veinte minutos más tarde, Carl Wright llamó a Holland, que estaba buscando y rebuscando bajo el pequeño fregadero de la cocina en la sala de estar. Holland se dirigió rápidamente al cuarto de baño, donde encontró a Wright de manos y rodillas en una esquina de la habitación.

—¿Has encontrado algo? —preguntó Holland.

—Sólo esto, jefe, —dijo Wright, sosteniendo triunfalmente una pequeña fotografía de tamaño pasaporte.

"¿Dónde estaba?"

—Cuando levanté la alfombra, me pareció distinguir un poco de blanco entre dos de las tablas del suelo. Volví al baño y saqué las pinzas del neceser de la chica y volví, bajé aquí, y ¡abracadabra!

Extendió la foto hacia la mano extendida de Holland y el inspector la tomó y la estudió detenidamente. La foto en blanco y negro mostraba a la chica asesinada junto a un joven, aparentemente limpio y bien afeitado, con el cabello largo, probablemente algunos años más joven que ella. Era la típica foto de fotomatón, los dos sonriendo e inclinando la cabeza el uno hacia el otro felizmente.

—Bueno, bueno, —dijo Holland pensativo. Quizá tengamos nuestra primera pista, ¿eh, sargento?

—¿Cómo diablos se les pasó a los forenses? —preguntó Wright.

"Recuerda, ésta no era la escena del crimen. Habrían revisado eso con un peine de dientes finos, pero esta era su casa y no estaba directamente relacionada con la mecánica del crimen, así que probablemente no habrían recibido instrucciones de ir tan lejos como levantar alfombras y tablas del suelo. Habrían buscado pruebas directas que pudieran relacionar a la chica con su asesino, pero teniendo en cuenta la imagen desoladora que ofrece este lugar, dudo que hayan pasado demasiado tiempo revisando el lugar. Pero me alegro de que hayas pensado en levantar la alfombra, Sargento, me alegro mucho".

—Ahora tenemos que ver si podemos identificar a este joven, continuó Holland. "Hasta ahora hemos estado trabajando bajo la suposición de que Laura no tenía amigos o conocidos cercanos. Esta foto tiende a demostrar la mentira de esa teoría".

—¿Qué pasa con todos los que ya hemos interrogado sobre sus amigos, ya sabes, los vecinos y demás?

—Serán un lugar tan bueno para empezar como cualquier otro, convino Holland. "Ya que estamos aquí, vamos a tocar a unas cuantas puertas, y luego podemos volver a la oficina, hacer que esto se amplíe y se copie, y hacer que los chicos de la policía comprueben con la multitud en las zonas rojas una vez que la oscuridad les haga salir".

Por desgracia para Holland y Wright, sus indagaciones en los departamentos de Marchland Towers resultaron tan inútiles como antes. O bien los residentes negaban conocer o haber visto a Laura Kane, y mucho menos al hombre de la fotografía, o simplemente se negaban a abrir sus puertas a los agentes. El turno de noche se encontró con resultados casi idénticos cuando salieron a la calle esa misma noche, sin que nadie se mostrara dispuesto a identificar a ninguna de las dos personas de la fotografía. A todos los efectos, era como si Laura y su misterioso amigo no hubieran existido.

Carl Wright envió la foto a la policía de todo el país y cotejó el rostro con todas las fotos y fichas policiales conocidas, sin éxito. Su hombre misterioso seguía siendo eso, un misterio.

En una frustrante conversación con su sargento dos días después del descubrimiento de la fotografía, Holland razonó que iba a ser necesario algo bastante extraordinario para hacer correr el chisme entre la clase baja de tipos predominantemente menos que totalmente respetuosos de la ley que vivían en los departamentos y pasillos de la conejera de la urbanización Regent. Incluso la gente decente y respetuosa con la ley que se veía obligada a vivir en los bloques de departamentos de la urbanización estaba demasiado asustada o demasiado alejada de los nefastos sucesos que les rodeaban como para ser de ayuda a la policía.

Desgraciadamente, a los pocos días, mientras el caso de Laura Kane se prolongaba hacia lo que normalmente habría resultado un caso de asesinato sin resolver, el suceso "bastante extraordinario" de Mike Holland le dio trágicamente la razón, y el suceso que finalmente abrió una o dos de esas lenguas selladas fue tan horripilante como lo había sido el asesinato de Laura Kane.

SIETE
UN ENCUENTRO INESPERADO

MIENTRAS LOS ACONTECIMIENTOS se preparaban para intensificarse y Holland y Wright estaban a punto de verse envueltos en uno de los casos más desconcertantes y grotescos de sus respectivas carreras, al otro lado de la ciudad, en su oficina de la jefatura de policía, un joven conocido sólo por sus socios como Michael se despertaba de un profundo sueño. Cuando sus ojos se abrieron por completo, entrecerró los ojos contra el resplandor del rayo de sol otoñal que entraba en cascada en la habitación a través de la ventana sin cortina situada a apenas un metro del extremo de su cama. La habitación era pequeña, sucia y descuidada, y hacía juego con los dos ocupantes que compartían el deficiente alojamiento. Michael se frotó los ojos, volvió a entrecerrar los ojos y apartó la cabeza de los brillantes rayos que se encontraban con su mirada despierta. En su lugar, miró al otro lado de la habitación, donde había una segunda cama de marco bajo. Su ocupante seguía durmiendo profundamente y, aunque no presentaba una imagen tan sucia como la de Michael, el joven que yacía roncando en un pacífico olvido en la cama también parecía poco más que un manojo de humanidad sin lavar. La única manta barata que le servía de tapadera se había deslizado a un lado dejando al descubierto unos calcetines con agujeros por donde asomaban los dedos de los pies y los dobladillos deshilachados de lo que en su día fueron unos caros jeans.

Michael había conocido a su nuevo compañero de piso hacía apenas cuatro semanas. "Jacob" dormía en una de las bancas del paseo marítimo de Brighton mientras Michael volvía a casa una noche después de una de sus habituales excursiones para conseguir las drogas que desde hacía tiempo se habían convertido en el único objetivo de su vida. Al principio, Michael pensó que el joven podría ser un blanco fácil para un robo oportunista. Su cabeza descansaba sobre una mochila que Michael consideró que podría contener algunos artículos de valor que posiblemente podría vender a uno de los muchos "vallados" con los que hacía negocios regularmente. Un beneficio de menos del quince por ciento del valor de sus ganancias mal habidas no era mucho, y tenía que trabajar duro para conseguir el dinero que alimentara su siempre creciente necesidad de drogas.

Por desgracia para él, al acercarse al banco, el hombre dormido empezó a agitarse, así que, siempre oportunista, Michael cambió de táctica al instante. Él podría ser un drogadicto, pero era uno inteligente. Su cerebro, lentamente envenenado por la cocaína, todavía tenía la capacidad de pensar rápidamente y resumir una situación en pocos segundos.

"Oye, amigo, no puedes dormir en los bancos de aquí. La policía no tardará en recogerte y tratarte como un vagabundo. En el mejor de los casos pasarás una noche en el calabozo y en el peor te harán comparecer ante el magistrado y podrías acabar con una multa y ser echado de la ciudad".

La figura somnolienta se levantó lentamente hasta quedar sentada mientras Michael parecía encumbrarse sobre él.

—¿Y por qué debería importarte lo que me pase? —preguntó al hombre que había perturbado su sueño.

—Mira, amigo, no me gusta que nadie se meta en líos con la policía. Eso es todo. He pensado que tal vez seas nuevo en la ciudad y necesites algunos consejos. ¿Qué hay de malo en ser amigable, eh?

—¿Qué te hace pensar que soy nuevo en la ciudad?

—Mmm... tal vez la mochila te delate, o el hecho de que parece que necesitas un lugar para quedarte. ¿Cuándo fue la última vez que te afeitaste, amigo?

—Mira quién habla, —respondió el hombre del banco. "Tú mismo no eres precisamente el Señor Limpio por tu aspecto".

—Ah, pero mi aspecto forma parte de mi persona, —respondió Michael. "Tengo este aspecto porque quiero. Tú te ves así porque no tienes dónde quedarte, ¿tengo razón?"

—Sí, de acuerdo, necesito un lugar. No llevo mucho tiempo aquí en Brighton, sólo unos días.

—¿Y antes de eso?

—Eso no tiene nada que ver contigo. He admitido que necesito un techo, y eso es todo lo que necesitas saber.

—Oye, cálmate un poco. Como dije, sólo estoy siendo amigable. Mira, mi nombre es Michael, ¿cuál es el tuyo?

Hubo una ligera vacilación del joven en el banco antes de responder.

—Puedes llamarme Jacob, —dijo.

—Eso es tan bueno como cualquier otra cosa, supongo, —respondió Michael, escéptico. —¡Es mi nombre!, —dijo Jacob, desafiante.

—Sí, claro que lo es. Como digo, no me importa, amigo, mientras tenga algo para llamarte. Ahora escucha, ¿te gustaría tener una cama caliente para esta noche y un lugar donde quedarte mientras averiguas qué es lo que quieres hacer aquí en la ciudad?

Jacob parecía desconfiado.

—Mira, no eres una especie de "bicho raro", ¿verdad? ¿O gay? No estoy en ese lado de las cosas, ni nada por el estilo.

—Escucha, es sólo una oferta amistosa de un techo sobre tu cabeza, nada más y nada menos, mintió Michael. Tenía un plan y Jacob sería el hombre que necesitaba para ayudarle a ponerlo en práctica, si lograba convencer al joven de que se uniera a él.

Jacob se levantó del banco y se puso en pie. Michael se sorprendió cuando Jacob pareció ser al menos cinco centímetros más alto que él. Desde su posición acurrucada en el banco, el joven había parecido más pequeño. No importaba, Michael no pretendía nada violento. Pensó que Jacob podría ser el hombre que necesitaba para ayudarle en una próxima aventura. Por ahora, sin embargo, era necesario llevar a Jacob de vuelta a su casa y tratar de engendrar un sentimiento de gratitud en su nuevo amigo.

Jacob se estiró y miró las luces multicolores del paseo marítimo, suspendidas entre las farolas del complejo, y el oscuro cielo otoñal iluminado por las estrellas. Una brisa se dirigía hacia el paseo marítimo desde el Canal de la Mancha, y el aire salado tenía el sabor de una noche fresca mientras le azotaba la cara.

Dondequiera que viviera Michael, probablemente sería una opción más agradable que pasar otra noche a la intemperie y arriesgarse a ser arrestado por vagabundeo por algún policía aburrido que no tuviera nada mejor que hacer que molestar a los jóvenes sin hogar. Decidido, aceptó ir con Michael y los dos jóvenes caminaron juntos hacia el extremo menos saludable de la ciudad, donde se encontraba la casa de Michael. Le explicó a Jacob que era algo temporal. Pronto encontraría algo mejor.

Veinte minutos más tarde, al llegar al departamento de Michael, Jacob tuvo motivos para detenerse y pensar que tal vez hubiera sido mejor arriesgarse en la banca del paseo marítimo. El departamento de Michael era, como mínimo, miserable, aunque Jacob podría haber añadido toda una serie de términos poco elogiosos a esa simple palabra para describir el lugar en el que se encontraba. Todo el departamento olía a algo sucio, aunque Jacob no podía ponerle nombre al olor que asaltaba sus nervios olfativos. Tal vez era el hecho de que había pasado días viviendo en el aire fresco del paseo marítimo, pero casi tuvo arcadas cuando fue arrastrado a la sala de estar por Michael, que procedió a dejarse caer en el sofá en el centro de la habitación, haciendo un gesto a Jacob para que tomara asiento en uno de los dos sillones andrajosos que formaban los otros componentes de la suite de tres piezas que había visto muchos días mejores, eso era seguro.

—Apuesto a que te vendría bien una bebida caliente, ¿eh, Jacob? —preguntó Michael, después de permitirle a su invitado el lujo de relajarse durante cinco minutos en el sofá.

—No me importaría, —respondió Jacob, y Michael le indicó que le siguiera a la cocina.

La cocina le recordaba a Jacob algo salido de una zona de guerra. Las ollas y sartenes estaban desparramadas sobre la cocina incrustada de grasa, cuya pieza central era una sartén muy quemada y bien usada que, como todo en el piso de Michael, parecía haber visto días mejores. El fregadero estaba repleto de platos y tazones usados, lo que daba a toda la zona el aspecto de una pieza de escultura moderna grotesca. Las encimeras estaban igualmente cargadas de platos con los restos de algunas comidas para llevar, muy pasadas de fecha por su aspecto, y Jacob calculó que cualquier cosa que comiera o bebiera en este lugar le garantizaría, como mínimo, una dosis de salmonela. Por eso le sorprendió que Michael abriera un armario y sacara un par de tazas y una cuchara limpias de un cajón de cubiertos colocado estratégicamente junto al fregadero.

—Odio lavar los platos, —dijo Michael, a modo de explicación del caos culinario e higiénico que yacía ante ellos. "Lo hago más o menos una vez a la semana", prosiguió, aunque Jacob calculó que una vez al mes podría ser más cerca de la verdad.

—¿Está bien el Bovril? Se me acabaron el té y el café hace días y no he tenido ocasión de hacer ninguna compra desde entonces.

Jacob asintió, y Michael rápidamente puso la tetera a hervir.

—Ve a limpiar la mesa de centro, ¿eh? le dijo a Jacob, que volvió obedientemente al salón y barrió las revistas variadas y los periódicos viejos de la superficie de la sucia mesa de centro con tapa de cristal que había en el centro de la habitación. Mientras lo hacía,

Michael aprovechó para dejar caer dos tranquili-
zantes en la taza caliente y humeante de Bovril que
estaba a punto de presentar a su invitado. La bebida
caliente de extracto de carne de vaca enmascararía
fácilmente cualquier sabor de las diminutas pastillas,
una vez disueltas, lo que daría a Michael la oportunidad de llevar a cabo la primera parte de su plan.

Cuando, veinte minutos más tarde, Jacob cayó por
fin en un profundo sueño en el sofá, donde Michael
había insistido en que se sentara y pusiera los pies en
alto, (después de todo necesitaba el descanso), Michael tuvo por fin su oportunidad. Rebuscó en el contenido de la mochila, donde pronto descubrió todo lo
que necesitaba saber. Tal y como había pensado, "Jacob" no era realmente Jacob, y Michael no tardó en
decidir que, con un poco de tutela, su nuevo huésped
podría ser el hombre que estaba buscando. Sin embargo, antes de dejar la mochila y de arrastrarse hasta
su propia cama para pasar la noche, encontró otro objeto de interés escondido en el fondo de la bolsa, bajo
un pequeño montón de ropa interior y calcetines. Lo
que encontró allí le horrorizó e intrigó, y se preguntó
cómo podría poner en práctica lo que había
aprendido.

No le costó mucho formular un plan revisado. Su
idea original de utilizar a Jacob como ejecutor y mensajero para algunas de sus actividades menos legales
se transformó rápidamente en una en la que Jacob le
proporcionaría algo mucho más importante. Conocía
a alguien que podría encontrar a Jacob un peón útil
en un pequeño juego que estaba jugando.

Ahora, mientras observaba la figura dormida que
roncaba plácidamente en la cama frente a la suya, Michael sonrió para sí mismo. Sí, su encuentro inespe-

rado con Jacob había sido una señal de los dioses, un mensaje para Michael de que las cosas iban a empezar a ir como él quería. Todas sus preocupaciones y problemas pasados estaban a punto de evaporarse, gracias a Jacob. ¿Y qué si no era su verdadero nombre? Si el pobre diablo quería ser conocido como Jacob, eso sería suficiente para Michael. Después de todo, Michael tampoco era su verdadero nombre.

En cualquier momento, Jacob se despertaría. Michael tenía planes que hacer, pero por el momento, haría de anfitrión genial como siempre, y tendría un buen desayuno listo para Jacob cuando se despertara.

OCHO
INTENSIFICACIÓN

Permítanme retroceder en el tiempo una vez más, hasta las oscuras y turbias calles infestadas de crimen de la Zona Este de Londres, en el año 1888. Este viaje en el tiempo es necesario para ilustrar las extrañas conexiones que empezaron a surgir en la hermosa ciudad costera de Brighton en nuestra época. Por supuesto, cuando los acontecimientos comenzaron a desarrollarse, nadie estableció ninguna conexión entre los sucesos ocurridos en Londres hace tanto tiempo y lo que estaba ocurriendo en Brighton. Al menos, no al principio.

En las primeras horas de la mañana del 31 de agosto de 1888, dos hombres, Charles Cross y Robert Paul, descubrieron el cuerpo de la prostituta de 43 años Mary Ann Nichols, conocida localmente como "Polly", en un umbral de Buck's Row, en Whitechapel. Tres agentes de policía llegaron al lugar en menos de cinco minutos, y uno de ellos, el agente Neil, pudo comprobar inmediatamente, con la ayuda de la luz de su linterna, que la mujer había sido degollada. Le habían levantado la falda, aunque en ese momento no era evidente que la víctima hubiera sido sometida a una serie de mutilaciones. Se llamó al cirujano de la policía, un tal doctor Rees Llewellyn. Declaró a la víctima muerta y ordenó que el cuerpo fuera llevado al cobertizo de la morgue de la Old Montague Street Workhouse Infirmary. Fue durante el despojo del cuerpo en la morgue cuando se descubrieron las mutilaciones en el cuerpo de Polly Nichols y el doctor Llewellyn fue llamado posteriormente para realizar un nuevo examen de los restos.

Aunque no fue identificada inmediatamente, su identidad fue confirmada más tarde por Mary Ann Monk del Lambeth Workhouse, donde Mary Ann (Polly) había pasado un tiempo en un pasado reciente. Mary Ann Nicholls había estado casada con William Nichols, un impresor, y le había dado cinco hijos. Tras frecuentes y a menudo violentas peleas, causadas sobre todo por la propensión de Mary a la bebida, la pareja se separó y, como ocurría a menudo entre los pobres del Londres victoriano, ella se dedicó a la prostitución en un intento de mantener el cuerpo y el alma unidos. Se trata de una vieja historia que se repite con demasiada frecuencia entre la decadencia y la miseria que los habitantes más pobres se ven obligados a soportar a diario. No había prestaciones sociales, ni limosnas, ni piedad para los que formaban la triste clase baja, sin la cual el vasto motor del Imperio Británico se habría detenido con toda probabilidad. Estas eran las almas cuyo sudor y trabajo duro alimentaban las vastas fábricas que habían surgido durante la revolución industrial, que trabajaban largas y duras horas en los muelles, en los mercados y en las calles de Londres para ganarse la vida a duras penas. Las horas eran largas y el trabajo, en su mayoría, destruía el alma y era agotador en su intensidad física.

Sus hogares eran, en su mayor parte, casuchas oscuras y sucias, y a menudo más de una familia compartía no una casa entera, sino una habitación lamentable, quizá sin muebles, camas o comida decente. Las ventanas a menudo carecían de cristales y se rellenaban con periódicos viejos o arpilleras, cualquier cosa que sirviera para resguardarse del frío de la noche. La degradación y la miseria estaban a la orden del día y quizá ningún lugar se vio tan afectado como el distrito de Whitechapel, donde el crimen, la enfermedad y la apatía del alma se convirtieron en palabras clave para aquellos que eventualmente intentaron mejorar la suerte de aquellos que se veían obligados a soportar las privaciones de la vida al margen de la llamada sociedad civilizada.

Así era la vida de Polly Nichols y otros como ella, los pobres "desafortunados" que ejercían su lamentable oficio vendiendo sus cuerpos por unos pocos centavos cada vez, en un penoso intento de reunir el dinero suficiente para encontrar una cama para la noche en una de las muchas casas de acogida que surgieron en la Zona Este para atender a los que no tenían un hogar propio. Por supuesto, la mano de las prostitutas de Whitechapel era a menudo la ginebra que fluía en las muchas cervecerías y tabernas que se alineaban en las calles del distrito, y la tentación siempre estaba ahí para gastar las escasas ganancias que habían obtenido en alcanzar el olvido de la embriaguez en lugar de encontrar una cama para la noche. Fue ciertamente el caso de Polly Nichols. Una mujer llamada Ellen Holland fue la última persona que la vio con vida, informando de que estaba "borracha y tambaleándose" cuando la vio en la esquina de Osborn Street y Whitechapel High Street hacia las dos y media de la madrugada. Tal vez podamos esperar que su estado de embriaguez la protegiera de todos los horrores de lo que estaba a punto de ocurrirle.

Mary Ann "Polly" Nichols había recibido tal herida en la garganta que la incisión cortó completamente los tejidos hasta las vértebras. La parte inferior de su abdomen había sido objeto de varias heridas, profundas y violentas en su ejecución. Además, en la cara y en la mandíbula se apreciaban hematomas, como si hubieran sido causados por uno o varios golpes, y posiblemente por la presión de los dedos en un lado de la cara. Aunque no eran tan grotescas como algunas de las heridas infligidas a víctimas posteriores en la ola de asesinatos que había comenzado en Whitechapel, fueron suficientes para despertar el espectro del horror y el miedo que pronto iba a envolver a todo Londres, y captar la atención de toda la nación. La infamia de la reputación del asesino pronto se extendería a lo largo y ancho del mundo, aunque todavía el asesino era desconocido, sin nombre y poco más que una figura sombría en la noche, que no se veía ni se oía mientras realizaba su espeluznante trabajo.

Sin avances en la búsqueda del asesino, Mary Ann Nichols fue enterrada en el cementerio de Little Ilford el 6 de septiembre de 1888.

Volviendo al presente, vale la pena señalar que Marla Hayes no se parecía en nada a Polly Nichols ni en su aspecto ni en sus antecedentes. Tenía veinticuatro años, no cuarenta y tres, y procedía de una familia razonablemente acomodada de Hastings. Su padre era médico, su madre bibliotecaria y el dinero nunca había sido una fuente de problemas para la familia Hayes. Lo único que compartían las dos mujeres, a pesar del tiempo transcurrido entre su estancia en la Tierra, era el hecho de que ambas trabajaban como prostitutas. Marla se había metido en un lío después de dejar la escuela y asistir a la universidad local, donde inicialmente comenzó un curso de cuidado y bienestar de los animales, con la esperanza de realizar algún día su ambición de trabajar en la industria veterinaria.

Pronto cayó, como tantos otros en la sociedad moderna, en el mundo de la drogadicción. Su adicción se agravó hasta que la atraparon robando en una tienda local para alimentar su creciente hábito. Le siguió un periodo de libertad condicional, y su padre hizo todo lo posible para que su hija dejara de consumir las drogas, pues era consciente de que algún día podría tener una muerte triste y lamentable. Lamentablemente, sus esfuerzos fueron en vano y Marla se vio cada vez más envuelta en el mundo de las drogas y los drogadictos. Pronto se hizo evidente para la joven, brillante y bonita, que había una forma fácil de financiar su hábito. A los diecinueve años empezó a venderse a sí misma para tener relaciones sexuales, a lo que siguió una serie de arrestos por prostitución. Sus padres no sabían cómo tratar a su caprichosa hija y probablemente no les sorprendió que, poco después de las Navidades que siguieron a su vigésimo cumpleaños, Marla desapareciera de sus vidas. Simplemente se fue de casa una noche y nunca más volvió.

El cuerpo arrugado de Mara fue encontrado por el constructor de barcos Andrew Mitchell mientras caminaba por Catherine Street de camino al trabajo a las cinco y media de la mañana del 31 de agosto. Al principio pensó que se trataba de un borracho que dormía en la puerta de su casa o de la de otra persona. El río de sangre que había brotado de las heridas del cuello de la chica a medida que se acercaba disipó cualquier pensamiento, y Mitchell retrocedió horrorizado al darse cuenta de todo el horror de su descubrimiento. Le habían subido la minifalda negra por la cintura y el hombre no tuvo dificultad en ver que le habían hecho una serie de terribles mutilaciones a la pobre chica. Sacando su teléfono móvil del bolsillo, Mitchell llamó rápidamente a los servicios de emergencia y esperó la llegada de los equipos de policía y ambulancia.

El coche patrulla que llegó al lugar de los hechos a los veinte minutos de la llamada contenía dos agentes uniformados y, al ver el alcance de las heridas de la chica asesinada y darse cuenta de las similitudes entre ésta y el asesinato de Laura Kane, el agente Donald Stone llamó rápidamente a la central. No pasó mucho tiempo antes de que el teléfono de la habitación de Mike Holland le despertara de un profundo sueño y, a la media hora de despertarse, el Detective Inspector estaba en la escena, seguido rápidamente por su Sargento, George Wright.

Como Wright subrayó tan acertadamente mientras él y Holland miraban los lamentables restos de la que fuera una hermosa joven que yacía fría y sin vida en el suelo ante ellos: "Maldita sea, jefe, esto se está poniendo serio".

NUEVE

LA CALLE CATHERINE

EL DOCTOR CHARLES MURDOCH, conocido por los que trabajaban estrechamente con él simplemente como "Chas", examinó la escena de la muerte que le recibió a su llegada al lugar del asesinato de la calle Catherine. A nadie le cabía duda de que ese era el lugar del asesinato. La cantidad de sangre presente en la escena era suficiente para atestiguar que la chica había encontrado su fin allí mismo, en el umbral de la casa de un desconocido en algún momento de la noche. Chas Murdoch tenía cuarenta y dos años y era médico forense desde hacía más de quince. Alto y delgado, de ojos castaños, con una cabellera castaña clara que nunca parecía responder a ningún tipo de peinado, al estilo de George Wright, se asemejaba a un arquetipo de profesor loco, aunque sus colegas y los miembros del cuerpo de policía lo conocían por ser profesional, exacto y nunca propenso a hacer juicios precipitados, evitando así los riesgos de tener que cambiar de opinión más adelante. Aunque a veces podía ser frustrante para un detective que se viera presionado por respuestas rápidas, Murdoch nunca hacía conjeturas y siempre se cercioraba de los hechos antes de revelar siquiera un indicio de sospecha sobre cualquier caso en el que fuera llamado a colaborar.

Ahora, mientras se arrodillaba junto al cuerpo de la chica fallecida, trabajaba lenta y metódicamente, asegurándose de que nada pertinente a la escena de la muerte real escapara a su mirada o su examinación.

—¿No vivía aquí, entonces? —preguntó, mirando a Holland. "No, aún no sabemos quién es, pero la gente que vive en la casa se sorprendieron mucho al encontrarnos en su puerta hace un rato. Tampoco tienen idea de quién es, así que es probable que no sea de por aquí. ¿Por qué lo preguntas, Chas? ¿Es importante que no viviera aquí?"

—La verdad es que no. Sólo me preguntaba si la habrían matado al entrar o salir de la casa, eso es todo. Si lo hubiera sido, tendríamos que realizar un examen forense exhaustivo de la propiedad.

—Puede que aún tengamos que hacerlo, —respondió Holland. "Sólo tenemos la palabra del señor y la señora Harland de que no la conocían".

—¿Crees que pueden estar mintiendo?

—No, pero podríamos tener que asegurarnos.

—Por cierto, ¿dónde están los dueños de casa?

—Ya los hemos evacuado al salón de la iglesia, junto con las personas que viven a ambos lados de la casa. No queremos que los lugareños pisen las posibles pruebas forenses, ¿verdad?

—Me sorprende que hayan accedido a dejar sus casas a estas horas de la mañana", dijo Murdoch.

—No creo que a ninguno de ellos le entusiasmara la idea de contemplar un cadáver y toda una horda de policías y forenses mientras desayunaban o intentaban prepararse para el trabajo. Pronto se fueron silenciosamente cuando les contamos lo que había pasado.

Murdoch cambió el rumbo de la conversación.

—¿Han buscado tus hombres algo que pueda identificarla?

—No han tocado el cuerpo, si a eso te refieres. Han mirado por la calle y no hay rastro de un bolso ni de nada que pudiera ser suyo. Por ahora, es una víctima sin nombre.

—Pobre chica, —dijo Murdoch. "No era muy mayor, eso es seguro. Qué manera de acabar".

No dijo nada más y se limitó a volver a examinar el cadáver. Al cabo de cinco minutos, se puso de pie y miró a Holland, que esperaba pacientemente a unos metros de distancia, hablando en voz baja con Wright mientras el médico realizaba su examen inicial.

—¿Y bien? —preguntó el Detective Inspector.

—La causa de la muerte es, casi con toda seguridad, la profunda herida incisa en el cuello, —declaró Murdoch, con toda naturalidad. "Las otras heridas fueron todas infligidas post-mortem, por lo que puedo decir. Podré confirmarlo plenamente en la autopsia. Al menos estaba muerta antes de que el asesino comenzara su carnicería".

—¿Alguna idea de la hora en que fue asesinada, Doc? —preguntó Wright.

—A juzgar por el estado de rigidez, y la palidez del tejido de la piel, diría que fue asesinada poco después de la medianoche, quizá entre esa hora y las dos de la madrugada.

—¿Y nadie la vio hasta que llegó el constructor de barcos?

—Es una calle tranquila en una zona tranquila, Sargento, —dijo Holland. "Me imagino que todos los residentes estaban metidos en sus camas cuando nuestro asesino trajo a la chica aquí para llevar a cabo el asesinato".

—Pero seguramente habría gritado, o forcejeado, hecho algún ruido o hecho algo para alertar a la gente de las casas, continuó un exasperado Wright.

—No necesariamente. Murdoch volvió a unirse a la conversación. "Si el asesino consiguió que ella se diera la vuelta para que estuviera de espaldas a él, podría haberla agarrado por la cara, amordazándola de hecho, y cortarle la garganta tan rápido que no habría tenido oportunidad de gritar. Una herida tan profunda como la que le infligió la habría dejado sin posibilidad de gritar pidiendo ayuda. Todo lo que habría salido de su boca habría sido sangre y balbuceos mientras se quedaba sin aliento".

—Oh, genial, gracias, Doc, —dijo Wright. "Ciertamente sabes cómo pintar un cuadro bonito para nosotros, ¿no?"

—Lo siento, sargento, sonrió Murdoch tímidamente, —pero pensé que le gustaría saber cómo pudo hacerlo tan silenciosamente.

—Sí, pero hay algo que no entiendo de esa teoría, —dijo Wright extrañado.

—¿Y eso es?

—¿Por qué le daría la espalda? La única razón que se me ocurre para que haga eso en una calle oscura en medio de la noche sería si estuviera a punto de...

—¡Para tener sexo con él! Si fuera una prostituta, como Laura Kane, posiblemente se habría dado la vuelta, se habría levantado la falda para que él lo hiciera por detrás, y entonces fue cuando él atacó. Holland terminó la teoría de Wright por él.

—Exactamente, jefe. Lo que significa que podríamos tener un asesino en serie suelto, uno que tiene como objetivo a las prostitutas.

—Si ese es el caso, entonces esto podría ser sólo el comienzo, Sargento. Ya ha matado dos veces. ¿Por qué debería parar ahora? Vamos a tener que trabajar duro para atrapar a este bastardo antes de que lo haga de nuevo. Chas, ¿puedes hacernos llegar los resultados de la autopsia tan pronto como puedas, por favor?

—Sin problema, —dijo Murdoch. "Ahora que he confirmado la muerte y he hecho mi examen preliminar, el cuerpo puede ser retirado. Dejaremos que el equipo de la escena del crimen para que busque rastros en el lugar y yo me pondré directamente a hacer la autopsia en cuanto la lleve al laboratorio".

—Hazme saber si encuentras algo que sugiera que estaba trabajando en las calles, ¿lo harás?

—¿Aparte de su ropa, quieres decir? Murdoch señaló el cuerpo, que ahora yacía sobre una sábana de plástico negra, listo para ser introducido en la bolsa negra para cadáveres que estaba siendo extraída de la parte trasera de la ambulancia.

—Parece un poco obvio, ¿no? —dijo Wright, mirando la corta minifalda negra de la chica, los tacones negros de charol y la blusa blanca de nylon casi transparente que dejaba muy poco a la imaginación. La diminuta tanga roja que llevaba puesta había sido cortado o arrancado del cuerpo por el asesino y había sido encontrada junto a su cadáver. Sus labios también estaban pintados con un tono vivo de brillo labial rojo que daba a su boca, incluso en la muerte, un aspecto lascivo y provocativo.

En ese momento, un agente uniformado se acercó a la escena, llevando lo que parecía ser un bolso de mujer. Lo había cogido con sensatez utilizando la punta del lápiz de su cuaderno, de ese modo no eliminó ninguna huella dactilar ni ningún otro rastro de evidencia.

—Jefe, mire lo que he encontrado en una de las papeleras del final de la calle, casi gritó en su emoción por el descubrimiento.

Se lo tendió a Holland, que se apartó sin tocar la bolsa, hasta que sacó un par de guantes de plástico de su bolsillo.

—¿Es de ella, jefe? —dijo Wright mientras Holland abría tímidamente el pequeño bolso negro con sus dedos enguantados.

Holland guardó silencio durante unos segundos mientras examinaba el interior de la prueba potencialmente crucial. Había seis preservativos sin usar, lo que tal vez confirmaba la línea de trabajo de la chica. El dinero y las tarjetas de crédito que pudiera tener no estaban, y el bolso parecía vacío. Volvió a mirar, investigando el interior con sus ojos bien entrenados. En una pequeña ventanilla de plástico situada en un lateral del interior del bolso, vio algo que le llamó la atención. Tomando prestadas unas pinzas de uno de los técnicos forenses cercanos, extrajo con cuidado la pequeña fotografía que contenía la ventana.

—Es de ella, —dijo solemnemente mientras le tendía la foto a Wright para que la viera.

El rostro sonriente que asomaba en la foto era el de la chica muerta, y a ambos lados de la adolescente estaban las caras de los que probablemente eran sus padres. Las sonrisas alegres contrarrestaban el aspecto sombrío de la chica muerta que yacía ante ellos, sin vida y sin sentimientos. Holland sintió una punzada de tristeza al contemplar la feliz escena familiar de la foto. ¿Qué, se preguntó, había sucedido para alejar a

esta joven del seno de su familia, para acabar vendiendo su cuerpo en las calles de Brighton en plena
noche?

—Debió de vaciarla mientras corría, llevándose su
dinero en efectivo, —dijo Wright. "Y en la oscuridad,
probablemente no vio la foto al lado".

—O eso o no le importaba que descubriéramos
quién es ella, —respondió Holland. "Su identidad probablemente no tenía importancia para él. La pobre
chica sólo era el objetivo de su pervertida lujuria,
creo".

—¿Hay alguna señal de que se hubiera entregado
a la actividad sexual justo antes de ser asesinada? —
preguntó Wright, volviéndose de nuevo hacia
Murdoch.

—Déjame llevarla al laboratorio y seguir con la
autopsia. Entonces podré decirte algo más, —
respondió.

—Bien entonces, —dijo Holland. "Tenemos que
hacer que esto se fotocopie y aparezca en los periódicos y medios de comunicación lo antes posible. Alguien ahí fuera puede haber perdido una hija, y
tenemos que encontrarlos e identificar a la chica lo
más rápido posible."

Ahora que se había planteado la posibilidad de
que un asesino en serie anduviera suelto por la ciudad, y que probablemente se confirmaría con la autopsia, Holland quería actuar con rapidez. Quienquiera
que fuera responsable de la muerte de dos mujeres en
el espacio de tres semanas podría estar dispuesto a
matar de nuevo, y pronto.

—Comprobarás las heridas, ¿verdad, Chas? Si
fueron hechas por el mismo cuchillo que mató a
Laura Kane...

—No digas más. Estoy en ello, —dijo el médico. "Ve a buscar a los padres de esa pobre chica. Deben estar preguntándose dónde está su hija a estas alturas, creo".

—Esperemos que sean los últimos padres afligidos a los que tenga que enfrentarme en este maldito caso, —dijo Holland, su deseo traicionando su propia repugnancia ante los pensamientos del vicioso e insensible asesino que parecía estar acechando las calles de Brighton, su Brighton, su ciudad natal.

Él y George Wright abandonaron el lugar de los hechos poco después, su equipo uniformado de sargentos y agentes se marchó para llevar a cabo las investigaciones casa por casa y el equipo forense de agentes de la escena del crimen se dedicó a su tarea de intentar recabar información y rastrear pruebas en la escena del crimen. Holland sabía que no podía hacer mucho más en la calle Catherine por el momento. Tendría que ampliar su propia red, siendo su primera prioridad la identificación de la última víctima. Tan pronto como la fotografía fue copiada y ampliada en el cuartel general, George Wright y dos agentes se dirigieron a la zona roja para intentar encontrar a alguien que pudiera identificar a la chica muerta. Puede que sea de día, pero siempre habrá gente en esa zona. Y si fracasaban en sus intentos diurnos, siempre podrían volver por la noche, cuando las compañeras de la víctima estuvieran por todas partes. El clima era cálido y la noche aún no se acercaba al otoño, por lo que el negocio sería muy activo para los que ejercían su oficio en las calles de mala muerte por la noche.

Las llamadas a los periódicos locales y a las cadenas de televisión darían lugar a un alto grado de cooperación por parte de los medios de comunicación,

ya que cada uno de ellos accedió a publicar la fotografía de la niña muerta y de sus padres, tal y como
Holland creía que eran, en sus ediciones de última
hora y en sus boletines informativos.

En la única pieza de buena suerte que había recibido hasta el momento en el caso de las dos chicas
muertas, Mike Holland no tendría que esperar mucho
para que se confirmara la identidad de la última
víctima.

DIEZ
LOS PADRES

EL CIELO, visto desde la ventana del despacho de Holland, revelaba una pátina de nubes azules y blancas, delgadas, que se asemejaban a las crestas de las olas que rompían en la orilla de la famosa playa de Brighton. El Detective Inspector miraba hacia arriba, ensimismado, mientras esperaba la llegada de los padres de la niña asesinada. El llamamiento televisivo había dado el resultado deseado, ya que a los veinte minutos de emitirse el noticiero, una llamada telefónica a la policía había proporcionado un nombre que aplicar a la segunda víctima del aparentemente frenético asesino que ahora parecía acechar las calles de la ciudad en la oscuridad de la noche.

Holland consideró la posibilidad de que se estuviera haciendo demasiado viejo para este tipo de cosas. Con cuarenta y ocho años y divorciado desde hace tiempo de Susan, quien no pudo soportar las largas horas de soledad que acompañan al papel de esposa de policía, había tenido que enfrentarse a este tipo de situaciones demasiadas veces desde que se había incorporado al cuerpo a la tierna edad de veintiún años. Su cabello castaño, antes frondoso, había

79

adelgazado y ahora mostraba rastros de gris en los lados y en la espalda. Sus ojos marrones definitivamente habían perdido parte de la chispa que una vez lo había hecho atractivo para el sexo opuesto, y se sentía cansado, cansado de perseguir a los malos semana tras semana sólo para ver cómo muchos de los que arrestaba eran liberados por falta de pruebas o condenados a cortas y ridículas sentencias por magistrados y jueces de mentalidad liberal y políticamente correctos que parecían preocuparse más por los derechos del criminal que por los de las víctimas.

Los asesinos, por supuesto, no pensaban en sus víctimas. ¿Por qué, pues, iban a tener en cuenta a las familias de los asesinados? ¿Cómo se puede esperar que piensen un segundo en las lágrimas, el dolor y el vacío de por vida que un marido, una mujer, un padre o un hijo pueden sentir por la pérdida de su ser querido, o en las pesadillas que a menudo acompañan a la revelación de que sus seres más queridos han sido víctimas de una muerte violenta y cruel, infligida en tantas ocasiones por un total desconocido sin más motivo aparente que el de causar dolor para satisfacer su propia e ilógica o insana sed de sangre?

No hay que preocuparse por los pobres policías que tuvieron que lidiar con las traumatizadas familias de las víctimas de los asesinatos, y al mismo tiempo permanecer lo suficientemente desapegados como para buscar cada pista en las palabras y el lenguaje corporal de los familiares, para buscar cada matiz en el lenguaje corporal que pudiera identificar a ese familiar como un potencial sospechoso. Aunque a algunos les parezca terrible, hombres como Holland y Wright se enfrentaban con demasiada frecuencia a casos en los que el asesino podía ser encontrado cerca de casa, desde la propia familia. Mike Holland no esperaba un resultado así en este caso. Estaba razonablemente seguro de que la autopsia de Marla Hayes demostraría que su asesino era el mismo que el de Laura Kane.

Salió de su ensoñación al oír repentinamente unos golpes firmes en su puerta, Holland se giró y gritó: "Adelante".

George Wright entró en el despacho seguido de los padres de Marla Hayes. El Doctor Rowan Hayes parecía tener unos sesenta años, y su esposa Mary era un poco más joven, quizá de unos cincuenta años. Es evidente que el Doctor intentaba mantener la compostura, aunque su esposa parecía tener los ojos rojos y estar llorosa, algo perfectamente comprensible a los ojos de Holland.

—Doctor y señora Hayes, habló Wright a modo de presentación. "Este es el Detective Inspector Holland".

—Hola, Inspector, —dijo el Doctor con una voz tranquila y sosegada que desmentía su evidente agitación interior. No quería estar aquí; no quería creer lo que ya sabía. Después de todo, ¿qué hombre querría admitir ante sí mismo que su hija se había dedicado a la prostitución y había acabado muerta en la calle de una ciudad extraña? La señora Hayes se limitó a inhalar y a asentir en dirección a Holland.

—Doctor y señora Hayes, siento que tengamos que encontrarnos en estas circunstancias, pero quiero agradecerles que hayan venido a verme.

—En realidad no teníamos mucha elección, inspector, ¿verdad? —preguntó Rowan Hayes. "No. Lo sé. Lo siento".

—¿Está seguro de que es Marla la que ha encontrado? —preguntó la madre. "Sé que llamamos a la policía en cuanto vimos el boletín de noticias, pero ¿no es posible que alguien haya encontrado esa fotografía, o la haya sacado del bolso de Marla, y...?"

—Sra. Hayes, —dijo Holland tan tranquilamente como pudo. "La chica que encontramos es la chica de la fotografía. No hay duda de ello. Sé que es algo terrible de aceptar pero..."

—¿Cómo puedo hacerlo? —dijo de repente. "¿Cómo puedo aceptar el hecho de que mi hija está muerta? ¿Puede decírmelo, Inspector Holland?"

Holland respiró profundamente y se permitió hacer una pausa de uno o dos segundos antes de responder.

—No, no puedo decirle eso, señora Hayes. No puedo imaginar nada peor para una madre que tener que tratar de lidiar con eso, realmente no puedo.

—Lo siento, Inspector, —dijo Rowan Hayes con esa voz tranquila y doctoral que tiene. "Verá, nos casamos un poco más tarde que la mayoría de las parejas y tuvimos a Marla cuando yo ya tenía cuarenta años. Ella era nuestro orgullo y alegría, y esto ha golpeado a mi esposa, nos ha golpeado a ambos, terriblemente duro. Mi esposa está muy angustiada, como estoy seguro de que puede ver. Por favor, dígame qué podemos hacer para ayudarle a encontrar a su asesino".

Holland no estaba seguro de si debía mencionar el descenso de Marla a la prostitución en este momento. El boletín de noticias se había limitado a mencionar el descubrimiento del cuerpo de una mujer joven. La policía no había mencionado específicamente que Marla había trabajado en las calles. Por ahora, había decidido retener ese dato. No podía servir de nada y causaría aún más dolor a la Sra. Hayes. Ella tendría que saberlo muy pronto, por supuesto, pero había algo más que necesitaba de los padres primero.

No sabía que los padres de la chica ya estaban al tanto de la profesión elegida por su hija. Hasta ahora, no parecía necesario que ninguna de las partes lo mencionara. Si tenía algo que ver con su muerte, y Holland empezaba a creer que así era, los Hayes aún no lo sabían. Que Marla había llevado una vida accidentada desde su adolescencia era otro hecho que Holland aún no conocía. Hasta ahora, su única prioridad había sido identificar a la chica muerta, y ahora, consolar a sus padres en su momento de necesidad. Con el tiempo, a medida que conociera los hechos que rodeaban el pasado de Marla, eso cambiaría y tendría una relación directa con la forma en que Holland dirigiría el futuro de su caso.

—Gracias, Dr. Hayes. Lo primero que necesitamos de usted o de su esposa es que uno de ustedes realice la identificación oficial del... de Marla.

—¡Sí, claro! Por supuesto, lo entiendo. Creo que será mejor que lo haga yo, ¿no, querida? —dijo él, volviéndose hacia su mujer y pasándole un brazo tranquilizador por el hombro.

—Yo también quiero verla, Rowan, por favor, —imploró su mujer. "Aunque sea lo último que haga, quiero verla una vez más, sólo para despedirme, si le parece bien, Inspector".

—Por supuesto que está bien, —respondió Holland. "Por favor, vayan con el sargento Wright. Él los llevará a la morgue y los traerá de vuelta cuando hayan terminado allí. Por favor, no se sientan apurados. Tómense todo el tiempo que quieran".

—Gracias, —dijo Hayes, mientras cogía a su mujer de la mano y la sacaba de la habitación, siguiendo a George Wright, que les proporcionaría todo el apoyo posible durante la prueba de enfrentarse a los restos de su hija.

La puerta se cerró tras ellos y Mike Holland se desplomó de nuevo en su silla de oficina revestida de cuero. Cerró los ojos durante unos segundos, luego los abrió una vez más, giró la silla para mirar hacia la ventana y se sentó mirando el cielo una vez más durante uno o dos minutos. Trató de imaginar cómo se sentiría si estuviera en el lugar de los Hayes en ese momento, y decidió que se alegraba de que él y Susan nunca hubieran tenido hijos.

¡Dios! Hay veces que odio este maldito trabajo.

Cuando los llorosos padres regresaron con Wright algún tiempo después, con la identificación de su hija confirmada, fue obvio para Holland que la madre no estaba en condiciones de responder a las preguntas, y dirigió sus palabras al padre durante los siguientes minutos. Holland prometió mantenerlos informados sobre el progreso del caso. Mientras los angustiados padres salían de su despacho escoltados por el sargento Wright, Holland se sintió aliviado de no tener que emprender tales tareas todos los días. Prefería enfrentarse a una banda de delincuentes armados con cuchillos que tener que enfrentarse a los afligidos padres de otra chica o chico cuya vida había terminado trágica y abruptamente por un crimen violento.

George Wright regresó después de acompañar al doctor y a la señora Hayes hasta su coche. Holland, sentado en su silla de oficina, miró a su sargento cuando éste entró en el despacho y le dijo, de forma sencilla aunque con gran convicción

"George, viejo amigo, vamos a atrapar a este bastardo".

ONCE
EL PRIMO MARK

Tom Reid estaba totalmente perdido. Todos sus esfuerzos por encontrar al joven Jack habían resultado infructuosos. El detective privado que había contratado había hecho todo lo posible, pero Tom sentía que el hombre nunca había tenido muchas esperanzas de encontrar a Jack. En consecuencia, Tom había pagado una suma de dinero bastante exorbitante para cubrir los gastos del hombre, sin ninguna recompensa.

—Pero no puede haberse desvanecido en el aire, Tom, —dijo Jennifer Reid mientras estaba sentada implorando a su marido que hiciera algo, cualquier cosa, en términos de un mayor esfuerzo para encontrar a su hijo.

—Te lo he dicho, Jen, lo mejor que podemos hacer por Jack ahora es denunciar su desaparición a la policía. Ellos son los mejor equipados para lidiar con algo así.

—¡De ninguna manera, Tom! No hay policía y eso es definitivo. Si les decimos que Jack tiene un historial de enfermedades psiquiátricas, es probable que lo cataloguen como peligroso o enfermo mental o algo así, y quién sabe cómo lo tratarían si lo encontraran.

—¡Tonterías, Jennifer! Tom soltó, sin quererlo. "No ha cometido ningún delito. ¿Por qué harían eso?"

—No lo sé, Tom. Simplemente no quiero que la policía se involucre. Se ha ido porque algo en el legado infernal de Robert le ha molestado o perturbado. Si pudiéramos averiguar qué era entonces podríamos tener una idea de dónde buscarlo.

—¿Pero cómo diablos vamos a averiguar qué había en esos papeles? Ni siquiera Sarah lo sabía, y estuvo casada con Robert durante mucho tiempo. Ni siquiera le confió lo que le dejaba en fideicomiso a Jack.

—Lo sé, pero ¿qué fue esa basura que te contó cuando fuiste a verla? Jack el Destripador, ¿no? Robert había alucinado con algo relacionado con el caso de Jack el Destripador, ¿no es así?

—Jen, por favor. Robert estaba enfermo, un hombre extremadamente enfermo. No olvides que nunca se recuperó del todo del accidente de coche y nadie supo que había desarrollado el tumor cerebral hasta que fue demasiado tarde. Debió haber tenido dificultades para concentrarse en las realidades de la vida a veces. La presión del tumor debe haber provocado todo tipo de cortocircuitos en su cerebro y no me sorprende que llegara a delirar un poco.

—Pero Sarah dijo que él estaba leyendo algo en su estudio por la noche, mientras ella estaba en la cama. Ella pensó que era algo relacionado con el Destripador, ¿no? ¿Y si era lo que le había legado a Jack? ¿Y si contenía algo tan perturbador que la mente de Jack no podía afrontarlo? Tom, debemos averiguar qué había en ese paquete. Simplemente tenemos que hacerlo.

—Como dije, Jen, Sarah dijo que Robert estaba convencido de que el alma del Destripador lo había visitado, *pero eso fue por los efectos del tumor*. ¿No lo entiendes? ¿Cómo podría el alma del maldito Jack el Destripador estar vagando por el éter durante más de un siglo y luego plantarse en la mente de Robert en alguna posesión al azar o lo que sea?

—Pero, ¿y si fuera cierto, Tom? ¿Y si los desvaríos de Robert fueran reales? ¿Y si no fuera al azar? ¿Qué sabes de los antecedentes de tu propia familia, allá por el siglo XIX? Tal vez alguien en la historia de tu familia tuvo una conexión con el caso o algo así. Eso podría explicar por qué el Destripador regresó y encontró un camino en la mente de Robert.

—Por el amor de Dios, Jen, ¿te has escuchado? Suenas como una loca. ¿Desde cuándo has empezado a creer en espíritus, fantasmas, posesión, reencarnación o ese tipo de cosas? ¿Cómo diablos pudo el espíritu de Jack el Destripador sobrevivir a través de los años y luego simplemente aparecer y habitar en algún rincón de la mente de Robert cuando se le antojó? Los fantasmas no existen, Jen, lo sabes. Jack el Destripador murió hace más de cien años. Cualquier cosa que Robert haya dicho fue causada por los delirios de una mente extremadamente enferma, infectada como estaba por el tumor.

—Mira, Tom, algo hizo que nuestro Jack huyera como lo hizo. Debes admitir que es demasiada coincidencia que toda su personalidad cambiara después de recibir ese paquete. Sígueme la corriente, por favor. Debe haber una manera de averiguar más sobre tu historia familiar, sin duda.

Tom Reid suspiró. Sabía que su mujer no iba a dejarle libre. Había decidido que había llegado el momento de buscar esqueletos en el armario de la familia, y no había manera de que se echara atrás hasta que él aceptara ahondar en el pasado en busca de una pista sobre la desaparición de Jack. Sabía cuándo estaba vencido.

—Bien Jen, escucha. Hay una vía familiar que aún no hemos explorado, supongo.

—¿Cuál es? —preguntó ella, con sus esperanzas puestas en la creencia de que Tom había pensado en algo importante.

—Mark, fue la respuesta de Tom de una sola palabra. "El buen y viejo primo Mark".

—¿Mark Cavendish? ¿El hermano de Robert? ¿No se fue al extranjero después de la muerte de Robert? Nadie parece haber oído de él durante años.

Mark Cavendish era el hermano menor del difunto Robert Cavendish.

A la muerte de su padre, el anciano había dejado a Robert el consultorio de psiquiatría que compartía con su hijo, y el resto de su patrimonio a Mark, asegurando así un reparto equitativo de sus bienes entre sus dos hijos. Robert había seguido ejerciendo hasta el día del accidente de coche que había matado a su padre y le había herido gravemente. Aunque volvió a trabajar tras recuperarse de sus heridas y del coma en el que había caído en el momento del accidente, su corazón ya no parecía estar en ello. Acabó vendiendo el consultorio y poco después se le diagnosticó el tumor cerebral incurable que fue la causa final de su muerte. La familia vio a Mark por última vez en el funeral de Robert. En el funeral que siguió al entierro del cuerpo de Robert en el terreno familiar del cementerio de San Judas, Mark había anunciado su intención de vender su propio negocio de producción de juegos de ordenador y buscar fortuna en el continente. Cuando le preguntaron dónde pensaba establecerse exactamente, le dijo a Sarah, su cuñada, que le gustaba mucho la idea de la Riviera italiana o, al menos, algún lugar donde hubiera costa y pudiera estar cerca del mar, algo que le encantaba. Sarah quería saber cómo podía mantenerse en contacto con él, pero Mark, siempre algo solitario, le dijo que tenía la intención de hacer una nueva vida y que no necesitaba ningún vínculo con el pasado. No quería faltarle el respeto a ella ni a la memoria de Robert, pero como su padre y su hermano ya no estaban, y su madre hacía tiempo que había muerto, ya no había nada que lo retuviera en el viejo país. Si necesitaba ponerse en contacto con la familia, lo haría a través de los abogados de la familia.

—Nuestro Mark siempre fue un poco raro, —respondió ahora Tom a la pregunta de Jen sobre su primo. "Robert siempre fue el más tranquilo y sensato, pero Mark era un poco soñador. De pequeño quería ser artista, pero nunca llegó a desarrollar la habilidad necesaria para conseguirlo. Creo que por eso al final se dedicó a la informática. En realidad creó algunos malditos buenos juegos de ordenador ya sabes. Los vendió a algunos de los grandes fabricantes de juegos, antes de darse cuenta de que podía ganar aún más dinero si creaba su propia empresa, que por supuesto es lo que hizo. Supongo que sus juegos se convirtieron en su propia forma de arte especial, y realmente era bueno en ello, como he dicho".

—¿Pero cómo lo encontramos si no quiere ser encontrado? —preguntó Jennifer a su marido.

—Por qué, a través de los abogados, por supuesto. Por lo que sé, aún mantiene una participación mayoritaria en Programación Global, la empresa que fundó cuando se independizó. Dijo que se mantendría en contacto con los abogados para estar al tanto de las cosas en casa. Estoy seguro de que tendrán una dirección para él en algún lugar de sus registros.

—¿Y por qué nos la darían a nosotros, Tom? No es como si fuéramos cercanos a Mark, ¿verdad?

—Pero esto es un asunto familiar, ¿no? Estoy seguro de que el abogado de la familia en Knight, Morris y Campbell, quienquiera que sea que esté manejando el negocio de la familia en estos días, puede ser convencido de al menos ponerse en contacto con Mark en nuestro nombre y ver si se pone en contacto con nosotros.

—¿Y de verdad crees que Mark podría saber algo que podría ayudarnos?

Tom guardó silencio durante unos segundos, y luego suspiró y se sentó con cansancio mientras respondía a su esposa.

—Para ser sincero Jen, creo que estamos dando palos de ciego. Jack podría estar en cualquier ciudad de este país, y Mark Cavendish podría o no saber nada sobre la historia de la familia en la época victoriana. Robert y él podrían haber hablado de cosas de las que no sabemos nada, pero también podrían no haberlo hecho. Todo lo que puedo decir es que si quieres que hagamos algo que no incluya recorrer las calles de todas las ciudades y pueblos de Inglaterra en busca de Jack, entonces éste parece el camino más lógico a seguir por el momento.

Jen miró a su marido, notando por primera vez lo cansado y fatigado que parecía. Ella sabía que él había hecho todo lo posible para encontrar a su hijo en las semanas anteriores y había dormido poco en el camino. Quería mucho a Tom y estaba agradecida por tenerlo a su lado en todo esto. Levantándose de su silla, cruzó la habitación hasta donde su marido estaba sentado en su sillón favorito y se sentó suavemente en su regazo, rodeando su cuello con los brazos.

—Así que, mi gran y apuesto marido, le susurró al oído. "¿Qué hacemos ahora entonces?"

—Bueno, —respondió Tom. "A primera hora de la mañana llamo a los abogados y pido una cita. Luego lo tomamos a partir de ahí. En cuanto a ahora, se está haciendo tarde y creo que es hora de que tú y yo nos acostemos para pasar la noche, mi cansada señorita".

—¿Es eso una invitación? —preguntó Jennifer casi con coquetería.

—Supongo que se podría decir eso, sonrió Tom. Cinco minutos más tarde, con la casa cerrada por la noche, Tom y Jennifer subieron las escaleras, y a los dos minutos de caer juntos en la cama, ambos estaban profundamente dormidos, abrazados en un abrazo cariñoso. La agitación emocional de las últimas semanas les estaba pasando factura. No estaban más cerca de encontrar a su hijo, pero la mañana les traería nuevas esperanzas y, por primera vez en mucho tiempo, la pareja no se vio perturbada por los sueños mientras dormían.

DOCE
DESAYUNO EN CASA DE MICHAEL

JACOB DORMÍA en el sofá del andrajoso y maloliente departamento de Michael. Michael se sentó frente a su nuevo huésped, observando su forma de dormir. Jacob dormía mucho últimamente y se quejaba constantemente a Michael de que nunca podía despejarse. Michael sabía la respuesta al problema de Jacob, por supuesto, aunque no tenía intención de revelar esa información al hombre dormido. La constante infusión de sedantes y otros narcóticos que Michael añadía al té y al café de Jacob y, ocasionalmente, a las comidas chinas para llevar que disfrutaban de vez en cuando, hizo que Jacob se volviera muy susceptible a la voluntad de Michael, y también, en cierta medida, dependiente de su llamado benefactor.

De hecho, Jacob se había convertido en todo lo que Michael había querido que fuera cuando lo vio por primera vez en la banca del paseo marítimo. Armado con un mapa de calles, a Jacob no parecía importarle que le pusieran a trabajar llevando mensajes de Michael a varios contactos en toda la ciudad. De vez en cuando también había que entregar pequeños paquetes, de los que Jacob no tuvo problemas para discernir que contenían drogas de algún tipo. En lo que a Jacob se refiere, poco le importaba. Michael le había proporcionado una especie de hogar y, a cambio de sus esfuerzos en favor de Michael, Jacob recibía efectivamente unas cuantas libras a la semana, comida, alojamiento y comida gratis. Michael llevaba mucho tiempo buscando un cómplice que fuera un mensajero conveniente y barato para sus actividades poco legales.

Al asegurar la dependencia de Jacob de su buena voluntad, se había asegurado un grado de seguridad e inmunidad para sí mismo de algunos de sus competidores y de la policía. Al fin y al cabo, Jacob era limpio, bien hablado y, sobre todo, desconocido en la ciudad. Eso lo convertía en un bien valioso para Michael, que había tenido demasiados encontronazos con la ley y con algunos de los traficantes de poca monta más violentos de la zona. Michael prestaba un servicio y, en la mayoría de los casos, la violencia no formaba parte de él. Por supuesto, había ocasiones en las que se necesitaba un poco de mano dura, pero eso era raro, y él evitaba tales acciones a menos que fuera absolutamente necesario. Cuando lo consideraba esencial, podía ser tan brutal como cualquier otro hombre, pero como todos los especímenes de la raza humana, la idea de que alguien cometiera realmente un acto de violencia contra él le resultaba aborrecible y aterradora. Odiaba el dolor físico y Jacob era una forma de asegurarse de no tener que ponerse en primera línea tan a menudo.

El hombre dormido tenía otra utilidad, por supuesto, una que Michael ya estaba aprovechando especialmente. Sin embargo, tendría que ser cuidadoso y vigilante en la forma de tratar a Jacob en este sentido, y Michael incluso consideró introducir a Jacob en el mundo de los adictos, introduciendo lentamente algo más adictivo en su comida y bebida. Sin embargo, ese sería el último recurso, ya que Jacob serviría mucho mejor a los propósitos de Michael si se mantuviera "limpio" de esa contaminación. Por ahora, todo iba bien, y mientras las cosas siguieran por el camino actual, no habría necesidad de cambiar el régimen.

Michael sabía que muy pronto, Jacob se despertaría, y no tardaría en salir del departamento. Jacob tenía una rutina diaria de la que Michael sabía muy poco. Parecía pasar la mayor parte de sus días en la calle, buscando algo o alguien. Por supuesto, Michael sabía exactamente lo que Jacob buscaba. Su búsqueda en la mochila del joven en su primera noche juntos en el departamento se lo había dicho.

Michael había puesto en práctica todo lo que había aprendido de su registro ilícito de la mochila de Jacob desde aquella noche y ahora todo lo que tenía que hacer era asegurarse de que Jacob fracasara en su intento de descubrir lo que estaba buscando. Eso iba a ser relativamente fácil de conseguir, como ya había descubierto Michael. Apenas se lo había creído cuando encontró el origen del objetivo de Jacob, el motivo de su llegada a Brighton escondido entre sus objetos personales en la mochila, pero, cuando lo hizo, y se dio cuenta de la importancia de lo que había aprendido, el resto le había resultado fácil a Michael.

Ahora, todo iba bien y seguiría así mientras pudiera mantener a Jacob bajo su control hasta que el plan estuviera completo. Michael tenía ayuda, por supuesto, de la mejor clase imaginable y confiaba en que nada podría salir mal, y si lo hacía, entonces qué demonios, tenían al perfecto chivo expiatorio listo y esperando, durmiendo aquí mismo en el sofá, frente a él.

Jacob comenzó a despertarse. Michael no tenía ningún deseo de estar cerca mientras su invitado se levantaba, se estiraba y se dirigía a la cocina para tomar su habitual ingesta diaria de cereal y leche. ¡Dios! La rutina del hombre era interminable.

Mientras Jacob abría por fin sus ojos apagados y se frotaba las sienes contra el dolor de cabeza que parecía no abandonarle nunca, Michael cerró la puerta en silencio y salió del departamento para dirigirse a la ciudad. Tenía que hacer sus propios recados esa mañana y necesitaba ver a alguien urgentemente. Había planes que hacer, y Michael sabía que su amigo estaba ansioso por pasar a la siguiente etapa del juego.

Jacob finalmente se despertó de golpe y enseguida le llamó la atención el aire de silencio que invadía el departamento. Incluso sin mirar a su alrededor, supo que Michael había salido. Eso le resultaba extraño, ya que era raro que el hombre saliera del piso durante la mañana. Se frotó las sienes una vez más y se levantó lentamente del sofá. El dolor de cabeza parecía peor cuando se levantaba, y rápidamente se dirigió a la cocina, preparó su desayuno y con la misma rapidez regresó al sofá, donde colocó el tazón en su regazo antes de devorar los cereales con avidez. Lo que fuera que le pasaba en la cabeza no había hecho nada para disminuir su apetito.

Mientras comía, intentó recordar la noche anterior. Por alguna razón, parecía estar experimentando una laguna mental. Esperaba que lo que le había sucedido una vez no se repitiera. Michael le había ayudado aquella vez, ¿lo habría hecho de nuevo, se preguntó Jacob? Por otra parte, ¿cómo pudo haberlo hecho? No habría sabido a dónde iba Jacob, por lo que no habría podido ayudarle una segunda vez.

Jacob hizo una pausa en su comida para mirarse las manos. Estaban temblando, como la última vez. Buscó señales reveladoras, pero no había ninguna. Estaba limpio, absolutamente limpio. Suspiró aliviado. No pudo haber ocurrido de nuevo. Estaba seguro de ello.

El desayuno por fin terminó y su mente se despejó de pensamientos oscuros y del miedo que se había apoderado de él antes, Jacob se lavó, se afeitó y salió del piso, recordando cerrar la puerta con la llave de repuesto que le había confiado Michael. Jacob no estaba seguro de confiar en Michael, pero al menos por ahora tenía un techo sobre su cabeza, y el "negocio" de Michael aunque no era estrictamente o de hecho, de ninguna manera legal, al menos le proporcionaba a Jacob los medios para seguir con su propia tarea durante los días.

Estaba seguro de que las respuestas que buscaba se encontraban aquí, en la Costa Sur. Sólo deseaba saber cómo encontrarlas.

TRECE

LA CASA EN ABBOTSFORD ROAD

La Abbotsford Road se encuentra en la cima de una colina casi paralela a la costa de Brighton. Situada a un kilómetro y medio hacia el interior, su altura permite a los que residen en las casas que se alinean a un lado de la calle tener unas vistas privilegiadas de la ciudad, el Pabellón Real y el Canal de la Mancha. Los que viven en el lado opuesto de la vía no tienen tanta suerte, aunque algunas de sus habitaciones de los pisos superiores ofrecen una vista menor del mar y quizás una pequeña fracción de la ciudad, vista a través de los huecos entre las casas del lado de la ciudad.

Las casas de la Abbotsford Road fueron en su momento el colmo de la elegancia y el refinamiento, ya que se construyeron durante el apogeo de la época de la Regencia y sólo estaban al alcance de los ricos y adinerados que aprovechaban las conexiones reales de la ciudad para instalarse en las inmediaciones de la riqueza y la opulencia que esas conexiones aportaban a la ciudad.

En cumplimiento de los deseos de los propietarios originales de asegurar unas vistas ininterrumpidas, no se permitió plantar árboles a lo largo de la vía, algo inusual para la época, y hoy en día la tradición de no plantar árboles continúa, y aunque no está consagrada en ninguna ordenanza local ni en las actas del consejo, sería impensable que alguien se planteara plantar un árbol en cualquier lugar a lo largo de la vía.

La mayoría de las casas a lo largo de la calle conservan sus nombres originales, habiendo recibido denominaciones tan grandilocuentes como "La Casa de Sussex" o "De Savory Manor" e incluso una llamada con bastante descaro "Regent's Folly". A algunas se les ha cambiado el nombre a lo largo de los años, por supuesto, pero la casa que tal vez posea más fama, o tal vez infamia, es la única de la calle que no lleva ningún nombre, sólo un número. Fue aquí, en el número 14, donde "Bertie", el Príncipe de Gales, y más tarde el Rey Eduardo VII, tuvo varios coqueteos con una de sus amantes menos conocidas en los años anteriores a su llegada al trono de Inglaterra. Se trataba de la casa de la señora Amelia Lassiter, viuda del coronel Henry Lassiter, de la Real Artillería de Caballería, que había sucumbido a la fiebre durante un destino en el subcontinente indio. Presentada al príncipe por uno de sus amigos militares, Amelia pronto se hizo amiga de Bertie, y las visitas de éste a su casa continuaron durante más de tres años, hasta que se aburrió de su edad, cada vez más avanzada, y se dirigió a otras mujeres más jóvenes que le atraían.

Gran parte de la elegancia de aquellos días ha desaparecido de las casas de la Abbotsford Road, y el número 14 no es una excepción. Aunque todavía posee sus impresionantes portones de hierro forjado, sus puertas delanteras de roble macizo y sus altos techos con paredes revestidas de madera, desprende un aire de elegancia bastante desvanecido, y el actual grupo de residentes de la calle está muy lejos de la opulencia y la riqueza de los residentes originales de la Abbotsford Road. Esto no quiere decir que las casas aquí sean baratas, por supuesto. De hecho, se encuentran entre las más caras de la ciudad, aunque quizás las vistas que tienen las casas del lado del océano tengan algo que ver con ello. Tal vez sea que los residentes de hoy en día son menos conscientes de su clase y tal vez un poco menos capaces, en el clima financiero actual, de prodigar miles y miles de libras en el mantenimiento de los exteriores de sus casas a la manera de sus antepasados.

El sol de finales de verano estaba en su apogeo cuando Michael llegó a la puerta del número catorce. El día se había vuelto cada vez más cálido a medida que recorría los tres kilómetros desde su departamento. No era partidario de malgastar el dinero en taxis cuando el tiempo era bueno, aunque deseaba haber cogido uno cuando llegó a la cima de la colina y caminó los últimos metros hasta la casa. El sudor le caía por la frente y sentía la camisa como si estuviera pegada a su espalda. Incluso su cabello estaba tan mojado como si acabara de salir de la ducha.

Michael metió la mano en el bolsillo de su chaqueta de mezclilla (llevarla también había sido un error con este clima) y extrajo un manojo de llaves. Seleccionando la correcta, la introdujo en la cerradura de la pesada puerta de roble de la casa, la giró y entró en el número catorce con tanta confianza como si fuera el dueño del lugar. Cerró la puerta tras de sí y caminó lentamente, pero con seguridad, por el vestíbulo con suelo de mármol hasta llegar a la puerta de lo que en su día se denominó "el salón", o quizás "la sala de estar". Se detuvo un segundo, escuchando en la puerta, y luego llamó en silencio y esperó hasta que escuchó la única palabra "Ven" pronunciada en voz baja desde el interior.

—Bienvenido, querido muchacho, —dijo el hombre que estaba sentado en un anticuado sillón tapizado con tela de flores que estaba colocado junto a la chimenea que no se utilizaba en ese momento, al otro lado de la habitación por la que Michael entró a través de la pesada puerta de metal. "Ven y siéntate".

Michael cruzó la habitación y se sentó frente al hombre en una silla idéntica a la que ocupaba su anfitrión.

—¿Cómo estás? —preguntó el hombre, al que Michael creía de al menos sesenta años, pero que en realidad acababa de cumplir los cincuenta. Su cabello estaba encanecido en las sienes y su bigote también había perdido gran parte de su color marrón natural. De pie, medía un metro setenta y le recordaba a Michael un caballero victoriano, sentado con sus zapatillas de felpa de color rojo, un batín de seda marrón con estampado de cachemira y unos pantalones negros con pliegues en la parte delantera. La sala en la que estaban sentados los dos hombres reflejaba el aspecto de elegancia desvanecida que desprendía el exterior de la propiedad. Las paredes con paneles dc roble daban al lugar un aire lúgubre y agobiante, y los tres cuadros que colgaban en pesados marcos de madera representaban barcos de vela históricos, uno de ellos un clipper de té sin nombre en plena faena, otro el famoso "Cutty Sark", y el tercero, un buque de línea de cincuenta cañones de la Marina Real del siglo XVIII completamente armado, con sus enseñas de batalla ondeando en las jarcias mientras navegaba hacia la guerra contra algún enemigo invisible.

Los libros de origen antiguo se alineaban en la estantería que ocupaba la pared adyacente a la silla de Michael, y una pesada mesa de roble macizo ocupaba el centro de la sala, con la superficie cubierta de mapas, una antigua brújula de vela y una serie de instrumentos de navegación muy antiguos.

Para el visitante casual, aunque no había ninguno en el número catorce, habría parecido que estaban en la casa de algún antiguo marino decrépito. Se habrían equivocado.

Todo lo que había en aquella habitación le daba a Michael escalofríos. Algo en aquel hombre y en su casa parecía estar impregnado del pasado. Un aire casi fantasmal impregnaba cada pared, cada centímetro de las alfombras de Axminster ligeramente raídas. Era como si la propia casa se hubiera congelado en el tiempo, y ese tiempo fue hace mucho, mucho tiempo. Michael sabía que era una estupidez, que no podía serlo, pero, sin embargo, la idea de que el hombre con el que estaba sentado frente a él en ese momento pertenecía a otro tiempo y a otro lugar siempre saltaba a su mente cada vez que le tocaba hacer una de sus visitas al número catorce.

—Estoy bien, —dijo Michael en respuesta a la pregunta de su anfitrión. Dudaba que al hombre le importara su salud, simplemente era una introducción a lo que sea que le habían llamado.

—Parece usted un poco malhumorado esta mañana.

—No estoy malhumorado, sólo cansado y con mucho calor. Es una larga caminata para llegar aquí y es un día muy caluroso allá afuera.

—¡Ja! Los jóvenes de hoy. ¿Un día muy caluroso? Apenas hay dieciocho grados ahí fuera, joven, y mírate, todo sudado y jadeando como si hubieras corrido un maratón. La próxima vez que mande a buscarte, pide un taxi".

—Los taxis cuestan dinero, viejo. ¿Vas a pagarlo tú?

—¿No te pago ya bastante? Y no vuelvas a llamarme "viejo", o me encargaré de que te pase algo muy desagradable. Puedes contar con ello.

La voz del hombre se elevó a un crescendo que obligó a Michael a sentarse en su silla. El temperamento había aparecido de la nada, y el joven sabía que era mejor no contestar. Ya había visto al hombre así antes. Su naturaleza volátil asustaba a Michael. Aunque el hombre era mucho mayor que él, Michael no dudaba de que podía manejarse bien si se le obligaba. Parecía fuerte y ágil, sus brazos eran musculosos y bien proporcionados a pesar de su edad.

Michael también podía ser violento, por supuesto, pero su cuerpo drogado probablemente significaba que los dos hombres estarían mucho más igualados de lo que normalmente sería el caso si se tratara de una pelea, y Michael no se atrevía a correr el riesgo. Dependía demasiado de su anfitrión.

Lo siento, —dijo Michael. "No pretendía ofender".

—Mmm, podría ayudar si te dedicases a vender esas drogas a las pobres almas descarriadas de ahí fuera en lugar de consumirlas tú mismo. Podrías tener un poco más de aliento para subir la colina si estuvieras más en forma. ¿Y no es hora de que te afeites y te laves bien? ¿Cuándo fue la última vez que te bañaste o te duchaste? Sólo Dios sabe lo que pensarán mis vecinos cuando te ven llegar a mi casa.

Michael no respondió. En cambio, esperó. Sabía que el hombre no lo había llamado a la casa para hablar de sus arreglos sanitarios y de baño.

—¿Qué? ¿No tienes nada que decirme? Eres un maldito cobarde y un mentiroso, eso es lo que eres. Por qué me molesto contigo no lo sé. Si no me fueras útil, yo...

El hombre dejó sus últimas palabras en el aire. A Michael no se le escapó la inferencia. Sabía que su anfitrión podía ser violento si lo deseaba, y Michael no deseaba estar en el extremo receptor de esa vena violenta.

—Tú me pediste que viniera aquí hoy —dijo Michael en voz baja.

—Sí, lo hice, ¿no?

El hombre se inclinó hacia delante, sacó un cigarrillo Davidoff de un paquete que estaba en la pequeña mesa auxiliar junto a su silla, lo introdujo en una boquilla de plata que extrajo del bolsillo de su batín y procedió a encenderlo con un encendedor Zippo bien usado.

—Bueno, supongo que tienes algo que decirme sobre lo de anoche.

—¿Ah, sí? ¿Supones, verdad? Es bastante elocuente por tu parte, ¿no? ¿Supones? Bueno, bueno. De hecho, joven, tienes razón. Deseo discutir contigo lo de anoche, y con cierto detalle. Esta mañana también, si no te importa.

El hombre se recostó en su silla, dio una larga calada a su cigarrillo y, con una facilidad que siempre había desconcertado al joven en sus anteriores visitas, empezó a producir un flujo constante de anillos de

humo que se elevaban hacia el techo antes de disi-
parse y formar una nube que quedaría colgada justo
por debajo del nivel del techo durante toda su conversación. Michael odiaba estas "pequeñas charlas",
como las llamaba el hombre. Siempre le ponían los
pelos de punta, y sus nervios estarían a flor de piel
desde ahora hasta que saliera de la casa y volviera al
aire fresco del mundo exterior una vez más.

—¿Y bien? —preguntó el hombre. "¿Vas a hablarme de tu huésped o no?"

Michael se estremeció. El aire de la habitación
parecía haberse vuelto más frío. Cuando comenzó a
relatar la información que se le pedía, el hombre cerró
los ojos y escuchó atentamente, pendiente de cada
palabra de Michael, absorbiendo cada hecho y cada
detalle de la narración que el hombre más joven ex-
ponía ante él. Michael tardó algún tiempo en trans-
mitir todo lo que necesitaba, y el hombre no le
interrumpió ni una sola vez ni le hizo una pregunta.
Nunca lo hizo. Se contentaba con escuchar y absorber
las palabras de Michael, siempre sentado como ahora,
con los ojos cerrados, fumando sus cigarrillos con
aquella larga boquilla de plata que aumentaba el aire
victoriano que Michael sentía que se aferraba al
hombre como una espesa niebla.

Cuando llegó al final de su informe, el propio Michael se sentó y se permitió relajarse un poco. Esperó.
Al final, el hombre volvió a hablar.

—Lo has hecho bien, joven, muy bien.

Metiendo la mano en el bolsillo interior de su batín, el hombre sacó un fajo de billetes y contó rápidamente lo que a Michael le pareció una cantidad
desmesurada de dinero. Al pasarle los billetes a Michael, el hombre sonrió, una sonrisa que a Michael le

pareció que podía helar el alma de cualquier hombre. Había muerte en esa mirada, lo sabía con certeza.

—Aquí. Tómalo. Te lo has ganado. Te avisaré cuando te necesite de nuevo. Mientras tanto, mantén a ese invitado tuyo tranquilo, ¿entiendes?

Michael asintió.

—Ahora vete, y no vuelvas hasta que te mande llamar de nuevo, ¿entendido?

Michael asintió, se levantó de la silla y caminó lentamente por la habitación hasta sentir el tranquilizador metal del pomo de la puerta en su mano. Al abrir la puerta, se giró para hablar y despedirse del hombre. Nunca está de más ser cortés con el viejo cabrón, pensó Michael. No tenía por qué molestarse. Por lo que Michael sabía, sólo había una puerta en la habitación y él mismo acababa de abrirla, pero cuando miró hacia donde el hombre había estado sentado no había nadie, ¡y la habitación estaba vacía!

Un minuto después, cuando atravesó la puerta principal y salió al sol del día una vez más y se dirigió a bajar la colina hacia la ciudad, Michael se permitió por fin respirar con normalidad. Se dio cuenta de que había estado tenso y aguantando la respiración de forma poco natural al salir de la casa. Aumentó el ritmo al pasar por la puerta y casi podía jurar que la temperatura en la calle era al menos diez grados más cálida que en los terrenos del número catorce de Abbotsford Road.

Esperaba que pasara bastante tiempo antes de que el hombre le llamara. No debía saberlo, por supuesto, pero la próxima llamada que recibiera de su poco genial anfitrión sumergiría a Michael en un mundo cada vez más peligroso y terrorífico del que le resultaría cada vez más difícil escapar. Pero eso era para el futuro. Por ahora, se alegraba de estar bajo el calor del sol, la caminata cuesta abajo era mucho más agradable que la subida que había tenido que soportar para llegar al número catorce. Aliviado de estar de vuelta en el "mundo real", Michael silbó para sí mismo casi todo el camino a casa.

CATORCE

POST MORTEM

CHAS MURDOCH se puso de pie y se alejó de la mesa de autopsias. Ante él estaban los restos mortales de Marla Hayes. La gran incisión en forma de "Y" en su torso había sido cosida y sellada, y el trabajo de Murdoch estaba terminado. Mike Holland y George Wright estaban a un lado, a unos dos metros de la mesa. Ya habían visto autopsias antes y, aunque no les molestaban demasiado las imágenes y los sonidos que acompañaban al procedimiento, nunca se acercaban más de su distancia actual. A veces era posible ver demasiado.

—¿Y bien, Chas? —preguntó Holland. "¿Podemos estar razonablemente seguros de que estamos buscando al mismo asesino que masacró a Laura Kane?"

—En mi opinión, las heridas infligidas a Marla Hayes se hicieron con el mismo cuchillo que mató a su anterior víctima. Hay pocas dudas al respecto. El cuchillo tiene una cresta particular en un lado, y deja una huella obvia en la carne al entrar en el cuerpo. La huella está presente en los restos de ambas chicas. Tienes un asesino en serie en tus manos, no hay duda de ello.

—¿Y la causa real de la muerte fue la herida en la garganta?

—Oh, sí. Al igual que a la primera chica, a ésta le cortaron la garganta con tal severidad que la columna vertebral quedó casi separada. Quienquiera que haya hecho esto tiene fuerza, posiblemente acompañada de una gran rabia, me atrevería a decir.

—¿Qué hay de las otras heridas Doc, las que infligió después de cortarle la garganta? Fueron infligidas post mortem, espero —preguntó Wright.

—Sí, Sargento, lo fueron. La chica estaba muerta antes de que se le infligieran las otras heridas. Creo que la mató y luego se tomó su tiempo para llevar a cabo sus mutilaciones en el cuerpo de la pobre chica.

—¿Son las heridas indicativas de algún conocimiento anatómico o médico especializado? —preguntó Holland.

—¿Quieres decir que podría haber sido un médico? Sí, podría haberlo sido, pero también podría no haberlo sido. Los cortes fueron ciertamente infligidos con confianza. No hay marcas de vacilación donde cortó en el cuerpo y las incisiones son todas limpias y hechas con confianza diría yo.

—¿No hicieron esa pregunta al principio de la investigación de Jack el Destripador en 1888?

La pregunta procedía de George Wright, que tenía la costumbre de estudiar los casos antiguos, especialmente los no resueltos, y ningún caso no resuelto era tan conocido ni estaba tan documentado como el del infame asesino de Whitechapel.

—Sí, lo hicieron, según recuerdo, —respondió Holland. "Pero eso era entonces, y esto es ahora. Tenemos que conseguir un cierto grado de concentración en el caso. Si alguien va por ahí apuntando a las prostitutas de la ciudad, él o ella, aunque yo sospecharía de un hombre en un caso como éste, debe tener un motivo, un desencadenante que lo haya puesto en marcha. Tenemos que enviar un equipo de agentes a la zona roja con órdenes específicas para tratar de descubrir si las prostitutas han notado que hay algún extraño merodeando por allí últimamente, o si saben de alguien que pueda haber desarrollado un rencor contra ellas en general."

—¿Estás trabajando en la suposición de que las chicas pueden haber conocido a su asesino?

—Correcto, Sargento. Sabemos que en la mayoría de los casos de asesinato el asesino es conocido por la víctima, y no hay razón para que no sea el caso aquí. Sólo tenemos que encontrar el denominador común que vincule a las chicas con el asesino. No nos enfrasquemos en teorías de médicos locos ni nada por el estilo por el momento. Como dice Chas, es igual de probable que el asesino sea un fontanero o un camarero o un corredor de bolsa, ¿eh, Chas?

—Mmm, sí, creo que dije algo así, —dijo Murdoch, —aunque no con esas palabras exactas.

—Pero eso es lo que quisiste decir. El hecho de que el asesino sepa manejar un cuchillo y apuntar a ciertas zonas del cuerpo no lo convierte en un médico, ¿correcto?

—Correcto.

—Bien entonces, ¿hay algo más que debamos saber cómo resultado de tu examinación?

—Sólo que quien hizo esta cosa terrible sabe a dónde apunta cuando se trata de las mutilaciones. Cada incisión fue hecha exactamente en el lugar correcto para asegurar el acceso a los órganos internos de la chica sin tener que vagar una vez que había entrado en el cuerpo. En ese sentido, hay cuidado y deliberación en su "trabajo", si quieres llamarlo así, pero también cortó virtualmente sus genitales hasta que quedaron casi irreconocibles, difícilmente el trabajo de una persona tranquila o hábil, diría yo.

—¿A qué órganos internos en particular se dirigió? —preguntó Holland.

—La matriz, el útero y el colon. Al parecer, extrajo unos quince centímetros del intestino grueso y me temo que, con toda probabilidad, se lo llevó consigo. Ciertamente no estaba presente en la escena del crimen y no se encuentra en ninguna parte del cuerpo.

—¿Un trofeo, lo crees, jefe?

—Tal vez, Sargento, tal vez.

—¿Para qué otra cosa podría haberlo tomado?

—No lo sé, pero parece extraño, ¿no? ¿Sólo quince centímetros de intestino?

¿Por qué no algo más importante?

—¿Quién puede decir cómo funciona la mente de un asesino? Murdoch retomó la conversación. "¿Quizás lo tomó simplemente para burlarse o para añadir confusión al caso de la policía, ya sabes, para hacerte pensar y empezar a adivinar sus motivos?"

—Igual que estamos haciendo ahora, ¿eh, Doc? — dijo Wright.

—Deberías haber sido detective, Chas, sonrió Holland.

—A menudo pienso en mí mismo como una especie de detective, ya sabes, —dijo el doctor. —Después de todo, cada vez que tengo que abrir a una de estas pobres personas comienzo una investigación propia, buscando pistas sobre lo que las mató, y por supuesto, mis informes a ustedes, los chicos de azul, a menudo conducen a la detención del asesino en los casos de asesinato, ¿no es así? ¿Dime qué es eso si no es el arte de la detección?

—Bueno, bueno, eso es bastante prosaico de tu parte, Chas, mi viejo amigo. Tienes razón, por supuesto. Eres un detective, quizás incluso más que nosotros. Tenemos que atrapar a los malos, claro que sí, pero a menudo tienes menos elementos para seguir que nosotros cuando empiezas a buscar las pistas que proporcionan los muertos.

—Exactamente Mike. Ustedes al menos tienen testigos vivos con los que hablar, a los que entrevistar y que les den pistas que puedan ayudar a la solución del crimen. Mi único testigo es el fallecido, y ellos tienen una forma completamente diferente de hablar conmigo. Dicho esto, los muertos no pueden mentir, Mike, y cuando encuentro algo en la autopsia, no se puede negar la verdad de ello. Puede que no siempre encaje con los hechos conocidos, pero la verdad es la verdad, y eso es todo. Hay que atenerse a lo que yo y mis colegas encontremos y construir el caso en torno a ello, porque lo contrario dejaría en entredicho cualquier futura acusación, ¿tengo razón?

—Muy bien, Chas, como siempre. Entonces, ¿hay algo más que puedas contarnos sobre Marla antes de que vayamos en busca del escurridizo "Destripador de Brighton", como estoy seguro de que a George le encantaría apodar a nuestro asesino?

—Sólo que tu asesino es diestro, como demuestra la dirección de las heridas que infligió a la chica, y que llevaba guantes de goma, probablemente de la variedad quirúrgica cuando llevó a cabo sus mutilaciones.

—Muy bien, Sherlock, lo de la mano derecha lo

admito, probablemente fue fácil de establecer, pero ¿cómo resolviste lo de los guantes de goma? —preguntó Holland con una sonrisa interrogativa en su rostro.

—Ja, ja, mi querido Inspector, sonrió Murdoch. "Eso también fue fácil".

—No hay ningún misterio. Los guantes quirúrgicos suelen venir en paquetes cerrados. Probablemente me han visto sacarlos en cien ocasiones o más. Además, tienen una fina capa de polvo en el interior que facilita su colocación en la mano. Parte de ese polvo estaba presente en el cuerpo de la chica, probablemente donde cayó al estirar los guantes para ponérselos. También explica por qué no hay huellas dactilares en ninguna parte de su cuerpo o ropa. Llevaba guantes, y eso también evitaría que la sangre de ella manchara sus manos, lo que dificultaría a la policía establecer cualquier contacto con la chica muerta si sus chicos lo hubieran recogido.

—Pero posiblemente habría restos del polvo en sus manos o bajo las uñas, ¿no? —preguntó George Wright.

"Tal vez", intervino Holland. "Pero eso en sí mismo no probaría que hubiera matado a nadie, sólo que hubiera llevado un par de guantes quirúrgicos, ¿verdad Chas?"

—Exactamente, —respondió el médico. "Mucha gente utiliza ese tipo de guantes por todo tipo de razones, tal vez mientras llenan sus coches, o mientras hacen trabajos de jardinería, o haciendo trabajos que podrían causar alguna mancha en los dedos. La lista es casi interminable".

—Entonces, es un bastardo inteligente además de vicioso.

—Correcto, Sargento. Inteligente, y muy cuidadoso si me lo preguntas, —añadió Murdoch.

—Bueno, gracias Chas. Nos has dado algo, no mucho, pero algo. Esperaré tu informe escrito que tendrás para mí... ¿para?

—Para mañana Mike. Sé que es urgente y lo
tendré mecanografiado esta tarde y en tu mesa mañana a primera hora. ¿Será suficiente?

—Ayer sería mejor.

—Mañana por la mañana, Inspector Holland. No
querrás que me apresure y deje algo vital fuera,
¿verdad?

—Entonces, mañana por la mañana, —dijo Holland mientras él y Wright abandonaban la sala de autopsias con suspiros de alivio. El olor y la atmósfera
opresiva que siempre parecían impregnar la sala no
dejaban de marear un poco a Holland y a su Sargento,
y salir de la sala al pasillo exterior les producía una
sensación de alivio casi tangible.

Puede que tuvieran que esperar unas horas más
para el informe de la autopsia, pero por ahora había
mucho trabajo por hacer, y Holland y Wright no estaban dispuestos a perder ni un momento mientras
volvían a la jefatura de policía para continuar su investigación. Ambos sabían que debían avanzar rápidamente en el caso, ya que era casi seguro que el asesino
volvería a atacar. Cuándo, no lo sabían, pero cuanto
más tardaran en atrapar al autor, más posibilidades
habría de que otra chica muriera horriblemente en sus
manos.

Holland no tardó en hacer que un equipo de
agentes uniformados se dirigiera a la zona roja de la
ciudad. Tenían instrucciones de hablar con todos y
cada uno para averiguar si alguien había notado un

personaje sospechoso en la zona en las últimas semanas, o si alguna de las chicas había tenido problemas con un nuevo cliente, tal vez uno que quería que se entregara a algo fuera de lo común. A continuación, revisó las declaraciones de los padres de Marla. Se había sorprendido cuando le dijeron que conocían la línea de trabajo de su hija. Sin embargo, se mostraron filosóficos al respecto y comprendieron mejor el estilo de vida de su hija que la mayoría de los padres, en opinión de Holland. Les pidió que intentaran recordar algo de su vida en casa, durante sus primeras incursiones en el mundo de las drogas y la prostitución, que pudiera haber conducido a algo así. No pudieron. Aparte de intentar alejar a Marla de la vida de degradación en la que aparentemente había caído, sabían poco sobre el sórdido mundo en el que había desaparecido. No había nada en la información que habían proporcionado que pudiera ayudar a localizar o identificar a su asesino.

Mientras tanto, George Wright había abandonado el despacho de Holland con la intención de revisar a fondo el informe de la autopsia de la primera víctima, Laura Kane. Murdoch no había observado que el polvo de los guantes quirúrgicos estuviera presente en el cuerpo de la primera víctima. Tal vez fuera un refinamiento añadido que había desarrollado después de ensangrentarse demasiado durante el primer asesinato. Tal vez, había pensado Wright en voz alta a su jefe, se les había escapado algo más que podría indicar un cambio en el modus operandi del asesino, algo que podría ser significativo.

Habían pasado noventa minutos antes de que Wright llamara a la puerta y entrara de nuevo en el despacho de Holland, esta vez con una carpeta y varios expedientes bajo el brazo. Mike Holland levantó la vista de los papeles que estaba leyendo cuando Wright entró. No pudo evitar notar el ceño fruncido de preocupación que llevaba su sargento al acercarse al escritorio.

—¿Qué sucede, George? Parece que has visto un fantasma, amigo. ¿Qué has encontrado?

—Jefe, quiero que me sigas la corriente si quieres. He encontrado algo que creo que puede ser muy significativo para el caso. Fue un capricho mío cotejar el informe de la autopsia de Laura Kane con uno de un caso anterior. Mira y no digas nada hasta que hayas leído los dos, por favor.

Mike Holland conocía a su sargento lo suficientemente bien como para saber que el hombre no era dado a vuelos de fantasía o "caprichos", como había dicho Wright, sin tener alguna razón para sus acciones. Holland le tendió la mano y Wright le pasó los archivos y la carpeta que había traído al despacho. La carpeta superior contenía el informe de la autopsia y los informes forenses sobre la escena del crimen en relación con Laura Kane. La segunda carpeta que miró Holland contenía un documento recién fotocopiado, obviamente sacado de un libro o de alguna otra fuente, y no llevaba el nombre de la víctima. Intrigado por la petición de su sargento de que examinara los dos informes y no hablara hasta que hubiera leído ambos, hizo un gesto a Wright para que se sentara en la silla de visitas, y Mike Holland hizo lo que le habían pedido. ¡Comenzó a leer!

—¿Sabes que ya he leído éste en detalle, George? le dijo a Wright mientras empezaba a leer el expediente de Laura Kane.

—Lo sé, jefe, pero por favor, léelo de nuevo y luego pasa directamente al otro.

—De acuerdo, no diré nada más hasta que haya terminado, pero espero que tenga algún sentido esto.

—Lo hay, jefe. Ahora, por favor...

—Bien, de acuerdo, estoy leyendo".

Holland no tardó más de cinco minutos en leer el informe de la autopsia de Laura Kane. Lo había leído tantas veces en los últimos días que casi se lo sabía de memoria. Dejó el expediente que contenía el informe a un lado y abrió el otro expediente, el que contenía el documento fotocopiado sin nombre.

Pasaron otros cinco minutos mientras ojeaba la información contenida en el documento. A medida que leía, su rostro adoptó al principio un aspecto inquisitivo, y luego cambió a uno de desconcierto cuando empezó a comprender las implicaciones de lo que estaba leyendo. Empezó a golpear con los dedos de la mano izquierda sobre el escritorio, señal inequívoca de que algo empezaba a molestarle. George Wright conocía las señales. Lo había visto a menudo en el pasado. Sabía que sus acciones al llevar el documento a su jefe habían estado justificadas. Mike Holland estaba viendo exactamente lo mismo que George Wright, y aunque no le gustara lo que estaba leyendo y lo que se le pedía que aceptara, Wright sabía que Holland no podía descartar sus conclusiones sin más.

QUINCE

UNAS PALABRAS DE LA DOCTORA RUTH

CREO que merece la pena decir unas palabras en este punto de mi relato para hacer una pausa y poner algunas cosas en perspectiva. Por supuesto, sería muy fácil, en retrospectiva, hacer juicios de valor, decir tal vez "¿Por qué no hicieron esto o lo otro?" o "¿Por qué no sabían esto o lo otro?"

La cuestión es, por supuesto, que los implicados en el caso no tenían la ventaja de la retrospectiva en el momento en que se produjeron los hechos que estoy relatando. Este relato es en sí mismo una composición, elaborada a partir de las diversas entrevistas que he realizado a los agentes de policía implicados, a la familia y los amigos de Jack y a sus allegados, y a los tristes hechos del caso.

En esta etapa de la historia de Jack, y *es* la historia de Jack a pesar de que parece ausente de la mayor parte de los procedimientos hasta ahora, hay que recordar que los acontecimientos tal como se desarrollaron sólo fueron conocidos por pequeñas secciones de los participantes a la vez. Las acciones y los movimientos de Tom Reid, su búsqueda de Jack, por ejemplo, habrían sido desconocidos para Mike Holland o los agentes de policía que investigaban el caso en Brighton. Igualmente, la mera existencia de Jack Reid era desconocida para Holland. Si hubiera sido de otra manera, ¿las cosas habrían sido diferentes? ¿Habría pasado la investigación policial directamente a la búsqueda del adolescente desaparecido? Lo dudo, porque no habría habido ninguna prueba que implicara a Jack en los crímenes que estaban teniendo lugar en la ciudad costera, ni siquiera para situarlo en un radio de ciento sesenta kilómetros de Brighton, y menos aún para suponer que estuviera implicado de algún modo en los asesinatos de las mujeres de esa ciudad.

Supongo que la razón por la que hago esta breve pausa para reflexionar es porque fue en este momento del proceso cuando tuve conocimiento de los asesinatos de Brighton. Aunque no estaba directamente implicada en ese momento, ya que seguía trabajando en mi anterior puesto, yo, como millones de conciudadanos, fuimos testigos de las noticias que empezaron a invadir los informativos de la televisión nacional. La prensa y los medios de televisión, siempre ansiosos y dispuestos a hacer sensacionalismo con una jugosa historia de asesinato para aumentar las ventas o las cifras de audiencia se lanzaron a los asesinatos de Brighton y, para disgusto de Mike Holland, apodaron al asesino "El Destripador de Brighton", tal como él había mencionado el nombre con desprecio en su conversación con Murdoch y Wright.

Probablemente me quedé tan horrorizada como cualquier ciudadano de bien cuando aparecieron por primera vez esos boletines, en los que se describían con cierto detalle las terribles mutilaciones que se habían infligido a las dos víctimas. Supongo que la policía tuvo que dar a conocer ciertos detalles a los medios de comunicación con la esperanza de que una divulgación suficiente y una cobertura adecuada en la prensa, la radio y la televisión pudieran llevar a que alguien con conocimiento de los crímenes se pusiera en contacto con información que pudiera conducir a un arresto.

Por supuesto, esto nunca ocurrió. No había testigos de los crímenes, ni amigos o familiares que esperaran a presentarse para delatar al autor a la policía.

En aquel momento del caso, nunca habría imaginado que llegaría el momento en que me involucraría personalmente con el hombre condenado por los asesinatos de Brighton, o que mi propio conocimiento del caso, y mi relación con varios de los implicados en él nos llevaría a todos a una conclusión demoledora que incluso hoy, a algunas personas les cuesta creer.

Eso, por supuesto, es algo para el futuro. Cuando revele esa información, le corresponderá a usted, el lector informado y tal vez escéptico, decidir sobre los hechos tal como los presentaré. Por ahora, sin embargo, la historia será mejor si volvemos a los eventos que llevaron a Jack a su lugar en la historia del crimen, y al cuidado mío y de mis compañeros médicos aquí en Ravenswood.

DIECISÉIS
BUENAS Y MALAS NOTICIAS

UNA LLUVIA torrencial golpeaba la ventana de la oficina de Holland. La repentina tormenta eléctrica había tomado a todos por sorpresa. Las nubes negras habían aparecido como de la nada, llegando repentinamente desde el mar y llevando el diluvio directamente hacia la ciudad turística. Los truenos retumbaron desde lo alto y los relámpagos anaranjados rasgaron las nubes y zigzaguearon hacia la tierra, y en las oficinas de la jefatura de policía de la ciudad, tanto los oficiales como los oficinistas, encendieron las luces para iluminar sus puestos de trabajo mientras el día se convertía en oscuridad. Con la tormenta de fondo, Mike Holland miró a su sargento a través de su escritorio. Tras leer los dos informes que Wright le había puesto delante, el inspector sabía que estaba ocurriendo algo fuera de lo normal, aunque por el momento no tenía ni idea del valor de lo que había leído no era un buen augurio para el futuro.

"Bien, Sargento, tiene toda mi atención. Supongo que este otro documento no forma parte del informe sobre la muerte de Laura Kane". Holland colocó los papeles fotocopiados sobre su escritorio. Tenía una idea de dónde venía su sargento ahora, pero quería que Wright lo confirmara él mismo.

—Correcto, jefe. Esas páginas están copiadas de un libro, y constituyen todo lo que se sabe sobre los hallazgos del médico que realizó la autopsia de una mujer llamada Martha Tabram, que murió exactamente en la misma fecha que Laura Kane, en Whitechapel en 1888. La mayoría de los contemporáneos de la época la descartaron como víctima, pero los teóricos posteriores parecen aceptar ahora que la mujer fue con toda probabilidad la primera víctima real de Jack el Destripador. Parece que el informe original de la autopsia se perdió hace años, pero estos son los puntos más destacados del examen realizado por un tal doctor Timothy Killeen. Como puede ver, hay algunas similitudes sangrientas e inquietantes entre los dos casos.

—¿Similitudes? Maldita sea, hombre, creo que estás subestimando deliberadamente los hechos, ¿no es así, para que señale lo obvio?

—Continúa, jefe, por favor. Dime lo que piensas, —instó Wright a su jefe. "Lo que me has mostrado aquí es una comparación entre dos casos de asesinato con más de cien años de diferencia en los que parece que el segundo asesino, nuestro asesino, ha adoptado no sólo el mismo método para despachar a sus víctimas, sino que lo ha hecho exactamente en la misma fecha, y utilizando precisamente el mismo número de heridas que el asesino original. Ha infligido las heridas, en la medida de lo posible, en exactamente las mismas zonas del cuerpo que el Destripador original y ha dejado a su víctima en la calle para que la encuentre quienquiera que haya venido y se haya topado con la pobre mujer. Parece sugerir que tenemos un asesino imitador suelto, uno que parece estar re-creando los asesinatos de Jack el Destripador".

—Exactamente jefe, y eso no es todo. El segundo asesinato confirma mi teoría porque Marla Hayes también fue asesinada en el aniversario del segundo asesinato del Destripador. Polly Nichols fue asesinada en la misma fecha y de la misma manera que Marla.

—Maldita sea, Sargento. Gracias a Dios que eres un aficionado a los casos de asesinatos antiguos. Estoy seguro de que alguien habría acabado por establecer la conexión entre las fechas y los asesinatos del Destripador, pero al menos hemos descubierto la teoría del imitador más pronto que tarde, gracias a ti. No sólo eso, sino que espero que te des cuenta de todo lo que nos ha aportado tu descubrimiento.

—Dime si piensas lo mismo que yo, jefe.

—El asesino se ha delatado a sí mismo, ¿no? Bueno, casi.

—Eso es lo que pensé, jefe. Casi nos está telegrafiando sus intenciones, ¿no es así?

—Lo está haciendo, Sargento. Si se ciñe al escenario del Destripador, significa que atacará de nuevo en la misma fecha que el Destripador cuando mató a su tercera víctima. Estaremos bien preparados para el bastardo esta vez, Sargento, por Dios que lo estaremos.

Wright dudó un segundo antes de responder al último comentario de Holland. Luego, respirando hondo, lanzó el proverbial golpe de efecto.

—Bueno, jefe, no va a ser tan sencillo. ¿Cuánto sabes sobre los asesinatos de Jack el Destripador, si no te importa que te pregunte?

—No tanto como tú George, eso es obvio. Sé que

mató a varias prostitutas en la zona de Whitechapel de Londres en 1888. Era un bastardo sanguinario y despiadado que nunca fue identificado ni capturado, a pesar de que la policía inundó las calles con agentes, y de la mayor cacería humana que Gran Bretaña había visto hasta ese momento de la historia. También creo recordar haber leído que extrajo partes de los cuerpos de algunas mujeres, un riñón en un caso creo, y que su último asesinato fue el de una mujer llamada Mary Kelly, ese nombre sí lo conozco, y fue el más horrendo de todos. La pobre chica fue masacrada, por lo que he leído en el pasado. Ahora, ¿cuál es su punto aquí? ¿Por qué no es tan sencillo como creo predecir su próximo movimiento?

—Jefe, si el asesino se ciñe al patrón establecido por el Destripador original, vamos a tener un problema. Verás, la siguiente víctima, Annie Chapman fue asesinada el 8 de septiembre, a sólo dos días de distancia, y luego, el 30 de septiembre de 1888, Jack el Destripador atacó de nuevo, pero esta vez fue lo que se llamó "el doble evento". Verás jefe, esa noche mató dos veces. Tanto Elizabeth Stride como Catherine Eddowes fueron asesinadas con una hora de diferencia. Stride fue asesinada en el distrito de la Policía Metropolitana, y Eddowes fue justo al otro lado de la frontera en lo que era el territorio de la Policía de la Ciudad de Londres, lo que llevó a cierta confusión en los días siguientes, con diferentes fuerzas involucradas por primera vez en la serie de asesinatos. Nuestro problema será que el asesino intentará matar dos veces esa noche.

—Mierda, Sargento. ¿Cómo demonios vamos a conseguir suficientes hombres para cubrir todo la zona roja? En primer lugar, tenemos un posible asesinato a punto de producirse dentro de dos días, seguido de otros dos en una noche dentro de menos de tres semanas. Necesitaríamos hombres en todas las esquinas e incluso así, no sabemos cómo es el bastardo o cómo atrae a las chicas a sus muertes. Hasta ahora nadie ha visto u oído nada. Nuestros hombres podrían pasar fácilmente por delante del bastardo y no darse cuenta de quién es, y si tiene una forma de hacer que las chicas se vayan con él sin luchar, podría llevárselas fácilmente de la calle para matarlas y seguiríamos sin saberlo hasta que aparezcan los cuerpos.

—No es sólo eso, jefe. Si ve un montón de oficiales en la calle, sabrá que estamos en su juego y podría esconderse.

—Ah, ahí es donde creo que te equivocas, amigo mío. No va a esconderse, no este. Tiene un horario que cumplir. Si no se ciñe a las fechas y horas del Destripador original el plan se arruina, ¿no? No, lo hará, o lo intentará, y está tan seguro de poder llevar a cabo su plan que obviamente no le importa que sepamos que está copiando los asesinatos del Destripador original. Obviamente cree que puede matar con impunidad, llevar a cabo su propio " evento doble " y salirse con la suya. Debe saber que nos daremos cuenta de lo que está tramando, y aun así va a seguir adelante con ello, recuerda mis palabras. Es un bastardo seguro de sí mismo, y debe haber encontrado una manera de hacerlo y mantenerse fuera de nuestras manos.

—Ese es un escenario que da miedo, jefe. Para estar tan seguro, debe pensar que somos absolutamente incapaces de atraparlo.

—O simplemente demasiado estúpidos para hacerlo, cuando prácticamente nos está diciendo cuándo va a atacar de nuevo. La maldita pregunta que tenemos que responder, Sargento, y tenemos que hacerlo en los próximos dos días, es dónde va a atacar, y luego, en un par de semanas, ¿cómo va a pasar de una escena del crimen a otra sin estar cubierto de sangre y ser visto por alguien en las calles?

—No hay garantía de que se quede en la zona roja, ¿verdad, jefe? Podría atacar en cualquier lugar si sabe que es probable que estemos patrullando la zona.

—Tiene razón, por supuesto, Sargento. Así es como va a intentar despistarnos. Seguramente cuenta con que vamos a elaborar su hipótesis de imitación, y que vamos a inundar la zona roja de oficiales para intentar echarle el guante, y mientras lo hacemos el cabrón asesino va a atacar en otro lugar de la ciudad.

Los dos hombres se miraron. Lo que al principio había parecido un avance se había convertido en una pesadilla de proporciones épicas. Era imposible que la policía pudiera patrullar o vigilar todas las calles de la ciudad. Al contar con que la policía descubriría su estrategia del Destripador, el asesino estaba jugando un juego muy inteligente con las fuerzas del orden. Mike Holland sabía que tenía que tomar algunas decisiones difíciles. ¿Debía utilizar a los hombres que tenía a su disposición para cubrir la zona roja, a pesar de que su instinto le decía que el asesino estaba dudando de sus intenciones? ¿Debía intentar cubrir el resto de la ciudad con todos los hombres que pudiera reunir? Aun así, sería un número inadecuado de oficiales para el tamaño de una ciudad como Brighton, incluso si cancelaban todos los permisos y para eso, necesitaría ayuda de arriba. Era el momento de llamar a su propio jefe, el Detective Jefe Andy Wallace. No le gustaría lo que Holland tenía que informar, pero ¿qué demonios? Si alguien podía darle el personal que necesitaba para tratar de atrapar al bastardo que incluso ahora probablemente estaba planeando sus próximos asesinatos, era el Jefe.

Ordenando a George Wright que recogiera los informes que había sobre su mesa, Mike Holland se levantó de su silla y se dirigió a su Sargento.

—Será mejor que los traigas contigo. Vamos a ver al Comisario Jefe. Es hora de que demos un paso adelante en esta investigación. No dejaré que ese bastardo se apodere de mí, Sargento. Que me parta un rayo si lo hago.

Mientras seguía al inspector fuera de su oficina y subía los dos tramos de escaleras que llevaban a la planta donde se encontraba la oficina del Comisario Jefe Wallace, George Wright pensó para sí mismo que los detectives originales que dirigieron la caza de Jack el Destripador probablemente decían precisamente las mismas cosas mientras buscaban al Asesino de Whitechapel, y no pudo evitar pensar en la inutilidad de esa investigación en particular. Esperaba que él y Holland tuvieran mejor suerte, pero de alguna manera, no se atrevía a ser demasiado optimista.

DIECISIETE
LA OFICINA DE GILES MORRIS

LAS OFICINAS DE KNIGHT, Morris y Campbell, abogados y procuradores, están situadas en una calle estrecha, que recuerda a una terraza victoriana, no lejos de los tribunales de justicia de Guildford. Aunque de aspecto victoriano, toda la calle es un apéndice bastante moderno de la ciudad, ya que se creó poco después de la segunda guerra mundial en un auge de la construcción de posguerra que había visto cómo Guildford se convertía en una ciudad mucho más grande de lo que había sido antes del estallido de hostilidades. Los organizadores decidieron dar al nuevo proyecto de construcción una sensación de permanencia e historia y, al hacerlo, contribuyeron al encanto y a la sensación general de riqueza que impregnaba esa parte de la ciudad. No es de extrañar, por tanto, que a lo largo de los años la mayoría de las casas que se encontraban a lo largo de las estrechas calles fueran adquiridas por diversos abogados, médicos y corredores de bolsa, deseosos de impresionar a sus clientes con una muestra de refinamiento arquitectónico.

Los abogados de la familia Cavendish llevaban en

Cambridge Terrace desde mil novecientos cincuenta y ocho y eran uno de los negocios más antiguos de la calle. Los socios originales hacía tiempo que habían desaparecido y sólo uno de los actuales responsables del bufete llevaba el nombre de alguno de sus fundadores. Giles Morris tenía sesenta y ocho años, y conservaba una mente tan aguda como la de muchos hombres de la mitad de su edad, y fue en su despacho donde Tom Reid fue mostrado por una atractiva secretaria rubia en su búsqueda de la verdad sobre el legado del joven Jack. Al principio, a Tom le resultó difícil distinguir el rostro del hombre que se sentaba detrás del gran escritorio de roble que dominaba el despacho del anciano estadista de la empresa. Un sol brillante entraba por la gran ventana situada detrás del hombre sentado y los rayos eran lo suficientemente fuertes como para que Tom tuviera que entrecerrar los ojos contra el resplandor, y durante unos segundos, Morris apareció como poco más que una aparición, enmarcada por una brillante aura de luz impulsada por el sol. Cuando sus ojos se adaptaron a la luz, Tom pudo finalmente distinguir los rasgos del hombre que podría o no ayudarle en su búsqueda de información.

A pesar de su edad, Giles Morris tenía una cabeza llena de cabello, de color marrón oscuro con apenas un toque de gris evidente en sus patillas más bien opulentas y en las sienes. Sus ojos marrones parecían tan despiertos como los de una persona de treinta años, y sus manos no presentaban ningún rastro del moteado o las manchas del hígado que suelen asociarse con el proceso de envejecimiento. En resumen, Morris era un hombre cuyo aspecto físico parecía desafiar a los años y eso en sí mismo daba a Tom Reid motivos para el optimismo. Si alguien en la firma podía ayudarle, estaba seguro de que Giles Morris sería el hombre.

—Sr. Reid, pase y siéntese, por favor, —dijo Morris con una voz profunda y grave, e indicó a Tom un lujoso y carísimo sillón de cuero mientras cruzaba lentamente la habitación, con sus pasos silenciosos al pisar la rica, espesa alfombra que adornaba el suelo de la oficina. El sillón crujió con tranquilidad cuando Tom se sentó.

—Gracias por recibirme con tan poca antelación, señor Morris.

—Oh, por favor, no seamos demasiado formales, ¿eh? Por favor, llámeme Giles. Soy demasiado viejo para todas esas cosas anticuadas y sin sentido, y es Tom, ¿verdad? ¿Está bien si te llamo Tom?

—Bueno, sí por supuesto, eh... Giles. Debo decir que me sorprendió saber que te ocupabas personalmente de los asuntos de la familia. Pensé que David Chandler supervisaba la cartera de la familia Cavendish.

—Ah, sí, supongo que no te habrás enterado, ya que tu rama de la familia no ha necesitado nuestros servicios desde hace varios años, pero David dejó la empresa hace un par de años. Lo dejó todo para irse a vivir a una isla soleada en algún lugar del Océano Índico. Nunca se casó, por supuesto, sólo ganó mucho dinero y ahora tiene la oportunidad de vivir un poco. ¡Mendigo afortunado, digo! De todos modos, cuando se fue, me hice cargo de la mayoría de los asuntos menos utilizados que había tenido durante varios años, los que, como tus asuntos familiares, eran a todos los efectos, archivos inactivos.

—Por inactivos, supongo que te refieres a los que

no tienen mucho trabajo activo en nombre de los clientes.

—Bueno, sí, por supuesto, pero en el caso de la familia Cavendish, rápidamente se convirtió en un caso de ningún trabajo que hacer.

—¿Pero cómo puede ser eso, Giles? Seguramente los intereses comerciales de Mark Cavendish habrían seguido requiriendo algún trabajo ocasional.

—Lo siento Tom, pero habría pensado que lo sabrías.

—¿Saber? ¿Saber qué, Giles? No entiendo a dónde quieres llegar.

—Oh cielos, esto es bastante embarazoso. No debería ser yo quien tuviera que decírtelo, en realidad. Eres su primo después de todo. Pensé que te lo habría dicho él mismo.

—¿Decirme qué? No he sabido nada de él desde poco después del funeral de Robert. Por favor, dilo, Giles. Me estás llevando en círculos sin decirme nada por el momento.

—Bueno, es obvio que ignoras por completo que Mark Cavendish vendió todos sus intereses en Global Programming hace dos años y cortó todos los lazos con sus socios comerciales antes de abandonar el país. El último contacto que, como sus abogados, tuvimos de él, nos informó de que se estaba trasladando a una villa en la isla de Malta.

—¿Malta?

—Sí, en algún lugar con vistas al puerto de La Valetta, creo.

—¿Le dio una nueva dirección, o tal vez un número de teléfono en el que pudiera ser localizado?

—Me temo que nada en absoluto, Tom. Mark Cavendish fue muy preciso al decir que quería romper completamente sus lazos con el Reino Unido. No tenemos forma de contactar con él, ni de saber si sigue en Malta. Por lo que sabemos, ya podría haberse mudado y estar viviendo en cualquier parte del mundo.

—Pero seguramente, si está en Malta, debe haber una forma de localizarlo.

—Probablemente la habría, si alguien realmente quisiera encontrarlo. Por supuesto, sólo éramos sus abogados y actuábamos únicamente bajo sus instrucciones. Si un cliente decide abandonar el país y no deja una nueva dirección, no podemos hacer nada al respecto, y desde luego no es de nuestra competencia ir tras él o rastrear su paradero a menos que sea necesario por razones legales.

—Sí, por supuesto. No estaba sugiriendo que lo hicieran. Sólo estaba pensando en voz alta.

Giles Morris pudo ver que Tom estaba bastante perturbado por la desaparición de su primo y se lo pensó mucho antes de divulgar su siguiente información. Al final, la lealtad a la familia superó cualquier renuencia que Morris pudiera haber sentido al decir,

—Lo extraño es, Tom, que no eres la primera persona que ha venido aquí buscando información sobre Mark en las últimas semanas.

—¿Qué?

Tom Reid se quedó boquiabierto ante la afirmación del abogado. Sin duda era demasiada coincidencia que otra persona pudiera estar buscando a Mark además de Tom, a no ser que esa persona tuviera algo que ver con la familia, y eso lógicamente le llevó a pensar en su hijo.

—Antes de que digas nada Tom, te puedo asegurar que no era tu hijo. De hecho, no era un hombre en absoluto. La joven que vino en busca de Mark estaba, según dijo, actuando en nombre de un cliente al que Mark le debía dinero, desde sus días en Global Programming. Al parecer, le había prometido a su cliente una gran regalía como pago por el diseño de un juego que Mark acabó patentando y publicando con el nombre de su empresa. Él nunca pagó, según ella.

—Entonces, esta mujer era una...

—Una detective privada, sí, —dijo Morris. "Al menos, eso fue lo que me dijo cuándo se sentó allí mismo en la misma silla en la que estás sentado ahora".

—Suenas como si tuvieras razones para dudar de su veracidad.

—Bueno, digamos que la consideré demasiado joven para llevar a cabo una investigación de este tipo. Sus credenciales, tal y como me las presentó, parecían impecables y no le di más que la información de que Mark había abandonado el país y se había sabido de él por última vez en Malta. Sólo después de que se fuera empecé a tener algunas dudas sobre ella, y cogí la tarjeta de negocios que me había dejado y llamé por teléfono al número que aparecía en ella.

—¿Me estás diciendo que la empresa no existía?

—Oh, sí que existía y el nombre de la tarjeta era bastante genuino, pero la verdadera Helen Symes, que era el nombre que utilizaba, tiene de hecho cincuenta años y es una de las mejores detectives de la empresa. En el momento en que la impostora me visitó, la verdadera Symes estaba llevando a cabo una investigación sobre un fraude a pequeña escala de la compañía en las Midlands y no estaba cerca de Guildford. Así que, como ven, la joven impostora me tomó por completo. Supongo que tienen razón cuando dicen que no hay tonto como un viejo tonto. Era joven, bonita y parecía totalmente creíble cuando se sentaba en esa silla. Grandes piernas, recuerdo. Debería haber comprobado sus credenciales más pronto que tarde.

—Estoy seguro de que no fue tu culpa, Giles. Después de todo, ¿por qué habrías sospechado que había algo extraño en alguien que intentaba rastrear a Mark? Y la historia que te dio era completamente plausible, después de todo.

—Bueno, sí, tienes razón, y no debía saber que vendrías hoy aquí haciendo el mismo tipo de preguntas, ¿verdad?

—Precisamente. Por favor, no te preocupes por eso, Giles. Estoy seguro de que la mujer estaba, como tú dices, interesada en conseguir dinero de Mark, tal vez por cuenta propia, o tal vez para otra persona, pero dudo que tuviera algo que ver con Jack, o con su desaparición.

Tom Reid se sintió decepcionado con el resultado de su visita a la firma Knight, Morris y Campbell, y salió de la oficina de Giles Morris sin saber más sobre el paradero de su hijo, o sobre el contenido de los documentos que Robert había legado a Jack. La posibilidad de que Mark Cavendish pudiera tener algún indicio sobre el funcionamiento de la mente de su hermano era mínima, pero el hecho de que el hermano de Robert y el primo de Tom hubiera desaparecido del país sin dejar ningún medio de contacto con él había cerrado bastante esa vía de investigación.

Mientras conducía a casa para informar a Jennifer del fracaso de su misión, Tom reflexionó sobre el incidente de la misteriosa mujer que había visitado a Giles Morris en busca de información sobre Mark. Como le había dicho al abogado, era muy poco probable que ella tuviera alguna conexión con Jack y su desaparición, ya que, después de todo, ¿qué podía querer Jack de su tío Mark?

Por otra parte, por mucho que intentara desprenderse de ese pensamiento, Tom no podía evitar la sensación de que se le había escapado algo importante. Mientras conducía por el camino de grava de su casa, vio a Jennifer saludándolo desde el ventanal que daba al jardín delantero de su casa y la idea de tener que contarle los aspectos negativos de su visita a Giles Morris alejó todos los demás pensamientos de su mente.

DIECIOCHO
EL DESPERTAR DE JACOB

JACOB SENTÍA como si sus ojos estuvieran pegados. Había dormido más de lo habitual y cada vez le costaba más despertarse con cierta claridad. No era un tonto, de hecho, estaba lejos de serlo, y la comprensión de que tal vez estaba siendo drogado ya había entrado en su mente. La pregunta era: ¿por qué? Había hecho todo lo que le había pedido Michael, y a cambio había recibido el beneficio de un lugar donde podía desarrollar y poner en práctica sus propios planes, y al hacerlo no había perturbado ni una sola vez la rutina de su anfitrión. Ahora, cuando por fin consiguió abrir los ojos y la luz del sol que penetraba por la ventana le hizo sentir temporalmente que se había quedado ciego, decidió que no tenía más remedio que enfrentarse a su anfitrión. Llevaba más de una semana con la sensación de que algo le estaba ocurriendo, algo que no estaba bien, y que Michael era el responsable de lo que fuera, y Jacob creía saber qué era ese algo. Las extrañas sensaciones "extracorporales" que había estado experimentando, los dolores de cabeza, la incapacidad de despertarse con la cabeza despejada, todo apuntaba a una sola cosa en la mente de Jacob.

Podía oír a Michael traqueteando en la cocina, probablemente preparando alguno de los terribles tés a los que Jacob se había acostumbrado, hechos con las bolsas de té más baratas y probablemente más insípidas del mundo.

Jacob sacó las piernas de debajo del edredón y metió los pies en las maltratadas pantuflas de cuero que esperaban al lado de la cama. Vistiendo sólo sus calzoncillos y su camiseta, caminó por el suelo y se asomó silenciosamente a la puerta para ver a Michael trabajando, como sospechaba, preparando una olla del horrible brebaje que tan a menudo les infligía a ambos. *Al menos, pensó Jacob, lo disfruta porque lo hace como a él le gusta. ¿Cómo diablos puede imaginarse a alguien más disfrutando de esa cosa? Tal vez sus papilas gustativas murieron hace mucho tiempo y no puede saborear realmente la despreciable disculpa de una taza de té que él produce.* Vio que Michael estaba preparando dos tazas, obviamente con la intención de despertarlo y compartir una infusión y una taza juntos. ¡Si, cómo no!

—Buenos días, Michael —dijo tan alegremente como pudo mientras atravesaba la puerta y se sentaba en una de las tambaleantes sillas que había alrededor de la mesa con tablero de formica que realmente pertenecía a otra época, mucho antes del siglo XXI.

—¡Maldita sea! Mírate. Tienes un aspecto horrible, le sonrió Michael. "¿No podrías haberte vestido? Podrías asustar a alguien entrando en una habitación con ese aspecto".

—No me siento muy bien esta mañana, —respondió Jacob con sinceridad.

—¿Por qué? ¿Qué pasa? ¿Puedo hacer algo para ayudar?

Por un segundo Jacob podría haber creído que su anfitrión era realmente sincero en su preocupación por él, pero sólo por un segundo, y el pensamiento murió rápidamente una muerte natural.

—No, estaré bien, pero parece que tengo resaca, y ni siquiera tomé un maldito trago anoche. Mi cabeza está retumbando, y mis ojos no querían abrirse justo ahora en la recámara.

—Vaya, vaya, estás muy mal, ¿no? Aquí, bebe esto. Te hará sentir mejor.

Michael empujó una taza blanca astillada con el dibujo de un bulldog por la mesa. El humeante líquido caliente olía casi tan mal como Jacob sabía que iba a saber, pero se obligó a sonreír, a dar las gracias y a sorber con cautela el asqueroso brebaje de bruja.

En cuanto Michael se sentó frente a Jacob, el más joven decidió aprovechar el momento y hacer su jugada. Era mejor no perder el tiempo y ponerse manos a la obra.

—¿Michael?

—¿Mmm?

—¿Qué me has estado dando?

—¿Eh? Es té, lo mismo de siempre, bobo.

—No me refiero al té. Me refiero a qué drogas has puesto en el té, o en mi comida o lo que sea.

—¿Drogas? ¿Qué putas drogas, amigo? No te he dado ninguna droga.

—¿Cómo demonios puedes pensar eso?

—Escúchame Michael. No soy bobo, y no soy tonto. Sé mucho más de lo que puedes imaginar, especialmente sobre drogas. Desde el momento en que te conocí supe que eras un consumidor además de un traficante de poca monta, pero eso no me importó. Me diste un techo bajo el que dormir y pensé que eras un buen tipo, a pesar del tema de las drogas, y ni siquiera me importaba hacer tus pequeños recados ilegales a cambio de la miseria que me pagabas, pero todo el tiempo me estabas drogando con algo. No lo niegues, asqueroso de mierda. Lo sé. Es la única explicación para la forma en que me he estado sintiendo. Al principio pensé que era sólo la mierda de vida que me he obligado a llevar desde que me mudé contigo, la pésima comida y esa cosa horrible que tienes el descaro de llamar té, pero no era eso en absoluto, ¿verdad?

—Mira, Jacob, —protestó Michael. "No sé de dónde has sacado estas ideas locas, pero te prometo..."

—No me mientas, imbécil, gritó Jacob mientras se levantaba de la silla y corría hacia el lado de la mesa de Michael. En un instante, sus manos rodearon la garganta de Michael y, como si fuera lo más fácil del mundo, comenzó a ejercer presión sobre la tráquea del hombre sentado.

Michael comenzó a tener arcadas mientras la presión de las manos de Jacob cortaba lentamente el suministro de aire a sus pulmones. Dio una patada y sus piernas agitadas volcaron la mesa, las dos tazas de té volaron por la superficie y las tazas se deslizaron hasta estrellarse en el suelo. La presión seguía aumentando, hasta que Michael empezó a creer que Jacob iba a matarlo, allí mismo, sin darle la oportunidad de decirle la verdad. Sentía que los ojos se le iban a salir de la cabeza, sus pulmones estallaban por la falta de aire y su mente empezaba a quedarse en blanco, y entonces, justo cuando Michael creía que estaba a punto de desmayarse por última vez, Jacob soltó la presión sobre su garganta y dejó caer lentamente las manos del agarre mortal en el que había mantenido a su víctima.

Michael cayó de rodillas, tragando preciosas boca-

nadas de aire vital, tosiendo y balbuceando, jadeando
de alivio... Un hilillo de sangre salía de su boca y caía
por su barbilla. Se dio cuenta de que se había mordido
la lengua durante el ataque de Jacob. Se limpió la
sangre con el dorso de la mano derecha.

—¡Jesucristo, hombre! Casi me matas.

—Todavía podría, Michael, —dijo Jacob amenaza-
doramente. "Será mejor que me digas la verdad y me
la digas ahora".

—Mira, hombre, sólo fue una broma, un juego
tonto, eso es todo.

—¿Crees que soy tan tonto como para creer eso?
No se droga a alguien hasta el punto de que no re-
cuerde lo que está haciendo sólo por una broma, Michael. ¿Realmente crees que no recuerdo nada en
absoluto? Sé que me sacaste al menos en dos ocasiones cuando estaba drogado, y recuerdo estar hecho
un lío al menos una vez cuando volvimos. Me lim-
piaste porque estaba cubierto de algo. Era sangre, ¿no?
¿Qué mierda me has estado haciendo? Quiero saberlo,
o ayúdame a terminar lo que acabo de empezar.

La mente de Michael estaba acelerada. Sabía que
si le decía la verdad a Jacob, podría estar firmando su
propia sentencia de muerte. Por otro lado, si no decía
nada, las cosas podrían salirle igual de mal. Tenía que
pensar en un compromiso que le dijera a Jacob algo,
aunque no todo, sobre los acontecimientos de las últimas semanas. El problema era que había que tener
en cuenta a alguien más, alguien que podría ser igual
de despiadado y posiblemente cien veces más letal
que Jacob si se enteraba de que Michael se había ido
la lengua. Por otra parte, Jacob era el problema inmediato. Michael se había asombrado de la fuerza que
había demostrado el joven cuando casi le había qui-

tado la vida. Ah, sí, Jacob era el aquí y el ahora, esas manos suyas eran capaces de rodear la garganta de Michael una vez más, y con ese conocimiento, la decisión de Michael estaba tomada. Sabía lo que tenía que decirle a Jacob.

—Escucha hombre, te diré todo lo que sé, balbuceó. "Pero necesito hacer una llamada telefónica primero, ¿de acuerdo?"

—Nada de llamadas telefónicas, Michael. Dime lo que quiero saber, y dímelo ahora. Para empezar, quiero saber por qué me desperté en ese estado en dos ocasiones, y por qué mi ropa olía raro, como si hubiera salido directamente de una lavadora y se hubiera secado rápidamente en una secadora. ¿Qué demonios me hiciste mientras estaba en un estado de catarsis drogado, eh?

¡Maldición! Michael había esperado poder llamar al hombre, para contarle lo que había sucedido y pedirle consejo sobre cómo manejar la situación. Esa opción le había sido negada, así que se decidió rápidamente por su historia y con voz ronca y callada, aún afectada por la terrible presión que el otro hombre había ejercido sobre su tráquea, Michael comenzó a relatar su diluida y muy adulterada versión de la verdad a Jacob. Esperaba que fuera suficiente y que Jacob lo dejara en paz cuando terminara.

Durante los siguientes veinte minutos, Michael habló y Jacob escuchó. A Michael le pareció extraño que durante toda su narración, Jacob no hablara nunca, ni un solo sonido salió de sus labios, ni interrupciones, ni preguntas, nada. Se limitó a sentarse frente a Michael con una sonrisa mortalmente enfermiza en el rostro, y por primera vez, Michael se dio cuenta de que podía haber algo muy raro en la mente de su invitado. Un escalofrío de miedo le recorrió el cuerpo, pero continuó con su historia, lentamente y con la mayor precisión posible, intentando que cada palabra sonara como la verdad del evangelio. De repente supo que, sin duda, su vida dependía de que el otro hombre creyera en su historia.

Jacob se limitó a sentarse y escuchar, pendiente de cada palabra que salía de la boca aún ensangrentada de su supuesto amigo. Michael miró brevemente su reloj y se preguntó cuánto tiempo podría estar el otro hombre sentado sin decir una palabra. Mientras tanto, seguía hablando como si su vida dependiera de ello.

Mientras la versión altamente editada de la verdad de Michael salía de sus labios ensangrentados, Jacob se sentó a escuchar atentamente cada palabra. Cuando Michael terminó por callarse, Jacob lo miró fijamente durante largos segundos, que al otro hombre le parecieron horas, y entonces Jacob se levantó, agarró al asustado Michael por el cuello y lo empujó hacia el salón, arrojando finalmente a su víctima sobre el sofá, donde cayó desplomado.

—¿Y ahora qué? —preguntó un Michael de aspecto aterrorizado.

—Ahora, —dijo Jacob, amenazante, —vas a hacer una llamada telefónica, pequeño bastardo mentiroso. Entonces, vamos a averiguar cuánto de la verdad me has estado diciendo. ¡Vamos a ir de visita!

DIECINUEVE

LA HISTORIA DE JACK EL
DESTRIPADOR

En contraste con la casa de la colina de Abbotsford Road, el hogar suburbano del hombre que dirigía la investigación de los asesinatos de Brighton era pequeño, pulcro y mucho menos ostentoso y lujoso en su aspecto exterior. Con los limpios visillos blancos que colgaban de las ventanas, y la carpintería recién pintada que adornaba las ventanas y puertas exteriores, el número cuarenta y ocho de Acacia Road tenía todo el aspecto de la típica casa de clase media inglesa. Había alquilado el lugar poco después de su divorcio, ya que su ex mujer se había quedado con el domicilio conyugal como parte de su acuerdo de divorcio. No muy lejos del centro de la ciudad, la casa había sido construida en mil novecientos noventa, poco después de la serie de asesinatos ocurridos en la zona de Whitechapel, en Londres, que ahora parecían haber resucitado sus fantasmas con los recientes acontecimientos en la ciudad costera. Aunque ya era tarde, cualquier transeúnte no podía dejar de notar que, de todas las casas de la calle, ésta era la única en la que todas las luces del piso inferior seguían ardiendo con fuerza a pesar de la hora.

El Inspector Mike Holland estiró las piernas a lo largo del sofá y colocó el libro que había estado leyendo en la mesita. A continuación, estiró los brazos por detrás de la cabeza al máximo y miró hacia la repisa de la chimenea, donde el gallo marcaba las once y treinta y cinco. Se hacía tarde y apenas se había movido del sofá en las últimas cuatro horas. Una taza de café, que hacía tiempo que se había enfriado, estaba junto al libro en la mesa y Holland escuchó durante un minuto o dos el sonido del viento que silbaba por la calle fuera del cálido caparazón de su casa. El sonido le recordó el poder de la naturaleza, la capacidad de algo invisible y sin embargo tan poderoso para interrumpir las líneas eléctricas, dañar la propiedad e incluso encallar los barcos que navegan por el océano a voluntad. El hombre puede pensar que ha aprovechado el poder de la naturaleza, los parques eólicos utilizados para generar electricidad, el propio viento utilizado para impulsar las velas de los barcos y las embarcaciones privadas más pequeñas utilizadas para el deporte y la recreación, y sin embargo, él sabía muy bien que tales creencias no eran más que una ilusión, un débil intento de apaciguar nuestras propias inseguridades. Nada en el reino del hombre podría esperar compararse con el poder de la naturaleza, la impresionante capacidad del viento, la tormenta, el rayo o la inundación para diezmar ciudades, acabar con innumerables vidas y hacer que el hombre se arrodille de miedo y terror.

¡Miedo y terror! Esas eran las dos palabras en cuyo estudio se había ocupado gran parte de la tarde de Holland. El reino del terror que había sido producido más de cien años antes por un asesino tan escurridizo, tan malditamente inteligente que no sólo había logrado matar con aparente impunidad, sin ser nunca atrapado y aprehendido, sino que incluso después del paso de tantos años, su identidad era aún desconocida, sin que la policía, el público y el mundo en general estuvieran aún más cerca de poder identificar la fuerza, no de la naturaleza, sino de la retorcida maldad que yacía en la mente del hombre al que la historia sólo conoce como *Jack el Destripador*.

Las razones de tales pensamientos yacían en la mesa de café ante él. Los dos libros de tapa dura habían sido proporcionados por el sargento George Wright. El ayudante de Holland era desde hacía tiempo un estudioso de los casos de asesinato no resueltos y ninguno tenía un perfil histórico tan alto como el de los asesinatos de Whitechapel de 1888. Su estudio del caso del Destripador había sido durante mucho tiempo una fuente de diversión entre algunos de sus colegas, que pensaban que su tiempo podría estar mejor empleado tratando de averiguar la identidad de algunos de los asesinos más recientes que parecían haber escapado a la detección. Al fin y al cabo, le habían dicho algunos de ellos, ¿de qué servía, después de tanto tiempo, intentar averiguar quién era realmente Jack el Destripador? ¿Qué podía significar para los vivos revelar la identidad de un hombre muerto, que ciertamente había escapado a la detección durante más de cien años, pero que después de todo estaba fuera del alcance de la ley? Wright se limitó a explicar que miles de personas en todo el mundo seguían sintiendo la necesidad de intentar resolver el caso, y que él era sólo uno de ellos. Si alguien no podía entender sus motivos para intentar llegar a una solución del caso, era su mala suerte, en su opinión. Holland había pasado la mayor parte de la tarde estudiando los libros, tratando de memorizar todos los datos posibles sobre el caso. Además de los libros, había conseguido un expediente de la Policía Metropolitana, enviado por correo electrónico esa misma tarde, que también le proporcionaba todos los detalles que podía necesitar sobre el caso, esta vez desde el punto de vista de la policía de la época. Había expedientes del caso, reportajes de entrevistas con varios testigos, antes y después del hecho, ya que nadie vio nunca al destripador en acción.

Con demasiadas similitudes entre el caso que Holland estaba investigando en ese momento y el del Asesinato de Whitechapel de 1888, Mike Holland había decidido que sería una locura ignorar la posibilidad de que existiera un vínculo, por muy tenue que fuera, entre ambos, aunque no fuera más que el hecho de que tuvieran a un asesino enloquecido suelto en Brighton que había decidido replicar los asesinatos del destripador original. El hecho de que los dos asesinatos en la zona de Holland se hubieran producido en las mismas fechas que los dos primeros asesinatos de Whitechapel y que ambas víctimas hubieran sido prostitutas era una coincidencia demasiado grande como para ser ignorada en esta fase de la investigación.

Finalmente, Holland se sacudió del letargo del cansancio que sentía que lo envolvía lentamente, se levantó del sofá y se dirigió a la cocina, taza en mano, donde rápidamente puso a hervir la tetera y repuso su café con una taza recién hecha y humeante del oscuro elixir. Al volver al sofá, comenzó a leer las notas que había tomado antes al correlacionar la información que había obtenido de los libros de Wright y de los viejos informes de Scotland Yard.

Sabiendo que "el conocimiento es poder", estaba decidido a aprender todo lo posible sobre su actual némesis. Si el asesino de Brighton utilizaba los asesinatos de Jack el Destripador como plantilla para sus propios crímenes, era obvio para Holland que el hombre debía haber estudiado las complejidades de los asesinatos originales para poder llevar a cabo sus macabras recreaciones de los mismos, y por ello Holland se había propuesto armarse con cada trozo de conocimiento que pudiera darle una "ventaja", por mínima que fuera, en su búsqueda del asesino. Holland necesitaba saber todo lo que había que saber sobre los asesinatos de Whitechapel de 1888, y así, continuó su estudiosa lectura de sus notas.

Los crímenes de Jack el Destripador habían tenido como fondo la suciedad y la degradación que invadían las zonas de Whitechapel y Spitalfields del Londres victoriano. En lo que se conoció como "El otoño del terror", el primer "asesino en serie" oficialmente reconocido del mundo acechó a su presa y llevó a cabo su horrible campaña de asesinatos y mutilaciones en medio de las calles y callejones de la verdadera conejera que apestaban a residuos humanos, reflejando la pobreza y las privaciones que se asomaban a las calles desde las ventanas de los míseros y sombríos edificios que albergaban a los empleados, a los desempleados y a los incapacitados para trabajar de la gran clase marginada de la ciudad. Ni siquiera el hecho de tener un empleo garantizaba una vida sana o larga en esas calles miserables, ya que el trabajo disponible para los habitantes de Whitechapel solía ser el de trabajador manual, un trabajo que rompía la espalda con largas horas, mala paga y ninguna garantía de seguridad laboral. A menudo este trabajo, quizás en los mercados de Londres o en los vastos muelles que ayudaban a alimentar el motor del Imperio con el ir y venir de los grandes barcos oceánicos que transportaban mercancías hacia y desde la capital, era de tipo ocasional y transitorio, un día aquí o allá si el trabajador tenía suerte. Cada día se formaban enormes colas donde se presentaba la perspectiva de ganar unos chelines, o quizá sólo unos céntimos.

Para las mujeres, las perspectivas eran aún más sombrías, ya que las niñas disponían de poca educación y el matrimonio era a menudo el único medio de escapar de la indigencia total. Estos matrimonios solían conducir a muchas mujeres al antiguo arte de la prostitución. A veces, era la única manera de que una mujer complementara los escasos ingresos de un marido mal pagado, o, a menudo trágicamente, la única manera de que una viuda, (y había muchas) mantuviera el cuerpo y el alma unidos tras la pérdida de los ingresos de su marido. Quizá se olvide a menudo que la mayoría de las víctimas de Jack el Destripador fueron en su momento mujeres casadas, madres, y salvo la última víctima, Mary Jane Kelly, todas eran lo que hoy se denominaría mujeres "maduras".

Por lo que, las calles de Whitechapel estaban repletas de los que menos podían pedir ayuda en una sociedad que se preocupaba poco por aquellos cuyo esfuerzo impulsaba las fábricas y los muelles de la gran ciudad, o que trabajaban en las grandes casas de los ricos, y volvían a casa cada noche a la miseria y las privaciones de la Zona Este de Londres, y esas mismas calles serían el terreno de caza perfecto para el asesino que sería recordado por la historia como nada menos que Jack el Destripador.

Algo perversamente visto desde casi todos los ángulos por la aguja de la Iglesia de Cristo, en Spitalfields, el campo de exterminio de Jack el Destripador cubrió sólo una pequeña área geográfica y abarcó sólo unas pocas semanas, sin embargo, su reino de terror llegaría a tocar los corazones y las mentes de casi todo el mundo dentro de la vasta metrópolis de Londres y mucho más allá, ya que la notoriedad de sus crímenes se dio a conocer en todo el país y a lo lejos. Hubo quienes intentaron atribuir otros asesinatos posteriores al asesino de Whitechapel, pero la mayoría de los estudiosos opinan que los asesinatos de Jack el Destripador terminaron con el de Mary Kelly el 9 de noviembre de 1888.

De hecho, en su día hubo especulaciones y desacuerdos sobre quién fue realmente la primera víctima del Destripador, ya que muchos querían culpar del asesinato de Martha Tabram a algún otro agresor desconocido. Sin embargo, ahora se cree y se acepta generalmente que Tabram fue la primera víctima del Destripador, por lo que tomaremos la fecha de su asesinato, el 31 de agosto de 1888, como el comienzo de la terrible ola de asesinatos del Destripador, que terminó con la carnicería de la desafortunada Mary Kelly el 9 de noviembre, en apenas diez semanas desde el principio hasta el final.

Como se ha ilustrado anteriormente en este relato, los asesinatos de Martha Tabram y Mary Ann Nicholls tuvieron lugar el 7 y el 31 de agosto, respectivamente. Tras la muerte de Nicholls, sólo pasaron ocho días antes de que el asesino volviera a atacar, esta vez con mayor severidad. En aquella época aún no se había creado el nombre de "Jack el Destripador" para el asesino, que sólo se aplicó tras la recepción de una carta, enviada a la Agencia Central de Noticias el 27 de septiembre, y reproducida en el periódico matutino *The Daily News* el 1 de octubre. Considerada a menudo como un engaño por los Destripadorólogos modernos, la carta "Querido Jefe" identificaba, no obstante, al asesino por el nombre con el que siempre será recordado, al estar firmada "Atentamente, Jack el Destripador".

La carta rezaba:

25 de septiembre de 1888

"Querido Jefe

Sigo oyendo que la policía me ha atrapado, pero todavía no me han atrapado. Me he reído cuando parecen tan inteligentes y hablan de estar en la pista correcta. Ese chiste sobre el delantal de cuero me ha dado verdaderos ataques. Me gustan las putas y no voy a dejar de destriparlas hasta que colapse. Gran trabajo fue el último. No le di a la señora tiempo para chillar. Cómo me van a atrapar ahora. Me encanta mi trabajo y quiero empezar de nuevo. Pronto me verán con mis divertidos juegos. Guardé un poco de la materia roja adecuada en una botella de cerveza de jengibre sobre el último trabajo para escribir con ella pero se volvió espesa como el pegamento y no puedo usarla. La tinta roja es lo suficientemente buena, espero ja ja. El próximo trabajo que haga le cortaré las orejas a la chica y se las enviaré a los oficiales de policía sólo por diversión. Guarda esta carta hasta que haga un poco más de trabajo, entonces dala directamente. Mi cuchillo está bien afilado y quiero ponerme a trabajar de inmediato si tengo la oportunidad. Buena suerte."

Atentamente
Jack el Destripador

Con esas pocas palabras, nació un terror, un nombre dado al asaltante sin rostro que parecía libre de vagar y matar a voluntad y la gente de Londres y del mundo asociaría para siempre los crímenes de ese otoño con el hombre que, aunque nunca fue capturado, identificado y llevado ante la justicia, viviría siempre en la memoria como Jack el Destripador.

Ese terror, el miedo del ciudadano ordinario y la rabia por la aparente incapacidad de las fuerzas policiales para detener al asesino alcanzaron proporciones masivas cuando, veintidós días después del asesinato de Annie Chapman, el asesino de Whitechapel, aún sin nombre, se cobró no una, sino dos víctimas en una noche.

La sueca Elizabeth Stride (de soltera Gustavsdotter), de cuarenta y cinco años, se convirtió en la tercera víctima del destripador, ya que su cuerpo fue descubierto en Dutfield's Yard por Louis Diemschutz, un vendedor ambulante de joyas baratas, mientras conducía su caballo y su carro hacia el patio alrededor de la 1 de la madrugada. Su cuerpo no había sido sometido a las mutilaciones presentes en los cuerpos de Tabram o Chapman, pero Diemschutz testificó que creía que podía haber molestado al asesino antes de que pudiera llevar a cabo dichas mutilaciones y así quizás alimentar la necesidad del asesino de encontrar otra víctima sobre la que pudiera satisfacer su malvada lujuria esa noche.

Esa segunda víctima de la noche y la cuarta del Destripador en su reinado de terror fue Catherine Eddowes, de cuarenta y seis años, natural de la ciudad de Wolverhampton, que hacía tiempo que había caído en una vida de prostitución en las calles de la capital. Su cuerpo, salvajemente mutilado, fue descubierto por un agente de policía, Edward Watkins, hacia la una y quince de la madrugada en la esquina suroeste de Mitre Square. Watkins no vio ni oyó a nadie cuando entró en la plaza y Eddowes resultó ser la víctima más brutalmente mutilada del asesino hasta el momento, quizá víctima de su salvaje frenesí por haber sido interrumpido en su "trabajo" sobre el cuerpo de la pobre Elizabeth Stride anteriormente.

La examinación post mortem de sus restos fue realizado por el Dr. Frederick Gordon Brown y su informe proporcionó una lectura perturbadora, por decir lo menos. La garganta de Catharine Eddowes había sido cortada, "en la medida de unos quince o veinte centímetros". El gran músculo que atraviesa la garganta había sido completamente dividido en el lado izquierdo. Los grandes vasos del lado izquierdo del cuello estaban cortados. La laringe había sido cortada por debajo de las cuerdas vocales y todas las estructuras profundas de la garganta estaban cortadas hasta el hueso. La causa de la muerte fue una hemorragia de la arteria carótida y Brown estimó que la muerte habría sido inmediata y que las mutilaciones se realizaron post mortem.

Al examinar el abdomen, comprobó que las paredes frontales habían sido abiertas desde el esternón hasta el pubis. El hígado había sido apuñalado y cortado con un objeto punzante. Los intestinos habían sido extraídos y colocados sobre el hombro derecho, y una sección había sido cortada por completo y colocada junto al cuerpo de la pobre mujer. La cara había sido fuertemente mutilada, con la nariz casi cortada, una oreja virtualmente cortada, cortes mutilantes alrededor de la cara que resultaron en colgajos de piel formados alrededor de gran parte de la cara. El útero había sido cortado horizontalmente y el riñón izquierdo de la mujer había sido extraído del cuerpo con cuidado y precisión. Éstas eran sólo algunas de las lesiones enumeradas en el informe post mortem de Brown y sirven para mostrar el aumento de la gravedad de los ataques del Destripador.

La investigación policial continuó, obstaculizada ligeramente por el hecho de que el cuerpo de Eddowes había sido descubierto dentro de los límites de la ciudad de Londres, quedando así bajo la jurisdicción de la Policía de la Ciudad de Londres, a diferencia de la Policía Metropolitana, que había sido la única encargada del caso hasta ese momento. Pronto estalló un clamor público, con exigencias de que la policía actuara y descubriera y pusiera en evidencia al asesino. Se pidió la dimisión del comisario de policía y se formaron comités de vigilancia que salieron a la calle por la noche con la esperanza de atrapar al asesino.

A pesar de que la policía inundó las calles con agentes uniformados y no uniformados, no se encontró ni una sola prueba viable que permitiera identificar al responsable de los terribles crímenes que se estaban perpetrando, aparentemente a voluntad, contra los ciudadanos de Whitechapel.

Sin embargo, en pocos días el asesino tenía un

nombre casi universalmente conocido, ya que la carta "Querido Jefe" apareció en la prensa y el nombre de Jack el Destripador era gritado desde cada esquina por los vendedores de periódicos y el miedo que se había apoderado de la Zona Este de Londres crecía con cada día que pasaba sin resultados en la investigación policial.

Ya sea por casualidad o por designio, todo el mes de octubre transcurrió sin que se produjera un nuevo asesinato en las calles de Whitechapel, y aunque el público seguía exigiendo a la policía que actuara para dar con el asesino, el clamor público que había acogido los cuatro primeros asesinatos comenzó a calmarse. Tal vez, pensaron algunos, Jack el Destripador se había ido, había abandonado el país o, simplemente, había cesado su maldad y el terror había pasado. No podían estar más equivocados. El crimen más atroz de Jack el Destripador estaba aún por llegar, un acto de barbarismo y carnicería tan terrible que hombres adultos, endurecidos policías acostumbrados a ver las imágenes más horribles que el hombre puede infligir a sus semejantes, realmente rompieron a llorar cuando se enfrentaron a la escena que se encontró con sus ojos en la mañana del 9 de noviembre de 1888.

En una habitación de Millers Court, junto a Dorset Street, en Whitechapel, el cuerpo de Mary Jane Kelly fue descubierto por Thomas Bowyer cuando intentaba cobrar el alquiler que debía por su habitación. De unos veinticinco años de edad, Mary Kelly resultó ser la víctima más joven del Destripador y las mutilaciones realizadas en su cuerpo fueron tan terribles y viles que poco quedó de la mujer que pudiera ser identificado positivamente.

Le habían cortado los pechos, el brazo derecho

estaba ligeramente separado del cuerpo y descansaba sobre el colchón. Le habían quitado toda la superficie del abdomen y los muslos y vaciado las vísceras de la cavidad abdominal. Los tejidos del cuello habían sido cortados en su totalidad, hasta el hueso. Las vísceras fueron descubiertas en varios lugares del cuerpo. El útero, los riñones y un pecho se encontraban bajo la cabeza, el otro pecho estaba junto al pie derecho. El hígado estaba entre los pies, los intestinos por el lado derecho y el bazo por el lado derecho del cuerpo. Los colgajos de piel que le habían quitado del abdomen y de los muslos estaban colocados sobre una mesa. La cara de la mujer estaba cortada "en todas las direcciones". La nariz, las mejillas, las cejas y las orejas estaban parcialmente extirpadas. Los labios habían sido cortados por varias incisiones hasta la barbilla. El cuello fue cortado junto con los demás tejidos hasta las vértebras.

En resumen, Mary Jane Kelly había sido asesinada, y luego sistemáticamente descuartizada por el asesino más atroz conocido hasta ahora por la policía británica, o por el público en general.

***

Mike Holland dejó a un lado sus notas y los libros de George Wright. Había leído suficiente. Jack el Destripador nunca había sido identificado, nunca había sido detenido. La mayor investigación policial llevada a cabo hasta ese momento en la historia no había conseguido aportar ni una sola prueba tangible contra un sospechoso creíble. O bien el hombre había sido más inteligente que los cerebros combinados de todo el cuerpo de policía de Scotland Yard, o tal vez, como

Wright le había dicho que algunos sospechaban, se había producido un encubrimiento de los hechos en aquel momento para proteger a un individuo o tal vez a una serie de individuos con conexiones con los escalones más altos de la sociedad británica. En cualquier caso, Mike Holland se había sentido asqueado por gran parte de lo que acababa de leer. Los informes post mortem habían sido concisos y excesivamente minuciosos para su época y las lesiones infligidas a los cuerpos de las víctimas del Destripador se correspondían ciertamente con las infligidas a las recientes víctimas de Brighton.

Holland bostezó. El cansancio le había ido invadiendo poco a poco y ahora era todo lo que podía hacer para mantener los ojos abiertos. El sueño le llamaba. Había conseguido asimilar una montaña de datos sobre los asesinatos de Whitechapel de 1888. Ahora lo único que tenía que hacer era intentar averiguar cómo podían ayudarle a resolver su propio caso, el de un destripador del siglo XXI que parecía decidido a copiar el estilo y los actos del asesino en serie original. Tenía que haber algo en las abundantes notas y en la gran cantidad de libros escritos sobre el caso que le ayudara a encontrar la manera de detener al destripador de los últimos tiempos, pero esa sería una tarea que tendría que abordar por la mañana. Dejando sus papeles y libros sobre la mesa de centro, y temblando de cansancio, Mike Holland bostezó una vez más, puso los pies sobre el sofá y apoyó la cabeza sobre el montón de cojines que había en un extremo. No era la primera vez que su cama permanecía fría e intacta en el piso de arriba mientras sentía que sus párpados se hacían más pesados. Se durmió en segundos.

VEINTE

LA MAÑANA DESPUÉS DE LA
NOCHE ANTERIOR

HABÍA SIDO UNA NOCHE LARGA, difícil e insomne para Michael. Aunque se sentía agotado tras el trauma del feroz ataque de Jacob del día anterior, estaba demasiado enardecido para permitirse el lujo de dormir bien, temiendo que Jacob decidiera repetir su ataque. Tratar de descansar con un ojo continuamente en la puerta había hecho que Michael se sintiera frío y bajo de ánimo, precisamente lo que no quería sentir esa mañana. Después del ataque de Jacob contra él el día anterior, Michael había hecho lo que el otro hombre le había indicado y había utilizado su teléfono para llamar al hombre de la casa de Abbotsford Road. Incapaz de hablar abiertamente con Jacob escuchando, le había dicho al hombre que Jacob sabía que había sido drogado, que quería saber por qué y para qué y que no se desviaría de su deseo de encontrar la verdad. El hombre, intuyendo quizás que Jacob estaba escuchando la conversación, le había dicho a Michael que llevara a Jacob a la casa precisamente a las once de la mañana del día siguiente, esta misma mañana para ser exactos. Aunque Jacob había protestado e insistido en que quería resolver la situación allí mismo, el hombre había indicado a Michael que le dijera a Jacob que todo se revelaría si mostraba un poco de paciencia. El hombre le explicó que tenía gente que ver ese día y que no estaría libre hasta la hora prevista. Seguramente, dijo, Jacob podría esperar un poco más para descubrir lo que necesitaba saber. A pesar de las protestas de Jacob, el hombre no se dejaría convencer, y Michael le había dicho a Jacob que no era alguien que aceptara órdenes ni se dejara amenazar por nadie, y menos por alguien como Jacob. Podía ser peligroso, le explicó, y Michael se declaró sorprendido de que el hombre hubiera accedido a reunirse con Jacob. Después de todo, no era un gran amigo de Michael y probablemente le importaba poco el hecho de que Jacob le hubiera dado una buena paliza.

Una vez acordados a regañadientes los arreglos, siguió el día más largo de la vida de Michael. Jacob se negaba a perder de vista a Michael y, de no ser porque éste tenía una provisión de sus propios narcóticos en el departamento, se habría vuelto loco al llegar la noche. Así las cosas, a Jacob le convenía dejar que Michael se drogara, ya que su estado de drogadicción lo hacía fácil de controlar y vigilar.

Jacob le había confiscado el teléfono, dejando a Michael totalmente aislado del mundo exterior, y sólo a la hora de acostarse le permitía usar su propia habitación para dormir, aunque Michael percibía, más que veía, la presencia de su joven némesis al otro lado de la puerta durante toda la noche, sentado en el sillón andrajoso que el joven había arrastrado por el suelo hasta colocarlo junto a la puerta. Michael se sentía como un prisionero bajo estrecha vigilancia en su propia casa, una sensación que odiaba más y más cuanto más se prolongaba la noche.

Ahora, con la llegada del amanecer, todos los pensamientos de sueño se evaporaron finalmente de su mente. Un sonriente Jacob entró en la habitación y Michael casi pudo oler el aura de violencia potencial latente que emanaba del otro hombre.

—¿Dormiste bien, Michael? No te molestes en levantarte. Quédate donde estás. Puedo hablar contigo igual de bien mientras te acuestas.

—¿Tú qué crees? Contigo haciendo guardia frente a mi puerta y sin saber si me ibas a asesinar mientras dormía, ¿cómo iba a dormir?

—Ahora, ¿por qué diablos querría asesinarte mientras duermes? Tú eres el que va a llevarme a conocer a quien sea que esté orquestando lo que sea que me ha estado pasando, ¿no es así? No puedes hacer eso si estás muerto, ¿verdad, Michael?

—Mira, te lo dije. No está pasando nada siniestro.

—¡Mentira! No se droga a alguien hasta que es incapaz de recordar lo que ha estado haciendo sin algún tipo de motivo nefasto. Ciertamente no lo hiciste por el bien de mi salud. Debería haber seguido dándote una paliza ayer hasta que me dijeras toda la verdad y nada más que la verdad, como se dice, en lugar de darte la oportunidad de pasarle la pelota a ese misterioso amigo tuyo.

—Ya te he dicho que no es exactamente un "amigo". Es alguien que conocí y que me ayuda de vez en cuando y yo hago lo mismo con él.

—En otras palabras, es tu proveedor y traficante y tú también vendes el material para él.

—No es un traficante de drogas, Jacob, de verdad. Sí, se asegura de que esté bien abastecido, pero no vendo la mercancía para él. Eso es algo totalmente diferente. Sabes que vendo el material, sí, pero sólo a pequeña escala y no lo consigo de él. Deberías saberlo porque has recogido bastantes paquetes del material de Andy en la taberna.

Jacob tuvo que admitir que eso era cierto. Como parte de su acuerdo de "alojamiento y comida" con Michael, había realizado varias excursiones a la vieja taberna Crown, en una de las zonas más sórdidas de la ciudad, donde se había encontrado con el misterioso "Andy", que siempre estaba listo y esperando su llegada y que le entregaba un paquete envuelto en papel marrón a cambio del sobre de dinero que Michael le enviaba a cambio. A no ser que Andy fuera el hombre con el que Michael había hablado por teléfono el día anterior, lo que era poco probable dado el tono deferente con el que hablaba al otro lado de la línea, era evidente para Jacob que, al menos en este asunto, Michael estaba siendo totalmente sincero con él. Como para confirmar el punto Jacob dijo,

—Entonces, no es a Andy a quien vamos a ver hoy, ¿tengo razón?

Michael se rió nerviosamente.

—¿Andy? Debes estar bromeando. No creerás que estaría tan nervioso si sólo se tratara de Andy, ¿verdad?

—¿Por qué tienes tanto miedo de este hombre? ¿Qué clase de control tiene sobre ti?

—No puedo explicártelo todo, hombre. Sólo créeme que es un tipo con el que no quieres cruzarte. Nunca ha sido violento conmigo, pero puedes decir que hay algo raro en él sólo por estar con él. Algo que burbujea justo debajo de la superficie. No puedes qué, pero sabes que probablemente podría matarte con la misma facilidad con la que tú o yo mataríamos una mosca. Es como si fuera malvado hasta la médula. Huele a maldad, si sabes lo que quiero decir.

—Ahora sé que estás diciendo tonterías. ¿Cómo diablos puede alguien oler a maldad?

—Te dije que no puedo explicarlo. Es como si viviera en otro mundo, en otro tiempo. Su casa parece atrapada en el tiempo, vieja y lúgubre y, bueno, diferente.

—Me parece que te tiene bien asustado, Michael. Si me preguntas, te has inyectado demasiadas venas llenas de mierda antes de ir a ver a este personaje. No me va a asustar, te lo aseguro.

—Eso lo veremos cuando lo conozcas, ¿no? Te digo que no se parece a nadie que haya conocido antes, casi como si no perteneciera a este mundo. Ni siquiera sé su nombre después de todo este tiempo. En el número de teléfono que me dio no figura ningún nombre y, por lo que sé, se supone que la casa está vacía. El propietario vive en algún lugar del extranjero, eso es todo lo que he podido averiguar sobre el lugar.

—¿Qué estás tratando de decir? ¿Qué es un fantasma?

—No, por supuesto que no, pero hay algo que no está bien en él, hombre, eso es todo. Sé que te he hecho cosas por orden suya, pero nunca quise hacerte daño, de verdad. Sólo ten cuidado cuando lleguemos allí, ¿de acuerdo?

Jacob consideró cuidadosamente las palabras de Michael. A pesar de su evidente miedo a Jacob, desarrollado como resultado de la paliza que le había propinado el día anterior, el joven drogadicto parecía estar aún más asustado del hombre que manejaba los hilos detrás de lo que estaba sucediendo. Para Jacob estaba claro que tendría que estar atento a cualquier señal de traición cuando Michael lo llevara a la casa del hombre esa misma mañana. Parecía ser una mañana muy interesante, si la descripción de Michael de su extraño empleador era creíble. Sin embargo, por el momento, tenía que asegurarse de estar preparado para el día que le esperaba y eso significaba el desayuno. Manteniendo su conversación con Michael lo más breve posible y manteniendo así su aire de superioridad y amenaza hacia su anfitrión, se dirigió hacia la puerta, sonriendo una vez más esa sonrisa ligeramente lasciva hacia el hombre de la cama.

—Deja al hombre para mí. Me sorprende que ni siquiera sepas su nombre, imbécil. ¿Cómo puedes trabajar para alguien haciendo las cosas que haces para este bicho raro sin saber siquiera su nombre? Debes ser más estúpido de lo que pensaba.

Michael parecía estar a punto de responder, pero Jacob le cortó con un gesto despectivo con la mano

—Ahora, vamos a desayunar. Nos espera una mañana ajetreada, y esta vez, Michael, ¡yo hago el puto té!

VEINTIUNO
¿UN PLAN DE ACCIÓN?

"Tienes un aspecto terrible, si no te importa que te lo diga, jefe".

El sargento George Wright había entrado en el despacho de su Inspector poco después de las ocho de la mañana y encontró a Holland con el aspecto más desaliñado que jamás había visto a su jefe. Los rayos de sol que se colaban por la ventana de cristal del despacho no hacían más que resaltar el aspecto del Inspector, que estaba sentado bañado por el halo producido por la luz del sol que se difundía a su alrededor desde su espalda.

El Inspector parecía haber dormido con la ropa puesta, cosa que, por supuesto, había hecho, y su barbilla mostraba rastros de barba de varios días que sugerían un encuentro no demasiado cercano con su maquinilla de afeitar esa mañana. Su cabello, que nunca ha sido su mejor rasgo debido a su propensión a adelgazar y a aparentar más edad de la que tiene, parecía aún más rebelde de lo que era habitual a esa hora del día.

—Bueno, me atrevo a decir que tiene razón, Sargento, pero tengo que decir que usted es probablemente la razón principal por la que casi no dormí anoche y lo poco que conseguí lo pasé acurrucado en mi sofá, difícilmente el mejor lugar para una noche de descanso, ¿no está de acuerdo?

—¿Cómo podría ser yo la causa de tu noche de insomnio, jefe?

—Esos malditos libros, Wright, así es. Empecé a leerlos y los informes contemporáneos de Scotland Yard sobre el caso de Jack el Destripador y no pude dejar de leerlos. Cuando lo hice, ya era de madrugada y no tenía energía para subir las escaleras, desvestirme y meterme en la cama. Debo admitir que la lectura era fascinante. No tenía ni idea de que Jack el Destripador fuera tan horripilante y espantoso en el grado de sus mutilaciones como descubrí anoche. Como todo el mundo, había oído hablar de él, ¿quién no lo ha hecho? Pero leer los detalles con minuciosidad gráfica era otra cosa. No es de extrañar que usted y sus compañeros "Destripadorólogos", como los llama, encuentren el caso tan intrigante.

—Lo sé, jefe. Es difícil de creer que alguien pueda salirse con la suya con actos tan descaradamente espantosos y horribles en las calles, estar obviamente manchado con la sangre de sus víctimas y no ser visto por nadie, ni siquiera una vez. Es como si el hombre fuera un espectro de la noche, que aparece de las sombras y simplemente desaparece de nuevo en ellas después de cometer los asesinatos, sin ser oído, sin ser visto y sin ser conocido, incluso hasta el día de hoy. Así que, si no le importa que le pregunte, ¿qué opina de la conexión con nuestro caso actual?

Holland respiró profundamente. Sabía que estaba a punto de comprometerse con una línea de pensamiento que otros, incluidos sus superiores, podrían considerar increíble, pero necesitaba que su sargento le apoyara al cien por ciento mientras llevaba la investigación por el camino que pretendía seguir y la absoluta honestidad entre ellos sería de suma importancia.

—Bueno, George, creo que es jodidamente obvio, como creo que tú también sospechas que nuestro asesino está intentando recrear los asesinatos del Destripador. No puede ser una coincidencia que sus asesinatos hayan tenido lugar en los aniversarios de los asesinatos de Martha Tabram y Mary Nicholls y que ambas víctimas hayan sido prostitutas.

El sargento asintió, pero no dijo nada mientras Holland continuaba.

—El caso es que, si se ciñe al calendario original del Destripador, tenemos menos de dos días para intentar averiguar quién es y una forma de detenerlo. El Jefe de Policía nos ha dado personal extra, todos los hombres de los que puede prescindir y depende de nosotros utilizarlos de la mejor manera que sepamos. La reunión que mantuvimos con él fue mejor de lo que pensaba, pero se mostró un poco reacio a admitir que un imitador de Jack el Destripador de la vida real anduviera suelto por las calles. Dijo que creía que las fechas podían ser una coincidencia, pero tú y yo sabemos mejor, ¿no?

George Wright asintió otra vez. El Jefe de Policía había concedido a Holland los hombres adicionales, tanto de uniforme como de paisano, que necesitaba, pero había matizado la concesión del personal adicional exigiendo que su Inspector produjera resultados y con rapidez. Nadie tuvo que decirle a Holland ni a Wright que debían ser rápidos en su investigación. Ambos entendían que el asesino de Brighton, si seguía al pie de la letra el calendario original del Destripador, se cobraría su próxima víctima en poco más de veinticuatro horas. Cualquiera que fuera el método que decidieran emplear para identificar al asesino y llevar a cabo la detención, tendría que ser formulado y puesto en práctica casi inmediatamente. Holland y Wright pasaron la siguiente hora deliberando sobre los problemas a los que se enfrentaban. Ambos estaban de acuerdo en que el asesino atacaría en algún lugar de la zona roja de Brighton en algún momento de la noche del día siguiente. Eso les dejaba poco más de veinticuatro horas para atrapar al asesino, o al menos para hacer lo suficiente para disuadirle de llevar a cabo el siguiente asesinato en su recreación de los asesinatos del Destripador.

—El Jefe de Policía le dio los hombres extra que pidió, jefe. ¿Por qué no los mandamos a todos a la calle mañana e incluso ponemos a los de paisano en uniforme? Podría ser suficiente para disuadir al bastardo.

—Y también puede que no lo sea, Sargento. ¿Te imaginas el día que tendrían la prensa y la televisión si inundáramos las calles de policías y el asesino se las arreglara para cometer el siguiente asesinato? Querrían colgarnos si eso ocurriera.

—Lo sé, jefe, pero ¿qué sugieres? No podemos sentarnos y no hacer nada, ¿verdad? La vida de una pobre mujer depende de lo que decidas hacer.

—¿Crees que no lo sé? El problema es que es un bastardo inteligente y siempre parece estar un salto por delante de nosotros. Podríamos hacer que los medios de comunicación anunciaran que sabemos que está listo para atacar de nuevo y por qué, pero eso podría causar un pánico mayor del que necesitamos ahora. ¿Puedes verlo? *"Jack el Destripador viene a Brighton*" o algún otro titular que salga en los periódicos y en las pantallas de televisión. La gente se volvería loca y acabaría con el turismo de la noche a la mañana. En cuanto a las prostitutas, algunas se mantendrían alejadas de las calles, pero siempre habrá una empedernida tan necesitada de dinero que se enfrentaría a las calles sin importar el riesgo, sólo para ganar lo suficiente para pagar su próxima dosis.

—Al menos, como dices, algunas de ellas podrían quedarse en casa aunque sea por una noche. Eso reduciría el número de personas que tendríamos que proteger. No veo cómo podemos evitar decirle algo a la prensa, jefe. Podrían ser nuestra única esperanza de evitar el tercer asesinato. Nunca se sabe, incluso podría apuntar a algún turista inocente que se desvíe a la zona equivocada después del anochecer y al menos esto podría mantener a ese sector particular de la población lejos de la zona objetivo.

—Tienes razón, por supuesto, sargento. Iré a ver al Jefe de Policía cuando terminemos aquí, para que se ponga en contacto con la prensa y la televisión. Se le ocurrirá algo diplomático y políticamente conveniente que no asuste demasiado a la población, estoy seguro.

—Estoy seguro de que lo hará, jefe, estoy seguro de que lo hará.

Ambos hombres eran muy conscientes de que el Jefe de Policía estaba atado a un variado conjunto de normas y reglamentos y tenía que ser casi tan hábil como político que como policía en su trato con la prensa y el público. Si alguien podía conseguir las palabras justas, él era el hombre para hacerlo.

—Llegaremos a eso en unos minutos, Sargento. Por ahora, tú y yo tenemos que decidir qué vamos a hacer con el personal que tenemos disponible mañana por la noche.

Durante los siguientes treinta minutos, Holland y Wright llegaron lentamente a la conclusión de que la única opción que tenían realmente era seguir la sugerencia de Wright e inundar las calles con oficiales en un esfuerzo por desviar al asesino de su propósito. Ambos eran conscientes de que, hace más de cien años, la policía londinense había hecho lo mismo en su búsqueda de Jack el Destripador y había fracasado por completo en sus intentos de atraparlo, o incluso de encontrar un testigo fiable de su presencia en los terrenos sangrientos de Whitechapel, donde parecía poder vagar y matar a su antojo con absoluta impunidad. Cuando Holland salió de la oficina para reunirse con el Jefe de Policía había pasado otra hora, una hora que acercaba el asesinato de la tercera víctima a la realidad.

A solas en el despacho de Holland, el sargento George Wright estudiaba detenidamente un plano de la zona que tendrían que patrullar en su intento de frustrar al asesino. Mientras lo hacía, no podía evitar pensar que, aunque cuarenta hombres, el número de agentes de que disponían, podían parecer muchos, les resultaría difícil cubrir adecuadamente las laberínticas calles que constituían el terreno de caza del asesino, si es que éste pretendía ceñirse a la zona roja. El mayor temor de Holland y Wright era que el asesino, que era lo suficientemente inteligente como para darse cuenta de que la policía había descubierto su estrategia, se desplazara más allá de los límites de la zona y cometiera su próximo asesinato en una parte totalmente diferente de la ciudad. Empezó a tomar notas, a elaborar una lista de patrullas que esperaba que les diera la mejor cobertura posible de la zona teniendo en cuenta el personal disponible.

El día se había calentado considerablemente, y unos brillantes rayos de sol penetraban ahora a través de la gran ventana de cristal de la oficina, sus rayos rebotaban en el suelo pulido y se reflejaban en las paredes. Sin embargo, Wright no sentía el calor, ya que su mente no pensaba en los días brillantes y soleados, sino en las noches frías y oscuras, y en el espectro de la muerte que se cernía sobre cada una de las calles del mapa.

¿Quién eres tú, bastardo? ¿Dónde estás? Vamos, danos una pista, maldito demonio. ¿Dónde diablos vas a atacar ahora? Esos eran los pensamientos que le rondaban por la cabeza mientras miraba su reloj, cuyo segundero marcaba inexorablemente el siguiente minuto. Wright sabía, sin necesidad de que se lo recordaran, que el tiempo se agotaba y que el reloj avanzaba inevitablemente hacia lo que podría ser otro espeluznante y muy sangriento asesinato. A pesar de la calidez del despacho, el sargento se estremeció.

VEINTIDÓS

EL HOMBRE DEL CUARTO OSCURO

Exactamente cinco minutos antes de las once de la mañana, el taxi que llevaba a Jacob y Michael se detuvo en la calle del número catorce de Abbotsford Road. Michael se había alegrado cuando Jacob había insistido en que utilizaran un taxi para el viaje. En realidad, después del trato que le había dado el otro hombre el día anterior, Michael no estaba de humor para subir la colina con el creciente calor de la mañana. Todavía le dolía la garganta por la presión ejercida sobre la tráquea y todo su cuerpo se sentía como si ya no le perteneciera. Michael estaba agotado, pero Jacob parecía estar en un estado de euforia, lleno de adrenalina ante la perspectiva de resolver lo que consideraba el enigma de la razón por la que Michael y el desconocido se combinaban para ponerlo bajo la influencia de las drogas. Ninguno de los dos hombres había hablado durante el trayecto desde el departamento de Michael hasta Abbotsford Road.

El taxista había intentado, sin éxito, entablar una conversación cortés con los dos jóvenes, concluyendo por su silencio que tal vez eran un par de amantes homosexuales que habían discutido y ahora se negaban a hablarse. No podía estar más equivocado, por supuesto, aunque su única preocupación real era si la pareja podría pagar la tarifa al llegar a su destino. Tenía el instinto de que el más desaliñado de los dos, el que tenía el cabello más largo y la cara crecida, era un drogadicto. A lo largo de los años había llevado a suficientes personas de esa clase en su taxi como para reconocerlas a primera vista, y Michael encajaba sin duda en su concepto de drogadicto. No estaba seguro cuando se trataba del otro hombre. Parecía bastante limpio y bien arreglado y no desprendía el aura habitual del drogadicto. Fue un alivio para el conductor cuando se detuvo en la dirección que el hombre desaliñado le había dado. Estaba dispuesto a perseguirlos si se daban a la fuga.

Los dos hombres se bajaron del taxi y el calor del día los recibió al salir del fresco interior del coche con aire acondicionado. Jacob no hizo ningún esfuerzo por meterse la mano en el bolsillo y de mala gana, para su disgusto y el alivio del conductor, Michael se encontró pagando el viaje.

La grava crujió bajo sus pies cuando los dos jóvenes atravesaron el camino de entrada y se acercaron a la puerta principal del número catorce. Michael sudaba abundantemente, una mezcla del calor del día y de su nerviosismo por lo que podría o no suceder. En realidad, no tenía ni idea de lo que podía hacer el hombre que le esperaba en la casa. Se había visto acorralado por las exigencias de Jacob, o eso creía Michael, y cualquier cosa podía suceder una vez que él y Jacob entraran en los dominios de su extraño conocido. Siguiendo las instrucciones del hombre, dadas por teléfono el día anterior, Michael se abstuvo de llamar a la puerta. Se limitó a girar el pomo de la puerta y entró, acompañado de Jacob, que sintió una sensación de regocijo al contemplar la vieja casa cuando se acercaban por el camino de grava. Silbó entre dientes al ver el aspecto de la casa, percibiendo su antigua grandeza pero también reconociendo el estado más bien ruinoso del lugar tal y como estaba ahora ante él. Sea cual sea el estado del lugar, estaba ansioso por conocer al extraño habitante del número catorce. Jacob sabía que estaba cerca de averiguar qué demonios estaba pasando. Estaba seguro de ello.

Cuando Michael cerró la puerta principal tras ellos, Jacob fue consciente de un cambio en el ambiente del día. Mientras que el mundo exterior era cálido y luminoso, impregnado de los rayos del sol brillante, la casa parecía estar impregnada de un frío que lo alcanzaba y lo atrapaba mientras caminaba por el pasillo. Había poca luz y el suelo de baldosas aumentaba la sensación de frío. ¿Podría tener razón Michael sobre el lugar, sobre el hombre?

Jacob desterró rápidamente esos pensamientos mientras seguía a Michael hasta una puerta interior en el extremo del vestíbulo de entrada. Ahora, por fin, llamó a la puerta. Una voz pareció venir de muy lejos, pidiéndoles que entraran, y Michael volvió a guiarles mientras entraban en la habitación que había al otro lado de la puerta.

La habitación en la que entró Jacob lo tomó por sorpresa. Era grande, de techos altos y oscura. Unas pesadas cortinas de terciopelo cubrían las ventanas y bloqueaban la luz del sol que calentaba el mundo exterior. Podía distinguir las formas de los muebles, los estantes para libros y la gran mesa de caoba que establecía el centro de la habitación, aunque no podía distinguir del todo los objetos que adornaban su superficie. En el otro extremo de la habitación, frente a la ventana con cortinas, había un escritorio, detrás del cual Jacob pudo distinguir una figura sentada, esperándolos. De repente, una luz brillante brotó del escritorio, un rayo de luz de alta intensidad que los alcanzó a él y a Michael. Se protegió los ojos con las manos, pero no pudo ver lo que había más allá de la luz, es decir, el hombre que estaba sentado detrás del escritorio.

—Bienvenido, Jacob. Pasa y siéntate, —dijo una voz desde detrás del escritorio. "Perdona mis precauciones, pero no estoy dispuesto a que me veas la cara en este momento, por muy bienvenido que seas".

Jacob trató de ubicar la voz, que tenía un timbre ligeramente familiar, pero el hombre obviamente había utilizado algún medio para disfrazar su voz, al igual que su rostro, que incluso en la oscuridad Jacob pudo ver que estaba protegido por una máscara de algún tipo.

—¿Bienvenido? ¿Me das la bienvenida con una luz cegadora, te niegas a mostrar tu cara y esperas que me siente a intercambiar bromas contigo? No soy un maldito tonto, ¿sabes? ¿Qué demonios está pasando aquí? ¿Qué has estado haciendo conmigo?

—Ya, ya, tantas preguntas y tanta actitud. Ah, bueno, tal vez eso se pueda perdonar a la luz de ciertas circunstancias que sólo nosotros conocemos, eh Jacob, o mejor dicho, tal vez no te importe que prescindamos de las farsas y te llamemos por tu verdadero nombre. Eso sería mucho mejor para todos, ¿no te parece, Jack?

Jacob, o mejor dicho, Jack, parecía aturdido. Se giró para encarar a Michael, dispuesto a acusarlo de haber descubierto de alguna manera su secreto, pero el hombre se había ido, se escabulló por la puerta mientras el hombre había estado hablando.

—No te molestes en buscar a Michael. Tenía instrucciones de dejarnos hablar en privado en cuanto estuvieras dentro de la habitación. Puede ser bastante obediente a veces, recuerda bastante a un perro fiel, ¿no crees?

—No te preocupes por él. ¿Cómo diablos me conoces, o mejor dicho, cómo sabes mi verdadero nombre? ¿Y qué quieres de mí? ¿Por qué demonios has estado utilizando a tu fiel perro faldero Michael para drogarme hasta que he sido incapaz de recordar nada de lo que he hecho?

—Oh querido, como dije, preguntas, preguntas, tantas preguntas. Pero por favor no te preocupes, Jack. Pronto tendrás tus respuestas, muchas respuestas, pero primero siéntate, por favor. Encontrarás la silla a tu izquierda bastante cómoda, y hay una jarra de agua fresca y un vaso en la mesa lateral al lado que podría encontrar refrescante durante nuestra pequeña charla.

Jack tomó asiento a regañadientes en el sillón que el hombre le había indicado. No pudo evitarlo. Había demasiado que necesitaba saber.

—Mira, ¿quién eres? Al menos dime eso, y cómo sabes mi verdadero nombre.

—Escucha, Jack, en cuanto a quién soy, eso realmente no es importante, no ahora. En cuanto a ti, bueno, me temo que puedes culpar a Michael por eso. Cuando fuiste al departamento con él por primera vez, dormiste durante mucho tiempo y él pudo revisar tus pertenencias mientras dormías. Encontró el diario, Jack, y las cartas de tu tío y tus tíos abuelos, etc. Sé quién eres, Jack Reid, y sé *lo que* eres. Lo sé *todo*.

—¿Qué quieres decir con que sabes quién y qué soy? ¿Sólo quién eres?

—Ah, Jack, he estado buscando algo durante mucho tiempo y sé que tú también has estado buscando y ahora, por fin, he encontrado lo que buscaba, aunque aún te queda camino por recorrer para cumplir con tu propia búsqueda por tu tío.

—¿Cómo sabes de mi tío? No hay nada sobre eso en mis papeles.

—Oh, pero lo había, Jack. ¿La carta de la chica que habías enviado a los abogados?

Maldición, pensó Jack, se había olvidado de eso.

—Bien, así que sabes todo sobre mí. ¿Qué tiene eso que ver con lo que sea que dices que estás buscando? ¿Y por qué me has drogado?

—Paciencia, Jack, paciencia, por favor.

—Mi paciencia se está agotando. Hasta ahora, pareces tener todos los ases, pero ¿qué me impide levantarme y correr hacia ti y...?

—¿Y atacarme como hiciste ayer con el pobre Michael? Pobre chico, es realmente un cobarde, ¿no? Jack, puede que seas joven y fuerte, pero déjame asegurarte que si intentaras algo así contra mí, seguramente te encontrarías en una posición muy dolorosa. Soy mucho más fuerte de lo que parece. Oh, lo siento, no parezco nada detrás de esta luz, ¿verdad? Debes aceptar mi palabra, Jack, de que no tendrás éxito si intentas cualquier acto de violencia en mi dirección. Es una promesa que harías bien en recordar.

Algo en la voz del hombre llegó a lo más profundo de la mente de Jack. Recordó las cosas que Michael le había contado sobre este hombre y sintió algo de lo que Michael había descrito. Había algo extraño en este hombre sin rostro y sin nombre que parecía saberlo todo sobre Jack, mientras que él no sabía absolutamente nada del hombre. Jack también sintió algo de la sensación de Michael de que el hombre no era del todo de este mundo. Algo en sus palabras y en su forma de hablar estaba en desacuerdo con el mundo moderno. El hombre parecía pertenecer a una época pasada, no al presente.

Mientras Jack se sentaba en silencio reflexionando sobre las cosas que le acababan de decir, el hombre volvió a hablar.

—Ahora, Jack Reid, ¿estás listo para escuchar lo que tengo que decirte?

Mientras el frío de la casa se mezclaba con la sensación de inquietud que la voz del hombre generaba dentro de su mente, Jack Reid asintió silenciosamente y con ese pequeño gesto, el hombre comenzó a hablar, con voz nivelada y firme. Jack no le interrumpió, ni una sola vez, mientras hablaba durante una hora, respondiendo a algunas, pero no a todas las preguntas de Jack. A medida que hablaba, la habitación se volvía más fría y Jack Reid empezó a temblar, no sólo por el frío de la casa de Abbotsford Road, sino por el miedo que las palabras del hombre estaban infundiendo en su mente y en su propia alma.

Ya no había sol, ni calor, ni mundo exterior. Jack se encontró deseando no haber pisado nunca Brighton, no haber conocido a Michael, ni haber ido a la casa de Abbotsford Road. Pero, por supuesto, para entonces ya era demasiado tarde, no sólo para Jack sino para demasiados otros. Mientras Jack se estremecía, la voz del hombre zumbaba y la mente de Jack empezó a asimilar los horrores que contenían las palabras que escuchaba.

VEINTITRÉS

PREGUNTAS Y RESPUESTAS

JACK REID se esforzó por ver más allá del deslumbrante rayo de luz halógena que seguía mirándole desde justo detrás del hombre del escritorio, pero fue en vano. El haz de luz era tan intenso que ni siquiera protegiéndose los ojos con las manos conseguía aliviar el incesante rayo de luz de alta intensidad que atravesaba la habitación directamente hasta su posición en el sillón. Se preguntó, ¿Cuáles eran los motivos del hombre para ocultar su rostro de esa manera? ¿Podría ser que se tratara de alguien a quien Jack conociera o reconociera? Había detectado enseguida algo familiar en la voz del hombre, aunque le pareció que incluso la voz estaba disfrazada de alguna manera, lo que hacía imposible cualquier reconocimiento. Por otra parte, tal vez el hombre estaba desfigurado de alguna manera y deseaba permanecer oculto. Esa teoría fue rápidamente descartada de la mente de Jack, ya que después de todo, seguramente Michael le habría dicho si el hombre hubiera sido un monstruo horriblemente deformado. ¿Se trataba de una simple teatralidad, una estrategia para añadir dramatismo a la reunión? No, tenía que ser que Jack reconocería o podría reconocer al hombre si lo viera. Al menos esa fue su conclusión mientras esperaba que el hombre comenzara a explicarse por la extraña serie de acontecimientos que le habían ocurrido.

Jack tenía la esperanza de que, a medida que sus ojos se adaptaban mejor al resplandor, tal vez podría distinguir un poco más la forma que representaba el hombre detrás del escritorio, pero no, el haz de luz era demasiado fuerte para permitir siquiera esa posibilidad.

—Es mejor que te rindas, Jack, —dijo el hombre, como si fuera capaz de leer los pensamientos de Jack. "Nunca verás más allá de la luz. Está especialmente colocada y tiene una intensidad precisa que hace que nadie pueda ver a través de su haz de luz. Incluso si pudieras, no me reconocerías, en absoluto. Por si acaso pensaste en apresurarme, déjame decirte que hay una pistola de pequeño calibre apuntándote en este momento. Tengo muy buena puntería, Jack, y cualquier señal de movimiento por tu parte te supondrá un gran dolor, créeme. Asiente con la cabeza si lo entiendes".

Jack asintió. El hombre habló.

—Bien, ahora veamos. Ah sí, tu nombre es Jack Reid, hijo de Tom y Jennifer Reid, sobrino o debería decir primo segundo del difunto Doctor Robert Cavendish y su hermano, Mark. No, no hables, sólo escucha —dijo el hombre cuando Jack hizo como si fuera a hacer una pregunta. Jack guardó silencio y el hombre continuó.

—Recientemente alcanzaste la mayoría de edad, y al hacerlo, recibiste un legado de tu tío Robert, a saber, una colección de papeles y cartas y, para no andarse con rodeos, el diario del difunto asesino en serie, Jack el Destripador. Antes de que empieces a preguntar cómo sé todo esto, debo decirte que Michael hizo un muy buen trabajo al obtener los papeles, etcétera, de tu mochila y al copiarlo todo y traérmelo. Estabas empleado como enfermero en prácticas, una profesión de lo más honorable, joven Jack, hasta que recibiste los documentos y te diste cuenta del tipo de herencia que compartías con tus antepasados. Después de haber hecho el impactante descubrimiento, empezaste a volver al estado mental que tanto te perturbaba en tu temprana infancia. Oh sí, también sé todo eso, Jack. ¿Por qué crees que fue eso? ¿Por qué encontraste que los pensamientos oscuros de tus años de formación volvían a perseguirte, me pregunto? Por favor, no intentes responder, ya que espero poder hacerlo por ti en poco tiempo.

—Leíste y releíste el diario, ¿no es así, Jack? Leíste cada carta y cada nota colocada dentro de sus páginas. El bisabuelo de Robert Cavendish era muy informativo, ¿no? El gran médico en persona, Burton Cleveland Cavendish, ese gran pilar de la comunidad, el gran sanador, y por supuesto, el gran mujeriego en persona. ¿No te impactó, Jack, descubrir que el bisabuelo de Robert y Mark, tu propio antepasado, tuvo una aventura, una aventura que llevó al nacimiento de un monstruo? Sí, Jack, estoy seguro de que te impactó saber que el hijo bastardo de Burton Cavendish se convirtió en el hombre que conocemos como ¡*Jack el Destripador*!

—Pero eso no fue todo lo que descubriste, ¿verdad, Jack? Yo también leí cada una de esas páginas, y sé lo que tú sabes. Su sangre, y me refiero a la de Burton Cavendish, fluye por tus venas, ¿no es así, Jack, como lo hizo en las venas de Robert y Mark y su padre y abuelo antes que ellos? Fluye en las venas de

todos los descendientes directos de Burton Cavendish, lo que da una parte de los genes del Destripador
a tu propio padre, Tom Reid y, por supuesto, también
fluye en tus venas. ¿Qué se siente al estar maldito con
la línea de sangre de Jack el Destripador, Jack, y por
una maravillosa coincidencia llevar también el
nombre "Jack"? Qué deliciosamente simbólico e iró-
nico que tus desafortunados padres te den ese nombre, ¿no crees?

—Escucha, yo...

—Silencio, por favor. Puedes hablar cuando haya
terminado. Por ahora, te pido que me prestes toda tu
atención.

Jack se calló una vez más. Su secreto, o lo que él
creía que había sido su secreto, era ahora conocido por
este hombre y por Michael, obviamente, y Jack necesitaba saber lo que el hombre pretendía hacer con el conocimiento, así como averiguar por qué los dos
hombres habían conspirado para drogarlo y tratar de
hacerle olvidar ciertas partes del reciente pasado.

—Trataré de ser breve, Jack, no te preocupes, continuó el hombre. "Para ponerlo en términos sencillos,
cuando descubriste todo esto te diste cuenta de que
quizás sabías por qué habías tenido una infancia tan
perturbada. Tus fijaciones de sangre, tus ataques de
mal humor y tu violencia ocasional podían explicarse
de repente, ¿no? Eres un descendiente del Destripador. Ese pensamiento, junto con el conocimiento de
tu anterior infancia problemática, era más de lo que tu
débil mente podía soportar. Necesitabas alejarte,
buscar consuelo y soledad y por eso empezaste a
buscar al único hombre que pensabas que podría ayudarte. Sabías, por haber oído hablar a tu propia familia
a lo largo de los años, que tu tío Robert había llevado

una vida algo perturbada en sus últimos años, hasta llegar a esta muerte, y sumaste dos y dos y te diste cuenta de que su estado de ánimo probablemente se había visto afectado por la lectura del diario. Después de todo, estaba teniendo el mismo efecto en ti también, ¿no es así, como todavía lo está?"

Jack no pudo seguir callando y ahora interrumpió deliberadamente y con fuerza al hombre. No iba a ser silenciado.

—¿Cómo diablos sabes tanto sobre mi tío Robert? Fue herido en un accidente de coche, el que mató a su propio padre. Estuvo en coma durante semanas y cuando salió de él, nunca volvió a ser el mismo hombre. Era muy joven, pero recuerdo mucho de ello. Al final le diagnosticaron un tumor cerebral y eso fue lo que le mató. ¿Qué demonios es toda esta tontería que me estás soltando?

—Oh, vamos, Jack. Dame un poco de crédito, por favor. Sé que mientras estuvo en coma, Robert Cavendish sufrió horribles pesadillas y visiones de Jack el Destripador y sus crímenes y que, aunque le dijeron que todo había sido un sueño, una invención de su torturado cerebro mientras estaba en coma, a las pocas semanas de volver a casa recibió el horrible legado que posteriormente te pasó a ti, lo más parecido a un heredero varón. Incluso entonces, retrasó el legado hasta que cumpliste los dieciocho años; supongo que, para protegerte, a tu tierna edad, de los efectos de la lectura de ese diario que llevas en tu mochila.

La mente de Jack trabajaba horas extras. Este hombre sabía tanto, que tenía que haber estado cerca de Robert Cavendish en algún momento. También estaba la familiaridad en su voz. Apostó por intentar forzar al hombre a revelar su conexión.

—Lo conocías, ¿verdad? ¿Qué eras, una de las enfermeros o camilleros del hospital, incluso quizás uno de sus médicos? ¿Es por eso que sabes tanto sobre lo que le ocurrió en el hospital? ¿O trabajabas para los abogados? ¿Acaso echaste un vistazo a los documentos hace años y te diste cuenta de lo que eran? Lo que no entiendo es por qué los quieres ahora, por qué quieres hacer lo que has estado haciendo conmigo.

—Ja, se rió el hombre. "Te encantaría saberlo, ¿verdad, Jack? Podría decírtelo, pero en este momento decido no hacerlo. Lo que sí sé es que estás aquí buscando a tu tío Mark, el hermano de Robert, con la esperanza de que pueda contarte algo de lo que realmente le ocurrió a tu tío, algo que los hermanos pueden haber compartido en un momento de intimidad, algo que Robert puede no haber compartido ni siquiera con su esposa. ¿Por qué Brighton, Jack? Debes de haberte enterado por la bonita espía que enviaste a los abogados de que Mark había dejado el país, vendido sus bienes y se había ido a vivir bajo el sol. Ah, puedo ver por tu cara que lo hiciste. Pero eres más inteligente que la mayoría, ¿no es así, Jack? Te enteraste de alguna manera que Mark Cavendish conservaba un pequeño interés comercial en este país, ¿no es así, uno del que sus abogados no sabían nada? Descubriste lo de la casa de huéspedes en Brighton, ¿estoy en lo cierto?"

Jack asintió lentamente.

—El Hotel Arcadia era propiedad conjunta de Mark y su viejo amigo Simon Davis, pero todo el papeleo estaba a nombre de Davis, y usaba un abogado diferente al de tu familia, así que no había forma de que lo supieran. Viniste aquí pensando que Mark podría haber mantenido el contacto con Davis, ¿no?, pero descubriste que Davis había desaparecido hace seis meses. Nadie sabe qué le pasó, a dónde fue, nada.

—¿Eres Simon Davis?

—No, no lo soy, Jack. Dudo que alguien vuelva a ver al hombre, para serte sincero.

Con esas palabras, pronunciadas con frialdad y lentitud, Jack supo de algún modo que Simon Davis estaba muerto, y que el hombre que estaba detrás del escritorio era, con toda probabilidad, el hombre que lo había matado, o que, como mínimo, había organizado su muerte.

—Quizá debas saber que Mark Cavendish tampoco existe. Se ha ido para siempre, muerto bajo las olas cerca de su casa en la hermosa isla de retiro que había elegido para sí mismo. Sabía algo, algo que le asustaba, y ya no podía vivir con ese conocimiento. Yo estaba allí cuando desapareció bajo el mar para siempre, Jack. Así que ya ves, no puede decirte nada sobre lo que tu tío vio en su mente o las cosas que vinieron a él cuando las noches eran oscuras y las figuras del pasado, descritas en las cartas que te dejó con el diario vinieron a visitarlo.

Jack se sentía ahora seguro de estar en presencia de un hombre muy peligroso. En eso, al menos, Michael no le había mentido. Tal vez incluso era responsable de la muerte de Mark Cavendish.

—¿Pero por qué? ¿Y qué tiene que ver todo esto contigo?

—Ya te dije que buscaba algo y lo encontré en ti. Necesitaba saber ciertas cosas sobre mí y sobre tu llegada a Brighton y las palabras del diario, las cartas de tus antepasados varones, desde Burton Cavendish hasta el propio Robert me han dado lo que necesitaba.

—Pero sigo sin entender en absoluto tu implicación. ¿Por qué necesitabas saber estas cosas y por qué hiciste que Michael me drogara?

—Ah sí, el Rohipnol.

Rohipnol, pensó Jack. Así que era eso. La droga para violación que había ganado notoriedad en los últimos años. La droga dejaba al receptor dócil y somnoliento, incapaz de controlar sus movimientos, o de recordar lo que le había sucedido mientras estaba bajo su influencia. *Pero, ¿por qué?*

—Antes de que digas nada, déjame reiterar que sé quién y qué eres, Jack Reid. En cuanto leí el diario y los papeles que lo acompañaban, supe que eras el engendro de Jack el Destripador y que tenías, o debería decir que *tienes*, un destino que cumplir. Tu tío Robert estaba preocupado por el diario, pero su propia formación como psiquiatra y su magnífico control mental le permitieron evitar ser víctima de la verdadera naturaleza del diario. Tú, en cambio, has tenido problemas desde que naciste con, digamos, los efectos del "lado oscuro" de tus genes heredados. Era sólo cuestión de tiempo que comenzaran a tomar el control de ti y, una vez que leíste el diario y las cartas, comenzaste a darte cuenta lentamente de cuál era ese destino. Por eso fuiste en busca de tu tío Mark, ¿no es así? Pensaste que él podría ayudarte a evitar que te convirtieras exactamente en lo que te has convertido.

—¿Qué quieres decir con lo que me he convertido?

—¿Quieres decir que todavía no te has dado cuenta? ¿Incluso después de lo que te he dicho? Tienes el alma del Destripador dentro de ti, Jack. Lo sabía, por eso le ordené a Michael que mezclara tu comida y tu bebida con el Rohipnol. Sabía que cuando llegara el momento, empezarías tu propia versión del

Otoño del Terror. Fue la suerte la que te trajo aquí a Brighton y a mi esfera de influencia, donde podía observar e intentar controlar los límites de tus excesos. Al drogarte, había pensado que podríamos controlar tus movimientos lo suficiente como para evitar la muerte de cualquier víctima inocente, pero me equivoqué, ¿verdad, Jack?

El rostro de Jack adoptó una expresión de desconcierto. No tenía ni idea de lo que el hombre quería decir.

—No sé de qué diablos estás hablando, —dijo. "¿Qué tengo yo que ver con la muerte de gente inocente?"

—Oh, vamos, seguramente no puedes ser tan ingenuo. Ha habido dos asesinatos en la ciudad en las últimas semanas. ¿Quién crees que fue el responsable?

—No puedes esperar en serio que crea que he matado a dos personas sin saber nada de ello. No soy tan crédulo como para dejarme llevar por una historia así. ¿Qué carajo estás tratando de hacerme?

—Escúchame, Jack. Te drogamos con la esperanza de poder evitar que tu mente, que ya se tambaleaba al borde de la intención asesina, se desbordara. Tenía la sensación de que después de tus experiencias con el diario y todo lo que significa, serías carne fácil para la influencia que emana de sus páginas.

—¿Qué influencia? ¿De qué demonios estás hablando? ¿Cómo podría ser influenciada mi mente al leer el diario?

Incluso mientras pronunciaba las palabras, Jack sabía que el hombre tenía razón. Durante todo el tiempo que había leído las páginas del diario del desaparecido Jack el Destripador, había sentido que algo real estaba contenido en las páginas amarillentas de las divagaciones del asesino. Supo instintivamente que su tío Robert Cavendish debía de sentir lo mismo, y eso lo confirmaron las propias notas de Robert, insertadas a varios intervalos entre las páginas. Había sufrido los mismos sueños terribles que describía su tío, atormentado por imágenes de las almas torturadas de las víctimas del Destripador y del propio Destripador, una entidad amorfa, como un espectro, que se arremolinaba en su mente, invadiendo sus pensamientos y sentimientos más íntimos. Tan perturbado estaba Jack después de leer el diario que pronto se dio cuenta de que necesitaba salir de casa, estar solo mientras buscaba la verdad, ya que su mente empezó a sentir la extraordinaria atracción de la fuerza impalpable que prácticamente emanaba de las viejas páginas. Tenía que encontrar una razón para lo que le estaba sucediendo. Rápidamente había reconocido la maldad que habitaba en el diario, como si el alma del Destripador viviera en sus retorcidas palabras.

Realmente había creído que Mark, el hermano de Robert, podía tener la clave para resolver el enigma de lo que realmente le había ocurrido a su tío, pero al saber que Mark había muerto, o más bien se había quitado la vida, esa esperanza se había desvanecido. ¿Y si Mark también había sido víctima del mismo aura de maldad que Jack sentía con certeza que había en el diario? Después de todo, Mark era el hermano de Robert y, como tal, también habría compartido la misma línea de sangre que ahora parecía haber lanzado su maldición sobre el desafortunado Jack. Como salido de la nada, se dio cuenta de que el hombre detrás del escritorio le estaba hablando de nuevo.

—La razón de las drogas era simple. Quería ver qué pasaría si se te permitía permanecer consciente, pero en un estado controlado. Pensé que serías dócil, fácil de controlar, y le di a Michael instrucciones sobre la dosis exacta que debía administrarte, tras lo cual debía observar lo que hicieras e informarme.

—Desgraciadamente, no pudo evitar que mataras a la primera prostituta. Tontamente pensó que mis órdenes de observar también significaban que no debía interferir en nada de lo que hicieras mientras estuvieras bajo la influencia de la droga. De hecho, sirvió para demostrar que el poder del diario superaba con creces el poder de la droga. ¿Puedes creerlo, Jack? Las palabras contenidas en esas páginas tienen un poder más fuerte que el narcótico que fluía en tu torrente sanguíneo. Palabras más poderosas que la ciencia, ¡simplemente increíble!

—No me creo ni una palabra. Estás mintiendo. No he matado a nadie.

—Oh, pero lo hiciste. ¿Recuerdas haberte despertado una mañana y ver que Michael parecía haberte desnudado y acostado? Eso fue la noche del primer asesinato. Te había llevado a casa después de ver lo que le hiciste a esa pobre chica, te desvistió y lavó todo rastro de sangre de tu ropa, la metió en la secadora y luego la puso en el respaldo de la silla. Se sorprendió al enterarse por ti a la mañana siguiente de que no tenías ni idea de lo que habías hecho la noche anterior. Cuando me lo contó, me quedé sorprendido y encantado. Aunque en un principio tenía la intención de intentar controlar tus impulsos asesinos, ahora decidí ver lo que harías si se te permitía continuar. Como parte del control del experimento, me aseguré de que Michael siguiera administrando la droga. Y lo cierto es que volviste a hacerlo, sin recordar en absoluto la matanza y la mutilación que habías llevado a cabo durante la noche. Tuviste algunos pensamientos residuales la segunda vez y reportaste extrañas pesadillas, ¿recuerdas? También encontraste algunas manchas de sangre en tus manos. Por supuesto, Michael había limpiado y secado tu ropa una vez más, pero te dijo que se había caído y cortado de camino a casa desde el bar la noche anterior y que tú le habías ayudado a limpiar. Aceptaste su explicación, ya que estabas demasiado confundido para pensar de otra manera. Ya sufrías de lapsos de memoria a corto plazo y tu mente se estaba volviendo fácil de controlar, al menos parte del tiempo.

A Jack todavía le resultaban imposibles de creer las palabras del hombre. No podía creer que, incluso teniendo en cuenta la influencia del diario, pudiera matar a dos mujeres sin retener un solo recuerdo de ninguno de los dos acontecimientos.

—Escúchame, —dijo Jack. "Haces que Michael me traiga aquí, me dices que soy un asesino poseído por el alma de Jack el Destripador o algo así y, sin embargo, ni siquiera me muestras tu cara. Dime quién eres, u ofrece alguna prueba de esas cosas que se supone que he hecho. Debes pensar que soy estúpido".

—Oh no, no es estúpido, Jack. Perturbado de mente tal vez, pero nunca estúpido. ¿Pides pruebas? Me aseguré de que Michael mantuviera un registro de lo que sucedió mientras estabas bajo la influencia del Rohipnol. Por favor, busca bajo tu asiento y encontrarás un sobre. Sácalo y examina el contenido a la luz de la lámpara. Creo que encontrarás que contiene todas las pruebas que necesitas.

Jack tanteó un segundo bajo su silla hasta que encontró el sobre. Rápidamente lo tomó y abrió la solapa, encontrando dos fotografías dentro. A la luz de la lámpara de alta intensidad, miró con incredulidad las imágenes.

La primera lo mostraba de rodillas junto al cuerpo ensangrentado de Laura Kane, la segunda una representación similar de él, cuchillo en mano junto a la desafortunada Marla Hayes. Su rostro era claramente visible, mirando en dirección al fotógrafo, que supuso debía ser Michael.

—Las pequeñas Laura Kane y Marla Hayes eran clientes de Michael. Debías de saberlo, Jack, lo que te facilitó la tarea de elegirlas como objetivo y asesinarlas. La policía anunció que tenía una fotografía de Laura con un hombre. ¿Eras tú, Jack? ¿La hiciste comer y beber, la sedujiste primero? ¿O simplemente la atrajiste con falsas promesas y luego la llevaste a ese lugar donde destripaste a la pequeña puta?

Jack Reid se desplomó en la silla mientras la creencia y la pena lo inundaban por igual en un maremoto de miedo y confusión, el rayo de luz que salía de detrás del hombre se abrió paso en su alma y, en cuestión de segundos, su mente y su mundo se hicieron polvo a su alrededor.

VEINTICUATRO
MÁS HECHOS, NINGUNA PISTA

—Vamos, George, —dijo Holland a su sargento. "Tenemos que recrear el próximo asesinato del Destripador en papel. Si podemos hacerlo, tal vez podamos averiguar cómo funciona la mente de nuestro propio asesino. Necesitamos una *ventaja*, algo que nos dé una idea de su mente. Si va a estar al acecho de su próxima víctima mañana por la noche, quiero tener al menos una oportunidad para poner al bastardo en su sitio."

George Wright asintió y se levantó de su silla en el lado opuesto del escritorio de Holland. Rápidamente recogió la silla y la llevó hasta el lado del escritorio de Holland, donde la colocó en el suelo y se sentó junto al Inspector. Juntos, comenzaron a revisar minuciosamente todo lo que tenían sobre el asesinato en 1888 de la víctima de Jack el Destripador, Annie Chapman.

Annie, nacida como Eliza Anne Smith, había nacido no muy lejos del lugar donde finalmente murió, en Paddington, Londres, en 1841. Se había casado con un cochero doméstico, John Chapman, en 1869, y más tarde dio a luz a dos hijas y un hijo; la familia vivió al principio en Bayswater y más tarde, durante algún tiempo, en Windsor, donde Chapman volvió a trabajar como cochero. Seguramente, de todas las víctimas fue la que más oportunidades tuvo de disfrutar de una vida matrimonial normal y feliz. Por desgracia, por razones que desconocemos, Annie abandonó a su familia y regresó a Londres en 1882, poco antes de la muerte de su hija Emily. Es fácil suponer que había adquirido el hábito de la bebida y que esta desafortunada circunstancia condujo a la ruptura de su matrimonio con el hombre que, a todos los efectos, parecía ser la elección de marido más respetable que podría haber hecho. También se ha alegado la infidelidad de ella como motivo de la ruptura matrimonial, pero hasta la fecha no se han aportado pruebas fehacientes de ello.

Lo cierto es que John Chapman siguió manteniendo a su esposa hasta su propia muerte por cirrosis hepática e hidropesía en 1886, después de lo cual parece que ella se ganaba la vida vendiendo sus propios trabajos de ganchillo, vendiendo cerillas o flores y, finalmente, al no poder obtener dinero de una serie de amigos hombres que ocasionalmente le proporcionaban dinero, Annie cayó en la prostitución en las calles de Whitechapel.

Su cuerpo, sin vida y mutilado, fue descubierto hacia las seis de la mañana del 8 de septiembre en el patio trasero del número veintinueve de Hanbury Street, en Whitechapel. Su vestido había sido subido alrededor de la cintura y, como pudo ver claramente John Davis, el hombre que hizo el espantoso hallazgo, sus intestinos habían sido colocados sobre su hombro izquierdo. El médico forense Dr. George Bagster Phillips, que realizó el examen post mortem de sus restos, informó de que la mujer había sido "terriblemente mutilada". Como en los asesinatos anteriores, le habían cortado la garganta y, en este caso, le habían extirpado varios órganos abdominales. Faltaban el útero, la parte superior de la vagina y parte de la vejiga, y nunca se encontró ningún rastro de estos órganos. Este fue, hasta la fecha, el peor ejemplo de las mutilaciones del Destripador y no habría sido un gran consuelo para los familiares de la fallecida que les dijeran que probablemente le quedaba poco tiempo de vida en cualquier caso debido a la presencia de una enfermedad pulmonar y lesiones en el cerebro.

Inusualmente en el caso de un asesinato del Destripador, se comprobó que Annie Chapman había sido despojada de dos anillos de cobre que se sabía que llevaba la noche anterior a su muerte. Se suponía que Jack el Destripador se había llevado trofeos. Los anillos, al igual que su asesino, nunca fueron rastreados. Fue enterrada en el cementerio de Manor Park, en Londres, el viernes 14 de septiembre, y a su funeral asistieron miembros de su familia.

Lamentablemente, en lo que respecta a Holland y Wright, los hechos del caso terminaron ahí. Aparte de un exhaustivo informe post mortem y de los detalles de los intentos fallidos de la policía por conseguir la detención del asesino, unos pocos informes de testigos que detallaban los movimientos conocidos de Annie Chapman en las horas previas a su muerte, los últimos detectives no disponían de más información útil. Holland y Wright se recostaron simultáneamente en sus asientos, se estiraron casi al unísono y se miraron.

—No nos ayuda mucho, ¿verdad? se ofreció Holland a su Sargento.

—En realidad no, jefe, no. Es típico de todo el escenario que rodea a Jack el Destripador. Aparte de los nombres de las víctimas y de las personas que se relacionaron con ellas antes de su muerte y de los que encontraron los cuerpos, es lo mismo en todos los casos. Nadie vio nada, ni oyó nada, ni recordó nada que pudiera haber dado a la policía una pista real sobre la identidad del asesino. Jack el Destripador era como un fantasma, un espectro que aparecía de la nada en la oscuridad de la noche y volvía por donde había venido sin dejar ninguna evidencia de su presencia.

—Pero sabemos que no era un maldito fantasma, ¿verdad? Era un hombre, un malvado hijo de puta con sangre y agallas que simplemente era demasiado inteligente para las fuerzas del orden tal y como existían en aquella época. Apostaría por el hecho de que alguien en aquel entonces sí sabía quién era y se mantuvo callado por miedo o porque realmente quería proteger al bastardo.

—¿Quién demonios habría querido proteger a alguien así?

—¿Quién, en efecto? ¿Una esposa, una amante, un padre indulgente? ¿Quién sabe? Pero alguien lo habría conocido, Wright. Tenían que haberlo hecho. Como especuló la policía en su momento, debía estar cubierto de sangre después de realizar sus mutilaciones. Si tenía familia, alguno de sus parientes debió ver su estado después de los asesinatos, seguramente.

—¿Pero si era soltero, jefe?

—Incluso en ese caso, debe haber tenido amigos, padres o hermanos tal vez. Tuvo que haber una persona, al menos en 1888, que tuviera una maldita idea de quién era el Destripador y que, por sus propias razones, guardara silencio al respecto. En cualquier caso, no nos ayuda mucho a localizar al malvado que está dispuesto a salir a matar de nuevo mañana por la noche, presumiblemente en honor al Destripador original.

—¿Crees que se trata de eso, jefe? ¿Una especie de culto retorcido al héroe?

—Realmente no sé qué pensar, —respondió Holland. "Hasta ahora, nuestro asesino está resultando tan escurridizo como la versión original de Whitechapel. Sin embargo, el hecho de que intente recrear los crímenes hasta las fechas exactas es un poco revelador, ¿no crees, Sargento?"

—Tal vez, jefe, aunque podría haber algo en sus motivos que aún no hemos captado.

—Tienes razón, por supuesto, pero tenemos muy poco para seguir. Supongo que estamos dando palos de ciego y se nos está escapando de las manos antes de que podamos agarrarlo. Nos queda un día antes de que esperemos que ataque de nuevo y no tenemos ni idea de cómo es, ni de por qué lo hace realmente, ni de quién es probable que sea su objetivo, aparte de la razonable certeza de que será otra prostituta.

—Sabes, jefe, a menudo se ha asumido que Jack el Destripador tenía un odio innato a las prostitutas, tal vez porque había contraído una enfermedad venérea de una de ellas en algún momento. ¿Crees que es posible que nuestro actual Destripador también esté infectado con algo que ha cogido de una de las chicas del lugar y esté llevando a cabo algún tipo de ataques de venganza usando a Jack el Destripador como modelo?

—Por Dios, Sargento, puede que tengas algo ahí. Si se trata de un imbécil que ha agarrado una dosis de enfermedad venérea de una prostituta local, entonces podríamos tener una oportunidad de atrapar al bastardo.

—Pero ¿cómo, jefe? Las clínicas de los hospitales locales tratan a todos confidencialmente. No nos dirán nada sobre los pacientes que han tratado y aunque lo hicieran probablemente habría demasiados para que pudiéramos comprobarlos en el espacio de veinticuatro horas.

Holland, que hacía un momento había creído que su sargento había dado con una posible teoría para explicar las razones de los asesinatos, tuvo que estar de acuerdo con Wright. Aunque fuera cierto que el Destripador de Brighton mataba a las prostitutas por una necesidad de venganza contra las mujeres de la calle en general, no había forma de obligar a la profesión médica a divulgarle los historiales confidenciales de los pacientes sobre la base de una corazonada o una teoría.

—Tienes razón, por supuesto, —dijo Holland a su Sargento. "Pero creo que puedes haber dado con un motivo potencial para nuestro asesino. Quiero que hables con los chicos de anti-vicio. Intenta ver si tienen una lista de todos los usuarios conocidos de las chicas de la zona, aquellos que quizá hayan sido detenidos por perseguir personas en el último año, digamos. Si han recogido a uno o más hombres en varias ocasiones y podemos compilar una lista de los frecuentadores habituales de la zona roja, podríamos encontrar a nuestro hombre al acecho en alguna parte. Es una posibilidad remota, lo sé, y no tenemos mucho tiempo, pero tenemos que intentar algo".

George Wright no perdió el tiempo y salió de la oficina de Holland para dirigirse a la oficina de la brigada anti-vicio, donde pronto se vio envuelto en una profunda conversación con la sargento Mary Kelleher, una experimentada detective que había pasado los dos últimos años trabajando en anti-vicio y que conocía la escena local tan bien como nadie en el cuerpo local. Irlandesa de nacimiento, Kelleher llevaba el cabello largo, los mechones rojos y ondulados hablaban de su ascendencia, como si su suave y melodioso acento no fuera suficiente para delatarla.

—Así que ahí lo tienes, —dijo mientras la impresora de su ordenador arrojaba una lista de dos páginas de usuarios conocidos de la zona roja local. "La primera página es una lista de los hombres que no sólo han sido sorprendidos recogiendo chicas, sino que también han sido procesados y multados u obligados por los magistrados. En la segunda página se enumeran los que han sido liberados con una advertencia de la policía. En todos los casos de la segunda página se trata de primeros delincuentes. Dudo que encuentres a tu hombre ahí".

—Oye, vamos, Mary. Sabes tan bien como yo que sólo hace falta estar una vez con una chica infectada para coger un caso de algo desagradable.

—Eso es cierto, —respondió Kelleher, —pero estoy pensando que el hombre que buscas es más probable que sea un usuario experimentado de estas chicas. Por lo que he oído sobre tu caso parece ser un hombre en una misión y no ha habido señales de trauma en los cuerpos que indiquen que las obligó físicamente a ir con él a donde las mató, ¿estoy en lo cierto?

—Sí, pero no veo la importancia de eso.

—Escucha, George, confía en mí, —dijo la guapa policía de anti-vicio. "Un principiante, alguien con poco conocimiento de la escena allí abajo probablemente estaría nervioso. Con toda probabilidad se acercaría a las chicas desde su coche, conduciría hasta un lugar apartado donde pensara que no podrían ser vistos y luego se cogería a la chica en el asiento delantero o trasero antes de dejarla de nuevo en la calle. Creo que el hombre que buscas es más confiado que eso. Probablemente recoge a las chicas a pie, camina con ellas un rato, habla con ellas, las guía un poco y antes de que la pobre chica sepa lo que está pasando las dirige a donde él quiere hacer el acto y luego las mata en su momento. No, si tu hombre es un usuario de prostitutas entonces me jugaría la vida a que es un usuario en serie. Concéntrate en la página uno si quieres tener una esperanza de encontrarlo, suponiendo que tú y tu jefe hayan dado con una teoría viable".

Poco después, tras dar las gracias y ofrecerse a tomar una copa con Mary Kelleher una noche después del trabajo para mantenerla al tanto del caso, George Wright se dirigió de nuevo la oficina de Holland. Al llamar a la puerta y entrar, se sorprendió al ver que el Inspector tenía una visita, una cara que Wright conocía muy bien.

VEINTICINCO
PRISIONERO

Un manto de opresión pesaba sobre los hombros de Jack Reid. La oscuridad tenebrosa de la habitación en la que estaba sentado, combinada con las horribles y aterradoras pruebas que tenía en sus manos, servían para aumentar el terrible sentimiento de culpa que ahora se apoderaba del corazón del joven. La cámara nunca miente, según dicen, y Jack no podía dejar de convencerse al ver su propia imagen captada tal cual en las escenas de los dos asesinatos, la sangre de las jóvenes víctimas en sus manos, el cuchillo claramente sostenido por nadie más que él. El haz de luz del reflector colocado detrás de su torturador sólo servía para acentuar la oscuridad que le rodeaba y, a pesar de su gran intensidad, no conseguía iluminar la sensación de terror que le mantenía pegado a su asiento. Jack no podría haberse movido aunque quisiera.

—Veo que has cambiado considerablemente tu actitud, Jack. Ya no eres tan arrogante, ¿verdad?

La voz del hombre detrás del escritorio irrumpió en los pensamientos de Jack, haciendo a un lado la realidad adormecedora de las fotografías cuando sus palabras le golpearon.

—Quiere decir que yo...

—La prueba está ahí, en tus propias manos. No sólo has matado dos veces, sino que si no se te controla, seguramente volverás a matar, y pronto.

—¿Qué quieres decir con pronto?

—Por pronto, Jack, me refiero a la fecha del asesinato de la próxima víctima histórica del Destripador y esa fecha es mañana.

—¡No! Jack gritó con rabia y frustración. "No volveré a matar. No lo haré. No puedes obligarme y si me quedo dentro, encerrado en una habitación tal vez, podrías hacerlo ¿no?, entonces no hay manera de que pueda salir y hacerlo de nuevo. Debes detenerme. Por favor".

—Ahora, ahora Jack, cálmate, querido muchacho. Estás divagando. Cálmate y escúchame. Ya te he dicho que en primer lugar, mi conocimiento me hizo querer ver si podía contener los impulsos que el diario había encendido en tu mente. Cuando me di cuenta de que no iba a ser así, decidí vigilar y documentar tus acciones mientras estuvieras bajo la influencia del poder que las páginas han infundido en tu mente. No tengo intención de detenerte, Jack. Tienes un legado que cumplir, y será mi misión anotar y fotografiar cada aspecto de tu transición hacia el ser que yace dentro de tu alma.

Jack apenas podía creer lo que estaba escuchando. Este hombre, que parecía saber todo lo que había que saber sobre él, estaba preparado a sangre fría para permitirle llevar a cabo lo que parecía ser su propia recreación de los crímenes de Jack el Destripador por cualquier razón pervertida que pudiera acechar en su propia y obviamente retorcida mente. Jack sabía que debía haber asesinado a las dos primeras chicas, pero cada fibra de su ser le gritaba que debía hacer todo lo posible para romper el ciclo de terror, para evitar matar por tercera vez. Dijera lo que dijera el hombre detrás del escritorio, Jack sintió que tenía que encontrar una manera de evitar que sus propios impulsos asesinos se apoderaran de él. Tenía que intentar todo lo que estuviera a su alcance, incluso si eso significaba entregarse a la policía. Antes de que Jack pudiera volver a hablar y de que pareciera capaz de leer los pensamientos del joven, el hombre habló, su profunda voz resonó en la oscuridad de la habitación.

—Y ni se te ocurra ir a la policía, Jack. ¿Crees que se creerán tu historia? Creo que no. Irías a ellos con la absurda idea de que eres un descendiente de Jack el Destripador, que un hombre en la casa de la colina pagó a un traficante de drogas de poca monta para que te drogara y luego tomó fotos tuyas llevando a cabo los asesinatos. Veamos lo que harían, ¿de acuerdo? Te pedirían que presentaras el diario. Me he asegurado de que Michael haya retirado el diario de tus posesiones, Jack. Ahora está en un lugar seguro donde sólo yo puedo acceder a él. Para cuando la policía llegue aquí, yo ya me habré ido, te lo aseguro, y Michael también. No habría rastro de nosotros ni de las fotografías incriminatorias, que no tengo intención de permitir que salgan de esta habitación. De hecho, creo que sería muy recomendable que te quedaras aquí hasta mañana. No creo que sea seguro para ti que se te permita vagar por las calles con todo ese terrible conocimiento en tu cabeza, ¿verdad?

—¿Seguro para quién? ¿Para ti o para mí? —preguntó Jack, con la voz quebrada mientras se le llenaban los ojos de lágrimas.

—Digamos que más seguro para los dos, —dijo el hombre.

—Así que me vas a mantener como un prisionero aquí, ¿es eso?

—No un prisionero, digamos más bien un invitado.

—¿Un invitado? Hm, eso es rico. ¿Qué clase de huésped no puede salir de una habitación, o de una casa? ¿Y cómo pretendes mantenerme aquí contra mi voluntad?

El hombre guardó silencio, sin intentar responder al último comentario de Jack.

De repente, Jack sintió, más que escuchó, un movimiento detrás de él. Tan concentrado había estado en el terror de su situación y en las palabras del hombre mayor que no se había dado cuenta de la casi silenciosa reentrada en la habitación de Michael, que ahora se cernía sobre él, con una jeringa estratégicamente sostenida en su mano derecha.

Jack estaba tan aturdido por la aparición del otro hombre que apenas tuvo tiempo de reaccionar cuando la mano de Michael se movió rápidamente hacia él y sintió el repentino pinchazo cuando la punta de la aguja hipodérmica penetró en la piel de su cuello.

Cuando una cálida negrura empezó a envolver su mente consciente, Jack sólo vio el rayo de luz que se iba reduciendo gradualmente a medida que la oscuridad lo abrumaba y todo el sentido de quién era, dónde estaba y qué le estaba sucediendo retrocedía al mismo tiempo que se atenuaba la luz. Todo el sentido y la memoria de la realidad disminuyeron por completo y entonces no hubo nada más que oscuridad.

—Creo que el sótano estará bien, —dijo el hombre

mientras Michael alzaba lentamente el cuerpo inerte del joven inconsciente sobre su hombro y se daba la vuelta para salir de la habitación.

—Y asegúrate de que el candado esté bien puesto.

VEINTISÉIS

ALICE GERALDINE NICKELS

—¡Alice! —exclamó Carl Wright al entrar a la oficina de Holland. "Me alegro de verte, pero ¿qué diablos te trae hasta Brighton?"

La mujer de treinta y tantos años que se sentaba en la silla de los visitantes sonrió a Wright y se levantó para saludarlo, rodeándolo con sus brazos en un afectuoso abrazo al estilo de viejos amigos. Iba vestida con un elegante traje negro de falda, con una blusa blanca y un pañuelo de lunares blancos y negros atado al cuello. Llevaba el cabello castaño oscuro, largo hasta los hombros, evidentemente bien peinado. Su atuendo era tal que la mayoría de los profesionales la identificarían como una abogada, o tal vez como una doctora. Se apartó del sargento y respondió a su pregunta, aún sonriendo.

—Tu caso, George, es lo que me trae a Brighton. Tuve la sensación de que tu jefe podría necesitar ayuda y ha tenido la amabilidad de recibirme y escucharme. Verás, he estado viendo las noticias sobre estos asesinatos y tengo una teoría.

George Wright se sorprendió al ver a Alice Nickels en la oficina de su Inspector. En realidad era una miembro muy respetada de la profesión jurídica, una abogada del bufete Macklin, Bennet y Cross en la ciudad de Londres. Sin embargo, fuera de su trabajo, Alice ocupaba un alto cargo en una organización conocida como *The Whitechapel Society 1888*, una organización creada para estudiar no sólo los asesinatos cometidos por Jack el Destripador, sino también la vida en el Londres victoriano y eduardiano en general. Wright se había encontrado con ella en al menos cinco ocasiones cuando había hecho viajes a Londres para asistir a las reuniones de la sociedad en su sede en el mismo Whitechapel. Sabía muy bien que la dama que ahora le tendía la mano en señal de amistad era una de las principales autoridades en los asesinatos de Whitechapel de 1888. Había pocas cosas que ella ignorara, tanto en lo que respecta a los hechos como a los mitos que rodean el caso de Jack el Destripador. El hecho de que se tomara la molestia de abandonar su apretada agenda para venir en persona a hablar con Holland debe significar que tenía una buena idea que podía ser de ayuda, un hecho confirmado en las palabras de Holland mientras hablaba.

—La señorita Nickels ha sido muy informativa, Sargento, —dijo, mientras Wright soltaba la mano de su visitante. "Según ella, parece que tú y yo hemos dado casi en el clavo en la mayoría de nuestras deducciones hasta ahora, por pocas que sean, pero parece que se nos ha escapado un punto que puede ser de vital importancia para ponerle las manos encima al asesino".

Alice Nickels se sentó de nuevo mientras Wright se sentaba en la única otra silla de la oficina, una silla de mecanógrafo que estaba delante del ordenador a un lado del escritorio de Holland.

—Debe ser un punto muy importante para que hayas venido en persona, Alice, —dijo Wright. "Normalmente habría bastado con una llamada telefónica".

—Ah, George, mi querido muchacho, una llamada telefónica habría sido casi inútil. Verás, para mostrarles a ti y al Inspector lo que creo que está ocurriendo aquí, necesito estar aquí en persona para poder mostrarles físicamente lo que creo que está ocurriendo. Si estoy en lo cierto en mi razonamiento, creo que puedo mostrarles exactamente dónde atacará de nuevo su asesino si no lo han detenido para mañana por la noche.

—Pero, ¿cómo?

—Ah, Sargento, suspiró Holland. "Tú y yo hemos sido un poco estrechos de pensamiento, según la señorita Nickels".

—Por favor, Inspector, llámame Alice.

—Muy bien, será Alice. Volviéndose hacia el Sargento, Holland continuó. "Así que, como decía, según Alice, hemos acertado en nuestra suposición de que nuestro asesino es un imitador, alguien que está recreando y copiando los asesinatos de Jack el Destripador con todo el detalle que puede. Sin embargo, lo único que no hemos tenido en cuenta en nuestro caso es la ubicación de los asesinatos.

Un pequeño resquicio de luz comenzó a arder en el cerebro de Wright ante esas palabras. Tenía una idea de adónde iba a conducir la conversación, y pronto se demostró que estaba en lo cierto cuando Holland le hizo una seña para que se acercara a su escritorio, Alice Nickels se puso al lado de Wright y por primera vez vio los documentos que estaban extendidos en la parte superior del escritorio de Holland.

—Quizá quieras explicarte, Alice, —dijo Holland. "Al fin y al cabo es tu teoría".

Alice se inclinó hacia delante y señaló los mapas que Wright había visto al acercarse al escritorio. Evidentemente había estado ocupada, o al menos había tenido a su secretaria trabajando duro en la preparación de los papeles que tenían ante los tres. George Wright percibió una pizca de perfume caro cuando se acercó a Nickels para poder ver mejor el escritorio.

—Como puedes ver, comenzó, —en realidad hay dos mapas aquí. El primero es un mapa de Brighton tal y como es hoy, con los lugares de los asesinatos de Laura Kane y Marla Hayes marcados claramente por las cruces rojas que he colocado allí. El segundo mapa es el de Whitechapel tal y como era en 1888, con todos los lugares de los asesinatos verificados del Destripador y algunos de los posibles que se le atribuyeron posteriormente también marcados. Los definitivos están marcados con cruces negras, los otros en verde. He hecho transponer el mapa de Whitechapel a esta transparencia para que podamos superponerlo y seguir viendo el mapa de Brighton debajo. Ahora, observa lo que ocurre cuando coloco el mapa de Whitechapel sobre el de Brighton.

Muy metódicamente, colocó la transparencia sobre el mapa de Brighton y comenzó a alinearlos lentamente y con precisión hasta que estuvo satisfecha con la posición de los dos documentos. Cuando el laberinto de calles victorianas comenzó a superponerse a las del Brighton contemporáneo, Wright y Holland empezaron a ver por fin el razonamiento que había detrás de la teoría de la mujer.

La cruz roja que marcaba el lugar donde se había descubierto el cuerpo de Laura Kane en la urbaniza-

ción Regent estaba cubierta exactamente por la cruz
negra que marcaba el lugar donde se había encontrado el cuerpo de Martha Tabram en los edificios de
George Yard. Quizá sea aún más revelador darse
cuenta de que la cruz que indicaba la ubicación del
cuerpo de Marla Hayes estaba igualmente borrada
por la cruz negra que representaba la ubicación en
Bucks Row, donde se había encontrado a Mary Ann
Nicholls en 1888.

—¡Maldita sea! —dijo Wright.

—Exactamente, —añadió Holland.

—Ya ves, —dijo Alice Nickels. "No sólo está re-
creando los asesinatos, sino que también los comete, o
al menos deja los cadáveres, en lugares que coinciden
con los descubrimientos de los cuerpos de las víctimas
originales del Destripador. Verán que la cruz que
marca la ubicación del cuerpo de Annie Chapman
encontrada el 8 de septiembre en Hanbury Street se
encuentra directamente sobre un lugar aquí llamado
Hastings Close, y ese caballeros es donde creo firmemente que su asesino atacará, o al menos depositará el
cuerpo de su próxima víctima, mañana por la noche."

—Es tan malditamente simple, es realmente brillante, Alice, —exclamó Holland con entusiasmo.
"¿Por qué demonios no se nos ocurrió a nosotros?"

—Mi culpa, jefe, —dijo Wright abatido. "Se supone que soy el que tiene la pista interior de los crímenes del Destripador, y debería haber pensado en
ello".

—No, Sargento. No permitiré que asumas la responsabilidad de haber pasado por alto algo que a mí
nunca se me habría ocurrido. Afrontémoslo, tú fuiste
el que se aferró a la conexión con Jack el Destripador
en primer lugar. Si no hubieras sido tan rápido en ha-

cerlo, todavía podría estar totalmente en la oscuridad sobre nuestro extraño asesino y sus motivos.

—Tiene razón, George, —dijo Alice Nickels.

—Sólo se me ocurrió cuando decidí tratar de pensar fuera de lo normal. Estaba claro que se trataba de un imitador de algún tipo y me pregunté hasta dónde había llegado para crear una recreación total de los crímenes originales. Fue entonces cuando me hice con un mapa de Brighton y comprobé mi idea, y tuve la suerte de ver que mi teoría, de hecho, resistía un análisis riguroso. Ahora, también sabemos que la pobre Annie Chapman fue encontrada justo antes de las seis de la mañana, habiendo sido supuestamente presenciada hablando con un hombre alrededor de las cinco y media fuera de una casa en Hanbury Street. Si el asesino se ciñe al horario original del Destripador y el avistamiento del testigo de 1888 es correcto, podemos suponer que, si es muy detallista, su próxima víctima encontrará su fin entre las cinco y media y las seis de la mañana.

—Lo que significa que tenemos un poco más de tiempo del que pensaba, —dijo Holland. "Cuando todo el mundo hablaba de mañana por la noche, supuse que nos referíamos a la primera parte de la noche, quizás hasta la medianoche. Puede que no sea mucho, pero al menos esto nos da unas horas más para poner en marcha nuestro plan, para tratar de atrapar a este bastardo antes de que encuentre a la próxima víctima."

—Creo que la teoría de Alice nos ha ahorrado mucha pérdida de tiempo y personal innecesario, jefe, —añadió Wright. "De esta manera, podemos concentrar nuestras fuerzas en la zona que rodea a Hastings cerca, y si nuestro hombre muestra su cara, entonces... ¡zas! Lo tenemos."

—Oh, por favor, George, no me cuentes para todo esto. Es sólo una teoría después de todo. Podría estar completamente equivocada. No me gustaría ser la responsable de alejar a los agentes de los posibles lugares de asesinato si tú y el Inspector ya han hecho los preparativos.

Al ver la mirada de preocupación en la cara de Alice Nickels, Mike Holland se movió rápidamente.

—No, está bien Alice, de verdad. No tenemos suficiente personal como para cubrir toda la ciudad, o incluso toda la zona roja. Así, gracias a ti, tenemos una oportunidad de atrapar al asesino y podemos utilizar nuestras fuerzas de la mejor manera posible, desde nuestro punto de vista. Teníamos que decidir un centro de operaciones, un foco para nuestros esfuerzos y tengo la idea de que tu teoría es absolutamente correcta. En efecto, concentraremos nuestros esfuerzos en Hastings Close y las calles que lo rodean. Con suerte y un poco de paciencia mañana por la noche, podríamos tener a nuestro hombre en custodia al amanecer.

—Hay algo más, jefe, intervino Wright, con una mirada preocupada en su cara.

—Continúa, George —dijo Holland.

—Bueno, si hemos sido lo suficientemente inteligentes, con la ayuda de Alice, para averiguar dónde y cuándo es probable que el asesino ataque de nuevo, entonces ¿no es seguro asumir que él podría saber que hemos trabajado en su agenda para los asesinatos? Podría asumir que ya estamos sobre su pista y decidir elegir un lugar totalmente diferente, incluso si entra en conflicto con la topografía original de los crímenes del Destripador.

—Tienes razón, por supuesto, coincidió Holland, —pero también tenemos que asumir que, como tantos asesinos antes que él, nuestro asesino es lo suficientemente arrogante como para creer que no puede ser atrapado. Por lo que he averiguado sobre el caso del Destripador, sobre todo gracias a ustedes dos, debo añadir, Jack el Destripador también mató con aparente impunidad, apenas a unos metros de las ventanas de las casas donde la gente vivía en ese momento y, sin embargo, nadie vio ni oyó nada, y nunca se le vio abandonar la escena de sus crímenes, ni siquiera en el caso de Liz Stride, en el que, al parecer, debió de estar casi en el lugar cuando el hombre que descubrió el cadáver entró en el patio donde yacía ella, todavía caliente y sangrando. No, si estoy en lo cierto, y ruego a Dios que así sea, este bastardo se siente casi invencible, tiene a la policía en muy baja estima y cree que puede, literalmente, salirse con la suya. Lo va a hacer, de eso estoy seguro, y de alguna manera, tenemos que estar allí, al acecho con la esperanza de que podamos detenerlo antes de que lleve a cabo su próxima recreación perversa.

Los dos policías se detuvieron bruscamente cuando Alice Nickels se levantó de su asiento.

—Bueno, creo que ustedes, caballeros, tienen todo bajo control, habló en voz baja. "Supongo que debo dejarles para que planifiquen su curso de acción".

—Espera, Alice, por favor, —dijo Holland. "Te agradecería mucho que te las arreglaras para quedarte aquí en la ciudad al menos hasta que termine la noche de mañana".

—¿De verdad? —respondió ella, sonriendo al Inspector de forma cómplice.

—Sí, por supuesto. ¿Quién puede decir que tu ayuda y aportación en otros aspectos del caso no nos resulten de gran valor en las próximas veinticuatro horas, más o menos? ¿No estás de acuerdo, Sargento?

—¿Qué? Oh, sí, por supuesto, jefe. Apreciaríamos tu ayuda, Alice, realmente lo haríamos.

Evidentemente satisfecha por ser invitada, y quizás como si esperara la petición de Holland, Alice Nickels sacó su teléfono móvil del bolso y marcó rápidamente a su oficina. Mientras esperaba la respuesta a su llamada, se dirigió de nuevo a Holland.

—No tardaré nada en confirmar mi estancia aquí. Mi escritorio está relativamente despejado y mi secretaria podrá ocuparse de cualquier consulta durante el próximo día. Puedo conseguir una habitación en el Atlantic, al final de la calle. Es un hotel bastante agradable y me he alojado allí un par de veces en el pasado cuando he estado aquí por negocios, o para conferencias y demás.

Al darse cuenta de que probablemente le habían "jugado" brillantemente para que aceptara la presencia y la asistencia no oficial de la elegante mujer que se encontraba en el centro de su oficina, Holland no pudo hacer más que devolverle la sonrisa, mirar a su sargento que le sonreía al estilo del proverbial gato de Cheshire y exclamar, "Bien, bueno, eso es todo, ¿eh? ¡Listo!"

VEINTISIETE
UN PLAN

HOLLAND, Wright y Alice Nickels disfrutaron de un almuerzo de trabajo a base de sándwiches y café, que Wright consiguió en la charcutería local, a unos metros de la estación. Holland se sentía más optimista que desde hacía días, sentimiento que comunicó a su Sargento. El Inspector había enviado un plano detallado de la zona de la ciudad en la que se encontraba Hastings Close y los tres estudiaban ahora detenidamente la zona en la que creían que tendría lugar el próximo asesinato previsto.

—Es una urbanización bastante nueva, de menos de diez años, —dijo Wright. "Las viviendas son todas casas unifamiliares de tres o cuatro dormitorios con, en su mayoría, jardines abiertos en la parte delantera. Desde luego, no hay mucha cobertura para nuestro asesino en ninguna parte de la calle. Eso va a dificultar su trabajo."

—El nuestro también, —dijo Holland. "No habrá muchos lugares donde podamos esconder a nuestros hombres sin que sean muy visibles para todos".

—¿Y los jardines traseros? —preguntó Alice Nickels.

—Sí, todos tienen jardines en la parte trasera, —respondió Wright. "Pero de nuevo, mirando los planos, todos están amurallados o cercados. Los muros y las vallas parecen tener todos un metro y medio de altura, evidentemente para la privacidad y la seguridad, por lo que pasar de uno a otro no sería una tarea fácil, sobre todo si lleva a una joven poco dispuesta."

—O un cuerpo, —añadió Holland, de forma escalofriante.

—Pero, ¿no podría esconder a sus hombres en los jardines traseros? Seguro que si explicas la situación a los dueños de la casa, estarían muy dispuestos a cooperar.

—Alice, suspiró Holland. "Si vamos y les decimos a los lugareños lo que es probable que ocurra en su calle, habría una fuga del tamaño de la desembocadura del río Támesis antes de que puedas decir Jack el Destripador. La noticia saldría enseguida y nuestro hombre probablemente escaparía o, como mínimo, cometería el asesinato en otro lugar".

—¿Aunque tu plan prevé que lo haga en Hastings Close? Pensé que habías dicho que seguirías adelante sin importar lo que pasara debido a su desprecio por la policía y a su creencia de que no puede ser atrapado.

—Sí, eso es lo que dije, y sigo creyendo que es cierto. Sin embargo, no es estúpido, como lo demuestra la falta de pistas y rastros forenses en las escenas de sus otros asesinatos. No se pondrá deliberadamente en peligro de ser atrapado si se corre la voz que la mitad de la policía local estará al acecho a que haga una aparición.

—Entonces, ¿no es seguro suponer que ya tiene

un plan de contingencia, en caso de que el lugar elegido no esté disponible por alguna razón?

—Sí, Alice, probablemente lo tenga, pero dónde está y qué le incitaría a utilizarlo es algo que nadie sabe. Ciertamente no queremos que cambie sus esfuerzos a su sitio secundario porque, seamos sinceros, no tenemos ni una maldita pista de dónde podría estar. Estamos de acuerdo con tu teoría de Hastings Close porque tiene sentido, pero aun así podríamos estar muy lejos de la marca si tenemos muy mala suerte.

Los tres se quedaron en silencio mientras el problema logístico de la operación del día siguiente pesaba en sus mentes. A falta de algo que distrajera la conversación de su actual estado de letargo, Wright sacó el documento de dos páginas que había obtenido de Mary Kelleher.

—Escucha, jefe, Mary en anti-vicios nos proporcionó esta lista de usuarios conocidos de la población local de prostitutas. ¿Por qué no la reviso después del almuerzo y veo si alguno de los nombres que aparecen aquí se corresponde con algún delincuente sexual conocido de la zona? Tal vez el nombre de nuestro hombre ya está aquí en nuestras manos y simplemente no lo sabemos todavía.

—Buena idea, George, pero cuanto más pienso en ello y basándome en lo que Alice nos ha dicho, no creo que estemos tratando con un hombre local en absoluto. Revisemos la lista, pero creo que sólo servirá para eliminar y no para incriminar a ninguno de los nombres que aparecen en ella.

—¿No lo crees? Pero pensé que con todo el conocimiento local que parece haber mostrado...

—No. Siento interrumpirte pero escucha. Puede

parecer que tiene conocimientos locales, pero eso no lo convierte en un local por defecto. Cualquiera podría haber conseguido mapas de la ciudad como nosotros y luego haber hecho un poco de tarea. No le habría llevado mucho tiempo hacer lo que Alice ha hecho y marcar su terreno de muerte basándose en la superposición de un mapa sobre el otro. Luego, todo lo que tuvo que hacer fue explorar la zona antes de llevar a cabo cada uno de sus asesinatos y asegurarse de que tenía formas de entrar y salir sin posibilidad de ser detectado. Este bastardo podría haber venido de cualquier parte. Un par de semanas para conocer la ciudad y eso es todo lo que necesitaba.

—Entonces, ¿mi visita a anti-vicio fue una pérdida de tiempo?

—Puede que sí, puede que no. Es sólo que la llegada de Alice nos ha dado una nueva perspectiva del caso, y me inclino a creer que nos enfrentamos a un cabrón muy inteligente que ha tenido esto planeado durante mucho tiempo. Dudo que sea un mierdecilla de mala muerte que frecuenta la zona roja local como cliente de las chicas. No, este asesino es un hombre con una misión y es nuestra maldita misión detenerlo antes de que vuelva a matar. Ahora bien, ¿dónde estábamos con ese plan de Hastings Close?

Una examinación detallada de la urbanización confirmó lo que Holland ya había supuesto. El encubrimiento era prácticamente imposible en cualquier parte. Maldijo que los planificadores modernos utilizaran espacios tan amplios. Puede que tenga un buen aspecto y ayude a vender casas, pero lo que es seguro es que va a hacer su tarea mucho más difícil. La única manera de entrar y salir de Hastings Close era desde Dorset Street, la vía principal de la que partía el callejón sin salida. Alice no pudo evitar señalar el macabro significado del hecho de que Dorset Street había sido una de las calles más azotadas por la delincuencia y el deterioro de la zona de Spitalfields, en Whitechapel, durante la época de Jack el Destripador. De hecho, el cuerpo de Mary Kelly, la última víctima conocida del Destripador, había sido encontrado en su espantoso y minúsculo alojamiento de Millers Court, justo al lado de Dorset Street, tras su espantoso asesinato el 9 de noviembre de 1888. George Wright especuló que tal vez este hecho tuviera algún significado. Tal vez, sugirió, el asesino había planeado toda la serie de crímenes para poder cometer su siguiente asesinato en las proximidades de una calle con un nombre que coincidía con uno de los vinculados a los asesinatos originales de Whitechapel. Tanto Holland como Alice Nickels coincidieron en que tal posibilidad no podía descartarse fácilmente. Al igual que Millers Court, Hastings Close estaba situado justo al lado de Dorset Street, una coincidencia demasiado grande para ser ignorada. No había otra forma de salir del Close, con las casas alineadas a lo largo y ancho del mismo, espaciosas quizás pero sin otra forma de entrar o salir. Si el asesino iba a atacar en Hastings Close parecía que sólo tenía un camino abierto. Tenía que llegar por Dorset Street, y tenía que salir por el mismo camino. Seguramente, la policía podría acordonar la zona y encontrar un medio de vigilancia que lograra impedirle llevar a cabo su próximo crimen.

Terminado el almuerzo, Alice dejó a los dos policías para que formularan su plan de acción para la noche siguiente. Tenía que registrarse en su hotel y volvería más tarde, prometió. Holland, agradecido por su intervención y ayuda, prometió invitar a la atractiva abogada al mejor almuerzo de la ciudad si su ayuda les llevaba a poner las manos sobre la bestia que aterrorizaba las calles de Brighton.

Con Alice ocupada en organizar su alojamiento para las dos noches siguientes, Holland y Wright se pusieron a trabajar. Al descartar la posibilidad de ocultarse y al descartar la cooperación local de los residentes de Hastings Close como demasiado arriesgada, Holland decidió concentrar su mano de obra en la propia Dorset Street. El asesino tenía que acercarse al lugar de la matanza desde la calle y, a diferencia de Hastings Close, Dorset Street era una zona más antigua y cosmopolita, con casas de distintos tamaños y arquitectura a lo largo de ella. Había numerosos lugares donde se podía aparcar un coche al borde de la calle y los residentes y sus visitantes solían dejar sus coches aparcados en la calle durante horas. Este sería el principal medio de Holland para vigilar los accesos a Dorset Street. Unos cuantos coches de policía sin distintivos bien colocados con agentes bien escondidos o, en algunos casos, una "pareja de cortejo", podrían ser su mejor manera de poder detectar la llegada del asesino y su víctima prevista. Tendrían que estar en el lugar mucho antes de la hora en que se esperaba que llegara el asesino, y Holland quería pecar de precavido por si su objetivo decidía variar su plan por cualquier motivo.

Él y Wright se asegurarían de que los coches sin marcar estuvieran en el lugar antes de la medianoche, ya que esto también causaría menos sospechas locales, ya que no querían alertar a los lugareños de su operación permitiendo la llegada de una serie de coches extraños en el barrio después de la medianoche con parejas besándose y besándose hasta altas horas de la madrugada. ¿Qué pensarían los buenos ciudadanos de Dorset Street? Tal vez uno de ellos llamaría a la policía, quejándose de un comportamiento lascivo en la calle. Eso realmente arruinaría las cosas.

No, Holland decidió colocar todos sus recursos en Dorset Street en sus respectivas posiciones de vigilancia a distintas horas entre las diez y media y las once y media de la noche, de nuevo para disipar las sospechas de los residentes de la zona o, especuló, del propio asesino, que podría intentar reconocer la zona una vez más para familiarizarse con el lugar de su posible asesinato. George Wright sugirió el uso del helicóptero de la Fuerza. Gracias a su sistema de imágenes térmicas, podría detectar a cualquier sospechoso que se acercara desde su posición en el cielo, pero, como señaló Holland, el helicóptero podría ser visto u oído desde tierra y el asesino sabría lo que era y quizás a quién o qué estaba buscando. Aceptó que el helicóptero y su tripulación estuvieran a la espera por si lo necesitaban en caso de que su presa llevara a cabo su plan o fuera interrumpida antes de llevar a cabo el asesinato y consiguiera eludir a los agentes en tierra.

Cuando Alice Nickels regresó de su hotel, habiendo conseguido una habitación con vistas al mar, Holland y Wright habían afinado su operación tanto como se sentían capaces de hacerlo. Holland lo había consultado con el Jefe de Policía, que lo había aprobado sin reservas y había autorizado el uso del helicóptero cuando fuera necesario. El equipo se reuniría e informaría a la mañana siguiente, así que por ahora no podían hacer mucho. La investigación continuaría, por supuesto, con los agentes asignados al caso trabajando intensamente en la comisaría o en las calles, haciendo preguntas, buscando cualquier cosa que pudiera llevarles al asesino sin necesidad de la operación de la noche siguiente. Sin embargo, Holland sentía en su corazón que estaban destinados a no encontrar nada hasta que el asesino se mostrara en carne y hueso. Los acontecimientos posteriores le darían la razón en su suposición. Mientras tanto, aprovechó la oportunidad para interrogar a Alice Nickels sobre la composición y el propósito de The Whitechapel Society, a la que tanto ella como su propio sargento pertenecían.

—George nunca me lo había mencionado antes, —dijo Holland. "¿No es una especie de sociedad secreta, como los masones o algo así?"

—Por supuesto que no, —contestó Alice, y Wright se rió al responder.

—No jefe, nada de eso. Has estado leyendo demasiados de esos libros que te presté. Es que nunca se me ocurrió mencionártelo, eso es todo. Es algo que les interesaría a los que estudian el caso de Jack el Destripador, eso es todo. No pensé que fuera algo que te interesara.

—Bueno, ahora me interesa, continuó Holland. "Especialmente después de lo poco que me contaste cuando llegaste, Alice. Me gustaría saber más e incluso mejor; me gustaría saber quién crees que fue realmente Jack el Destripador".

Alice Nickels pasó los siguientes quince minutos relatando alegremente el funcionamiento de la sociedad. Para darle su título completo le explicó que se conoce como *The Whitechapel Society 1888*. Como ya le había dicho a su llegada, el objetivo de la sociedad es promover el estudio no sólo de los asesinatos de Whitechapel de 1888 y el enorme impacto social que tuvieron en la zona, sino también de la vida y la cultura victoriana y eduardiana en la Zona Este de Londres. *The Whitechapel Society*, prosiguió, está formada por una mezcla diversa y ecléctica de miembros procedentes de todos los ámbitos de la vida y de diversos países del mundo. Los miembros van desde compañeros hasta el hombre común de la calle y está abierta a cualquier persona con interés en los temas relacionados con su existencia. En resumen, lejos de ser una "sociedad secreta" como podría pensar Holland, *The Whitechapel Society* es un foro abierto dedicado a fomentar el estudio de todos y cada uno de los aspectos de su cometido.

—Como ves, Mike, con reuniones celebradas cada dos meses en la propia Whitechapel y con charlas y conferencias regulares de varios miembros y visitantes, pasamos un rato bastante animado y agradable cuando nos reunimos para discutir cualquier cosa que nos apetezca. Los asesinatos del Destripador son, por supuesto, una parte de ello, pero cualquier cosa relacionada con la vida en el período que nos interesa es un juego justo para nuestros miembros. También producimos nuestra propia revista, *El Diario de The Whitechapel Society 1888*, que se distribuye a todos nuestros miembros cada tres meses. En cuanto al propio Jack el Destripador, tengo mis propias teorías, pero ninguna de ellas me permite llegar a una conclusión positiva sobre quién era. Su identidad es, y me temo que siempre será un misterio, mi querido Inspector Holland.

—Bueno, gracias, Alice. Te agradezco que me hayas puesto al corriente de la Sociedad. Estoy impresionado. No sabía que existía hasta hoy y debo decir que tú, mi querido Sargento, has estado escondiendo su luz bajo un arbusto durante mucho tiempo. Holland sonrió a Wright mientras Alice guardaba silencio. "No tenía ni idea de que fueras tan intelectual".

—Oh, no es eso, jefe. Simplemente tengo un gran interés en el caso de Jack el Destripador, como sabes, y esta era una manera perfecta de averiguar más. Sólo he podido asistir a unas pocas reuniones en los últimos tres años, pero Alice siempre ha estado por aquí, y siempre nos hemos llevado bastante bien. Pasó gran parte de mi tiempo libre estudiando el caso utilizando un foro de Internet, los Foros de Jack el Destripador, y debo decir que he hecho un montón de buenos amigos al hacerlo.

—Bueno, debo decir que estoy impresionado, —dijo Holland, sonriendo a su Sargento. "Tengo que decir que entre tú y Alice, ambos nos han dado la mejor oportunidad de resolver el caso. Me alegro de tener la suerte de contar con un... ¿cómo lo ha llamado? Ah, sí, un *destripadorólogo* en mi equipo".

Una vez que Alice fue informada de lo que planeaban para la noche siguiente y, por supuesto, se comprometió a mantener todo en secreto, la atractiva abogada se despidió de los detectives. Ya era tarde y decidió volver a su hotel y hacer algunas llamadas a su despacho. Por el momento no podía hacer nada más para ayudar a la policía y acordó reunirse con Holland y Wright en la comisaría a las diez de la mañana del día siguiente.

Mientras tanto, Holland y Wright se aseguraron de tener suficientes copias del mapa de la zona en la que esperaban que el asesino atacara la noche siguiente. Se entregaría uno a cada uno de los hombres y mujeres del equipo. Wright se puso en contacto con todos los miembros del equipo de investigación, tanto de uniforme como de paisano, con instrucciones de asistir a una reunión informativa a las diez y media del día siguiente, en la que Holland presentaría a Alice Nickels a su equipo y explicaría su presencia como asesora experta en el caso.

Hecho esto, y con poco más que pudieran conseguir ese día, Holland dio instrucciones al sargento de guardia de la mesa de que se le llamara inmediatamente si había alguna novedad en el caso durante la noche, aunque no esperaba ninguna.

A continuación, ordenó a Wright que se fuera a casa, como él también tenía intención de hacer, y que se acostara temprano y estuviera en la comisaría a las ocho de la mañana del día siguiente. Como dijo Holland,

"Mañana va a ser un día muy largo, George, y una noche aún más larga".

Bajando las escaleras del cuartel general de la policía, Holland miró hacia arriba para ver una masa de nubes oscuras de aspecto sombrío que se cernían sobre la ciudad, ocultando el débil sol de otoño. Una fuerte brisa marina soplaba hacia la ciudad desde el otro lado del Canal de la Mancha. Mientras se estremecía por el repentino descenso de las temperaturas, Holland supo sin duda que se avecinaba una tormenta. Tal vez, pensó, ¡en más de un sentido!

VEINTIOCHO

UN INFIERNO MUY PRIVADO

JACK REID ESTABA en el infierno, y el infierno en el
que se encontraba tenía todos los ingredientes necesarios para atormentar su mente y su alma más allá de la
capacidad para la que la mente humana fue diseñada.
Estaba tumbado, sin saber si estaba vivo o muerto, con
la cabeza llena de visiones tan aterradoras, tan ajenas
al mundo, que todo su cuerpo se sentía paralizado por
el miedo.

Figuras retorcidas y amorfas, femeninas y sin embargo no femeninas, con rostros que cambiaban constantemente de forma para que nunca fueran más que
un borrón, flotaban en su línea de visión. Sus bocas,
desdentadas pero amenazantes, más grandes en pro-
porción a su tamaño total de lo que deberían haber
sido, se abrieron para revelar interiores empapados de
sangre, y el flujo carmesí de la sangre comenzó de repente a brotar de lo más profundo de sus cuerpos casi
transparentes, sin forma, en un torrente creciente que
se derramó de sus labios blanco pálido, rebosando con
una gracia de cascada a través de la corta distancia
entre ellos y la figura de pánico en el suelo. Intentó
apartarse, para evitar el empalagoso y pegajoso to-

rrente que caía hacia él, pero su cuerpo no podía o no quería moverse. Gritó mientras la sangre le salpicaba a torrentes en la cara, pero el grito permaneció encerrado en su garganta, sin emitir ningún sonido. A medida que el flujo de sangre aumentaba, sus ojos, su nariz y su boca empezaron a llenarse del vil líquido hasta que sintió que seguramente moriría ahogado. Jadeó, tuvo arcadas y, de repente, el sonido de las carcajadas comenzó a asaltar sus oídos, una risa tan demoníaca, tan insana, que Jack se sintió como si estuviera en presencia del mismísimo Satanás. Sin embargo, ¿no había algo familiar en el sonido de esa risa maníaca?

Y entonces cayó en la cuenta. La risa, la voz, pertenecían al hombre que había causado todo esto, el hombre sin rostro de la habitación de la casa de arriba. Recordó el sótano y, sin embargo, si éste era el mismo sótano, ¿de dónde habían salido las arpías que lo atormentaban? Y quiénes eran, quiénes podían ser sino las almas de las mujeres que él había matado, si había que creer al hombre. Seguramente, si no las hubiera matado, no estarían aquí ahora, torturándolo con sus viles ríos de sangre de color rojo intenso. Debe ser cierto entonces. Él era un asesino. Habían venido a atormentarlo, a burlarse de su impotencia. Sintió, más que vio, que las dos formas se acercaban a él, sus bocas abiertas, la sangre cayendo en cascada, empapándolo de pies a cabeza, hasta que sintió que podría ahogarse en el torrente.

Por fin, lo oyó, en silencio al principio, y luego fue creciendo lentamente hasta convertirse en un crescendo cuando las arpías lanzaron un grito tan lastimero, tan terrible en su intensidad, que su mente prácticamente se quebró y dio paso a una locura abrumadora en ese momento. Los gritos se convirtieron en un chillido que llenó cada célula de su cerebro. No había escapatoria, no había forma de cerrar los oídos a los horribles lamentos, a los lamentos que salían de aquellas terribles bocas abiertas. Quería gritarles, implorarles y rogarles que le dejaran en paz, pero cuanto más intentaba formar las palabras con su boca más sangre corría por ella. Su garganta comenzó a llenarse de nuevo con el líquido asfixiante, nauseabundo y dulce. Le dieron arcadas cuando empezó a ahogarse por lo que pensó que sería la última vez antes de unirse a las arpías en el infierno al que las había enviado. No pudo aguantar más. La garganta le ardía y su cuerpo, aún paralizado, estaba a punto de rendirse finalmente y permitir que el negro velo de la muerte se lo llevara.

Las arpías se acercaban cada vez más y Jack sabía, de alguna manera, que en el momento en que esas horribles bocas se acercaran, su propia vida terminaría. No tenía dudas al respecto. Mientras el abismo de la eternidad se cernía ante sus ojos en forma de aquellos labios ensangrentados, aquellas fauces desdentadas y abiertas, Jack sintió de repente que lo levantaban, que lo alejaban de las fauces de la muerte gracias a una fuerza invisible que parecía surgir de la nada. Se sintió como si estuviera volando, su cuerpo se sentía más ligero que el aire, ya no era suyo, sino que pertenecía a alguien o algo con el poder de transportarlo de este horrible lugar, lejos de las fauces de la propia muerte, a... ¿dónde?

Sintió que lo llevaban hacia arriba, siempre hacia arriba, hasta que escuchó un fuerte ruido rasposo que fue inmediatamente seguido por un destello cegador de luz, luego algo cálido y pesado cayó sobre su cara, sobre su cabeza y todo fue oscuridad una vez más. Segundos después, podría jurar que sintió una ráfaga de aire fresco, luego un ruido metálico y la sensación de ser bajado a un suelo metálico, duro y frío.

Voces indistintas se dirigieron a él en un balbuceo apagado mientras yacía en la oscuridad y luego sintió el agudo pinchazo de una aguja al ser insertada en su cuello y el cálido flujo de algo líquido al surgir de la jeringa en su torrente sanguíneo. En ese momento, segundos antes de que la inconsciencia lo reclamara de nuevo, Jack Reid recibió al menos la confirmación que necesitaba. A pesar de sus pensamientos anteriores en sentido contrario, y a través del estupor inducido por las drogas en el que estaba descendiendo rápidamente una vez más, sabía que si había sido necesario que alguien le inyectara con Dios sabía qué, entonces podía estar seguro de que todavía estaba muy vivo.

La mugrienta furgoneta de reparto blanca dobló la esquina de la calle, con el nombre de "Harris e Hijo" claramente firmado en sus paneles laterales. No había ningún número de teléfono debajo del nombre, ni ninguna descripción del servicio prestado por la empresa. La furgoneta se detuvo suavemente en la entrada del número seis. El conductor se dirigió al hombre del asiento del copiloto: "¿Está seguro de que vendrá, tal y como lo dispuso?"

—No se preocupe. Ella estará aquí, lista y esperando. Me aseguré de que se mantuviera a la expectativa estos dos últimos días, le dije que había tenido problemas para conseguir el material. Ella estará absolutamente suplicando por ello, hombre.

—¿Sus padres?

—Todavía están en Francia, en su casa de Normandía. Está sola, como le prometí.

—¿Y nuestro invitado? —preguntó el conductor, señalando con los ojos el enorme interior de la furgoneta, que sólo contenía un objeto, un gran refrigerador blanco de estilo americano.

—Ah, se podría decir que está muy "congelado" por el momento. Le he dado lo suficiente para mantenerlo fuera de sí durante el tiempo que queramos. Cuando nos vayamos, podemos darle uno de tus "especiales" y eso debería asegurar que vuelva en sí en el momento justo.

—Debo decir que lo has hecho bien. Estas chicas jóvenes, ¿eh? ¿Quién iba a pensar que la hija de unos padres tan acomodados acabaría siendo una drogadicta y una prostituta, y a una edad tan temprana, follando con viejos para conseguir el dinero necesario para alimentar su ridículo y sucio hábito? Qué trágico.

De sus últimas palabras emanaba una mezcla de sarcasmo e ironía y su compañero le contestó,

—Sabes tan bien como yo que las drogas no respetan la edad ni la riqueza. La mitad de mis clientes provienen de buenos hogares y buenas escuelas. Ahí es donde la mayoría se engancha en primer lugar. Hoy en día se puede conseguir casi cualquier cosa ilegal en las escuelas.

—Siempre que uno conozca a la gente adecuada, por supuesto, —dijo el conductor, esbozando una sonrisa demoníaca. Sus siguientes palabras fueron pronunciadas en un tono plano y escalofriante. "Entonces, ¿nos ponemos a trabajar?"

Sin decir nada más, los dos hombres se bajaron de la furgoneta en medio de la incesante llovizna que había sustituido al torrencial aguacero que había acompañado a la tormenta anterior. Eran poco más de las seis de la tarde y no había ni un alma en la calle cuando recorrieron la corta distancia que separaba la furgoneta de la puerta principal, donde el más joven alargó la mano y pulsó el timbre.

En pocos segundos se abrió la puerta desde dentro y una joven adolescente de cabello oscuro, de no más de dieciocho años, se quedó mirando a los dos visitantes.

—Michael —gritó al reconocer al joven. "¿Dónde diablos has estado? Me estoy volviendo loca. Me prometiste..."

—Sí, sí, lo sé, nena, —respondió Michael. "No te preocupes. Tengo lo que necesitas aquí mismo". Extendió la mano para mostrar un pequeño paquete blanco en la palma, maná del cielo para la joven drogadicta.

—Sí, ¿pero quién demonios es el viejo? —preguntó ella mientras sus dedos temblorosos estiraban la mano para arrebatarle el paquete a Michael, sólo para que él lo apartara rápidamente de su alcance.

—No hace falta faltar al respeto, Mandy. Este es El Hombre, ya sabes, el que me consigue las cosas para que yo pueda dártelas, nena. Quería venir a conocer a algunos de mis mejores clientes en persona, para saber dónde encontrarte si alguna vez estoy fuera de circulación, ya sabes.

La chica apenas pareció escuchar sus palabras, tan concentrada estaba en obtener los narcóticos que contenía aquel pequeño paquete blanco.

—Entonces, dame, ¿eh, por favor, Michael? Sabes lo mucho que lo necesito.

Ella extendió una mano temblorosa que contenía tres billetes de diez libras, y Michael tomó el efectivo ofrecido por la chica.

—Entonces, ¿hay algo más que quieras? —preguntó ella mientras Michael y el desconocido no hacían ningún intento de irse. Para Mandy, la transacción había terminado. Quería que la dejaran sola para hundirse en su propio nirvana narcótico. Desde luego, no necesitaba compañía ni público, por así decirlo.

—En realidad, Mandy, hay algo más.

Era la primera vez que el anciano hablaba desde que entró en la casa. "Michael tiene algo que mostrarte, ¿no es así, Michael?"

—Sí, es un nuevo "producto", —dijo Michael, caminando por el pasillo hacia una pequeña mesa que estaba contra la pared. "Ven y echa un vistazo a esto, Mandy. Creo que te gustará. Te da un verdadero *viaje*".

Mandy siguió al joven hasta la mesa donde él había colocado un pequeño paquete y hacía ademán de abrirlo. La chica se inclinó un poco hacia delante para ver mejor, y no llegó a ver al anciano cuando éste sacó un cuchillo largo y delgado del interior de su chaqueta, se acercó a ella por detrás y le rodeó la garganta rápidamente con su brazo derecho. Antes de que ella tuviera tiempo de reaccionar, el cuchillo se clavó profundamente en su carne, y un torrente de sangre brotó en cascada mientras una expresión de sorpresa, dolor y horror recorría su rostro. Intentó gritar, pero la herida era tan profunda que no salió ningún sonido de su boca, sólo un terrible gorgoteo rasposo mientras su garganta se llenaba de sangre y los efectos del shock se hacían sentir instantáneamente. El hombre la atrapó mientras ella caía hacia atrás, soportando el peso de su cuerpo mientras se desplomaba contra él y se deslizaba lentamente hacia el suelo, donde la herida abierta en el cuello siguió bombeando sangre durante unos segundos más hasta que la muerte tomó rápidamente a la joven víctima en su abrazo expectante, su corazón dejó de bombear y el flujo de sangre se redujo y finalmente se detuvo.

—Maldita sea, —dijo Michael. "Ese fue un trabajo suave".

—No hay tiempo para autofelicitaciones, —respondió el hombre mientras empezaba a ocuparse de su siguiente tarea. Rápidamente, levantó la falda de la chica y levantó su blusa para mostrar su abdomen desnudo. Tomándose su tiempo, trabajó con constancia, recreando las incisiones y mutilaciones que le habían hecho a la pobre Annie Chapman hacía más de cien años. Michael lo había visto trabajar antes y se creyó inmune a la visión de un cuerpo aún caliente tratado de esa manera, pero incluso él tuvo arcadas y tuvo que forzarse a no sentirse físicamente enfermo cuando el hombre extrajo lenta y metódicamente una gran parte de los intestinos de la chica de la cavidad abdominal y los colocó sobre su hombro izquierdo. Colocó en el suelo algunos objetos que sabía que despertarían el interés de la policía y, en lo que parecía ser un instante, completó su macabra tarea.

A los treinta minutos de haber sido degollada y de que su vida se extinguiera tan brutalmente, el cuerpo de Mandy Clark yacía ahora en una espantosa reminiscencia del de Annie Chapman, víctima certificada de Jack el Destripador. El hombre se quitó el abrigo manchado de sangre y lo colocó cuidadosamente en una bolsa de plástico que Michael sacó del interior de su propia chaqueta. Hizo un gesto a Michael que, sabiendo lo que tenía que hacer, cruzó el pasillo, abrió la puerta principal y salió hacia la furgoneta. Todavía no había nadie en la calle, como había previsto el hombre. Se trataba de un callejón sin salida, tranquilo y privado, con pocas idas y venidas fuera de las horas punta de la mañana y de la tarde, que ya habían pasado, por supuesto.

Abriendo la puerta lateral de la furgoneta, sacó una rampa que estaba fijada al suelo interior de la furgoneta y, a continuación, sacó el gran refrigerador sobre el carro en el que había sido colocado, despacio y con cuidado, y lo introdujo rápidamente en la casa.

El hombre y él volvieron a ponerse manos a la obra, esta vez sacando el contenido humano del frigorífico antes de volver a llevar el aparato con rapidez hasta la furgoneta, donde pronto fue cargado de nuevo y asegurado en el compartimento trasero. Antes de salir de la casa, el hombre asintió a Michael, que sacó una jeringa llena de su bolsillo y la inyectó rápidamente en el cuello del joven que yacía en el suelo de baldosas del vestíbulo a pocos metros del cuerpo de la chica muerta. El cóctel de drogas que contenía aseguraría que Jack Reid permaneciera en un estado de inconsciencia durante las siguientes treinta y seis horas, perfecto para el plan del hombre.

Después de colocar a Jack y el cuerpo en las posiciones requeridas y de asegurarse de que la cuchilla asesina descansaba firmemente en la mano inconsciente del joven, el par se marchó tan discretamente como había llegado. Nadie les había visto llegar ni marcharse y, aunque el asesinato de Mandy Clark había tenido lugar más de veinticuatro horas antes de lo previsto en los crímenes de Jack el Destripador, el hombre sabía que la policía probablemente ya estaría al tanto de su modus operandi y se sintió justificado para usar un poco de licencia artística en la ejecución de su plan.

Sólo quedaba la necesidad de salir lo antes posible de su hogar temporal en la colina y asegurarse de que Michael no estuviera en condiciones de traicionarlo en el futuro. Sabía que esa sería, con mucho, la parte más fácil de la operación. Escapar resultaría ser una simplicidad en sí misma, y Michael sería un activo durante el tiempo que el hombre lo necesitara, luego ayudaría a sellar el final perfecto de todo el escenario. Era una pena que tuviera que terminar su trabajo en otro lugar, pero siempre había sabido que las cosas podrían ponerse demasiado calientes para completar su tarea en un solo lugar y sus planes permitían cierta flexibilidad.

El hombre sólo deseaba poder ver la reacción de la policía ante lo que finalmente encontrarían cuando llegara el momento de visitar la casa de Hastings Close. Mientras conducía bajo la lluvia del atardecer, con los limpiaparabrisas haciendo un satisfactorio "swish, swish" al recorrer el parabrisas, se permitió una rara sonrisa de anticipación. Por ahora, su trabajo aquí había terminado. Le esperaban nuevos pastos, nuevos retos y mucho trabajo para llegar a ellos a salvo.

VEINTINUEVE

LA DOCTORA RUTH RETOMA LA HISTORIA

Supongo que este es un punto tan bueno como cualquier otro para devolver esta historia al presente, a la realidad tal y como existe actualmente para mí, para Jack y para los demás protagonistas de este extraño asunto. En cuanto al caso de Mandy Clark y las demás víctimas del "Destripador de Brighton", los hechos han sido registrados y relatados en los tribunales y en los informes psiquiátricos muchas veces.

Tras una vigilia nocturna en la noche del 7 al 8 de septiembre, durante la cual el Inspector Mike Holland y el sargento Carl Wright dirigieron su grupo de trabajo en una operación de vigilancia total en los alrededores de Hastings Close, la policía se sintió frustrada y desconcertada cuando, a las 6.30 de la mañana del día 8, no parecía haber ninguna actividad en el barrio que indicara que el asesino se había acercado a la zona. Desconcertados, frustrados y un poco temerosos de haber dado un aviso y de que el asesino se hubiera enterado de su presencia, a las seis y cuarenta y cinco de la mañana los dos detectives dieron un lento paseo a lo largo de Hastings Close, pensando que podrían haber pasado por alto algo que había ocurrido durante la larga noche.

Al acercarse al número seis, se sorprendieron al ver a un hombre joven, con las manos y la ropa empapadas de sangre, que se tambaleaba por el camino de entrada hacia ellos. La puerta de la casa estaba abierta de par en par y los dos hombres supieron al instante que habían pasado por alto un elemento vital en el caso.

—Es él, Sargento, tiene que serlo. Agarra al bastardo mientras yo voy a echar un vistazo. Nunca pensamos que mataría a su próxima víctima dentro de una casa. Tiene que estar en esa casa.

George Wright agarró rápidamente al joven empapado de sangre, que apenas parecía darse cuenta de la presencia del policía. Le colocó las esposas y lo hizo girar, siguiendo el camino que había tomado el Inspector. Al darse cuenta de a dónde le llevaban, el prisionero esposado empezó a asustarse de repente y a resistirse a la presión de Wright para que se acercara a la casa.

—No, por favor, no puede llevarme allí. Está ahí y está muerta.

—¿Quién está muerta? —preguntó Wright. "¿Quién es ella?"

—¿Cómo voy a saberlo? —respondió el hombre. "Es una chica, sólo una chica".

—Sigue adelante, bastardo de sangre fría, —dijo Wright, empujando al hombre delante de él. Sin embargo, antes de que llegaran a la puerta, Holland apareció en la entrada de la casa y Wright se detuvo con su prisionero.

—Maldita sea, George, jadeó Holland, con un aire de finalidad y de horror en su voz. "Lo ha vuelto a hacer y la pobre chica es sólo una niña, todavía en la adolescencia. Lo curioso es que parece que lleva muerta un día o más. La sangre está seca en el suelo y en esto".

Holland alargó la mano derecha, en la que llevaba un guante de látex, y sacó un cuchillo de hoja larga y delgada del tipo que utilizan los carniceros tradicionales de antaño en sus tiendas. Las manchas de sangre en el arma eran evidentes pero, como dijo Holland, parecían secas, ciertamente no frescas, lo que hacía pensar que el asesinato había tenido lugar algún tiempo antes de que ellos llegaran al lugar.

—No es mucho más que un niño, Sargento, —dijo Holland mientras echaba una larga mirada al hombre que ahora tenían detenido. "¿Por qué lo hiciste, hijo? ¿Por qué mataste a estas pobres chicas, eh?"

—No lo hice. Quiero decir, ¿lo hice? Debo haberlo hecho, ¿no? El hombre lo dijo, así que debe ser verdad. Tengo sangre en mí. ¿Es de ella? Ella estaba, ya sabes, tirada ahí.

—No tiene mucho sentido, jefe, —dijo Wright.

—No, no lo tiene, ¿verdad? Llevémoslo a la estación, Sargento. Lo llamaré y traeré a los forenses aquí corriendo. Por lo que parece, tenemos a nuestro hombre, y si no me equivoco, la mató antes de lo previsto para despistarnos. De alguna manera, sin embargo, se quedó aquí hasta la hora y fecha en que el cuerpo de Annie Chapman fue descubierto en Whitechapel. ¿Por qué, me pregunto?

—Si me preguntas, jefe, está drogado con algo. Sólo míralo. No me sorprendería que estuviera tan "drogado" que la matara sin saber qué maldito día era y que luego se quedara en la casa para drogarse un poco más y que se tropezara con nuestros brazos por accidente cuando volviera en sí y le diera pánico descubrir que seguía en la casa con el cuerpo.

A instancias de su Sargento, Holland miró atentamente a los ojos del joven esposado. Efectivamente, tenía la mirada de un hombre que había sido fuertemente drogado hasta hacía poco tiempo. El inspector de policía conocía muy bien el aspecto de un "drogadicto" gracias a sus años de experiencia en el cuerpo, y este hombre definitivamente parecía un hombre que no era ajeno al uso de drogas ilegales.

—Creo que tienes razón, Sargento, aceptó. "Haz que Barnes y Thorne lo lleven mientras nosotros echamos un vistazo más de cerca a la casa".

Wright llamó a los dos agentes que Holland había seleccionado desde su lugar en uno de los coches de vigilancia y Jack Reid no tardó en encontrarse en la parte trasera del automóvil de policía sin marcas y de camino a la comisaría. Lo retendrían en una celda hasta que Holland y Wright volvieran para empezar a interrogarlo. El sol amaneció sin aparente calor para los policías que ahora comenzaban su trágica investigación sobre los hechos ocurridos en la casa de la muerte.

El número seis de Hastings Close parecía una escena de carnicería, una casa de la muerte. Mientras esperaban la llegada de los agentes de la Escena del Crimen, hicieron todo lo posible por examinar el cuerpo de Mandy Clark y el pasillo circundante empapado de sangre. Lo que más le llamó la atención a Holland fue el hecho de que, como Wright no tardó en señalar, el asesino había organizado la escena para que se pa-

reciera a la que se había denunciado tras el asesinato
de Annie Chapman. Cerca del cuerpo, el asesino
había colocado una pila ordenada de las pertenencias
de la chica, o tal vez las había traído consigo para
darles efecto. Había un pañuelo de papel, bien do-
blado, dos monedas de un centavo (en el caso de
Chapman habían sido dos farthings, hace tiempo des-
catalogados de la moneda británica), y dos peines que
los forenses confirmarían más tarde que eran de
Mandy por las muestras de cabello adheridas a ellos.
Esto tendía a confirmar que el asesino había permanecido en la casa durante algún tiempo después del asesinato y había sacado los peines del cuarto de baño o
del dormitorio de la niña. Se trataba de una escalofriante recreación del lugar del asesinato en Whitechapel en 1888 y se sumaba a la opinión de Holland
de que el asesino tenía que estar de alguna manera
trastornado para representar tan elaboradamente la
escena.

Había sangre en el suelo de baldosas del pasillo y
en la mesa, que estaba apoyada en la pared. Holland
supuso correctamente que la chica había estado de pie
junto a la mesa cuando fue atacada, y que tal vez no
vio el cuchillo antes de que se le clavara en el cuello.
Las mutilaciones del cuerpo fueron lo que Holland y
Wright encontraron tan perturbador. Aparte del intestino colgado sobre el hombro de la chica, las mutilaciones del cuerpo eran, como mínimo, espantosas.
Wright sacó una hoja de papel de su bolsillo interior
y, por lo que pudo ver en una examinación superficial,
el asesino había hecho todo lo posible por copiar la
serie exacta de lesiones infligidas en el cuerpo de
Annie Chapman hacía tanto tiempo. El posterior
examen post mortem del cuerpo de Mandy Clark

confirmaría que esas lesiones coincidían exactamente con las de Chapman. Tal vez lo más revelador era el hecho de que la cabeza de Mandy Clarks había sido casi separada de su cuerpo, la herida en el cuello infligida con gran fuerza y espantosa determinación. El abdomen de la chica había sido abierto por completo como en el caso de Chapman. La única diferencia, y Holland supuso que se debía al estado de drogadicción del joven ahora detenido, era que, mientras que en el caso de Chapman algunos órganos habían sido extraídos y retirados del lugar por el Destripador, en el caso de Mandy Clark se le había extraído el útero y la parte superior de la vagina, que fueron encontrados una hora más tarde por un miembro del equipo forense en el cubo de la basura de la parte trasera de la casa, otra señal de que el asesino se había tomado su tiempo para cometer el asesinato y las consecuencias posteriores.

De vuelta a la comisaría para comenzar el interrogatorio de Jack Reid, y a pesar de que tenían detenido al hombre que creían que era el asesino, algo no cuadraba en la mente de George Wright.

—Hay algo retorcido que no cuadra, jefe, le dijo a Holland, con el ceño profundamente fruncido.

—Explíque, "retorcido" Sargento, —respondió el Inspector.

—Bueno, hasta ahora los dos primeros asesinatos han sido exactamente iguales a los de Martha Tabram y Polly Nichols. De repente, se desvía del camino. Los órganos de Annie Chapman nunca fueron descubiertos, y si nuestro hombre estaba tratando de copiar su asesinato, entonces, para ser honestos, deberíamos haberlo encontrado caminando por la carretera con sus órganos ocultos, ya sea en su persona o en una bolsa o algo similar, de camino a deshacerse de ellos. No llevaba nada encima.

—Porque estaba muy influenciado por las drogas, Sargento, —supuso Holland. "Mira, está muy bien que creamos que se propuso recrear los asesinatos del Destripador, pero tenemos que tener en cuenta que con cada asesinato probablemente se encontró cada vez más asqueado por los actos reales que estaba perpetrando. Eso ocurre, ya lo sabes".

—Sí, jefe, sé que ocurre, pero los dos primeros asesinatos fueron tan fríos y calculadores. Este parece un poco desordenado, eso es todo.

—Dios mío, todos son desordenados, Sargento.

—Lo sé, jefe, pero creo que sabes lo que quiero decir.

—Sí, lo sé, pero seamos sinceros. Creo que estamos tratando con un individuo muy enfermo y altamente trastornado aquí. Tengo la sospecha de que interrogar a nuestro sospechoso podría resultar una experiencia muy perturbadora para ambos.

Y así fue. Ese mismo día, Mike Holland y George Wright se sentaron en la sala de interrogatorios uno de la comisaría, con el joven Jack Reid sentado frente a ellos, siendo la mesa y las sillas en las que se sentaban el único mobiliario presente y el zumbido de la obligada grabadora policial el único sonido de la sala, aparte de las voces de los agentes y del sospechoso.

TREINTA

INTERROGATORIO, INCREDULIDAD Y COMPARECENCIA

Después de conseguir convencer a Jack de que se identificara y les diera la dirección de su casa, la policía dispuso que se informara a los padres del hombre de su detención. Un preocupado y consternado Tom Reid se puso en contacto con Holland y le informó de que él y su esposa llegarían a Brighton al día siguiente.

Mientras tanto, bajo una serie de intensos interrogatorios durante las siguientes veinticuatro horas, Jack Reid reveló su asombrosa (aunque absurda, según creía la policía) historia. Contó que había recibido el extraño paquete legado por su tío, Robert Cavendish, en su decimoctavo cumpleaños, y que el diario que encontró dentro de ese paquete y las cartas de su tío y de sus antepasados que acompañaban al diario demostraban sin lugar a dudas que las páginas habían sido escritas nada menos que por el propio Jack el Destripador. Además, explicó Jack, la lectura del diario había provocado algún tipo de aberración mental en su mente y se había propuesto descubrir por qué y cómo. Relató la historia de la muerte prematura de su tío y su búsqueda del hermano de Robert, Mark, con la esperanza de descubrir más sobre las circunstancias de la muerte de su tío y los acontecimientos que la provocaron. Por último, había contado su encuentro fortuito con Michael, el hecho de que poco a poco se diera cuenta de que estaba siendo drogado en contra de su voluntad y su encuentro con el hombre de la casa de Abbotsford Road y la revelación del desconocido de que el propio Jack era un descendiente del Destripador y, como tal, había heredado los genes del asesino y, de alguna manera, estaba llevando a cabo los asesinatos en Brighton sin ser consciente de ello.

La policía encontró todo esto bastante ridículo, pero se puso a comprobar la historia del joven. Seguramente, pensó Mike Holland, la comprobación de los detalles que rodeaban al hombre llamado Michael y al hombre de la casa de Abbotsford Road sería bastante sencilla, pero fue entonces cuando empezaron a surgir los problemas tanto para la policía como para Jack.

En primer lugar, la dirección que les había dado para Michael resultó ser una casa ocupada, sin registros oficiales sobre su legítimo habitante. No había rastro de Michael y los vecinos informaron a la policía de que no lo habían visto desde hacía tiempo. El departamento, que no estaba cerrado, estaba abandonado, sin ropa, objetos personales ni nada que indicara que había sido habitado en las últimas semanas. A pesar de que la policía les mostró una foto de Jack, ninguna de las personas de los departamentos vecinos recordaba haberlo visto con Michael, y mucho menos recordaban que hubiera vivido allí. El único hecho sospechoso que comprobó la policía fue que en el departamento no había huellas dactilares. Había sido limpiado por su anterior habitante, lo que no les permitía establecer si era cierta la historia de Jack de haber permanecido allí durante varias semanas. En sí mismo, no era suficiente para corroborar la historia de Jack, hecho que se agravó con la visita de la policía a la casa de Abbotsford Road.

Al igual que el departamento de Michael, la casa estaba desierta. Jack había descrito el aspecto de la habitación en la que había hablado con el hombre lo mejor que pudo, teniendo en cuenta la oscuridad y las luces brillantes que brillaban en sus ojos. Sin embargo, todo lo que la policía encontró fue una casa polvorienta y deshabitada con un cartel de "Se alquila" colocado en un ángulo torcido en el jardín delantero.

Una llamada telefónica a la agencia inmobiliaria local les informó de que la casa llevaba seis meses desocupada desde que sus propietarios se habían marchado a vivir al extranjero, y que habían tenido problemas para encontrar un inquilino debido a los elevados alquileres que exigían los dueños, unidos al deterioro general de la propiedad. Holland llegó incluso a pedir a la compañía eléctrica que comprobara si se había gastado energía en la casa en los últimos tiempos. Nada. No se había utilizado electricidad en la casa durante seis meses.

La historia de Jack, débil en primer lugar, comenzó a parecer aún más débil cuando la policía exigió ver el diario que había mencionado. Jack reiteró que "el hombre" se lo había llevado y que debían recuperarlo, ya que probaría lo que les había contado. Como Holland le señaló a Jack, el hecho de que "el hombre" pareciera no existir daba crédito a su propia opinión de que el diario también era un producto de la imaginación de Jack.

A medida que los efectos de las drogas desaparecían, Jack comenzó a pensar con un poco más de claridad y exigió que se le proporcionara un abogado antes de decir algo más. Mike Holland, plenamente consciente de los derechos de Jack en virtud de la ley, no tuvo más remedio que suspender su interrogatorio hasta que se pudiera encontrar representación legal para el joven. Poco después se encontró al abogado de oficio y su primera instrucción a Jack fue decirle a su cliente que no dijera ni una palabra más a la policía. Necesitaría tiempo y una serie de entrevistas con Jack antes de permitir que la policía lo interrogara más. Por ahora, cada pregunta sería respondida con la misma respuesta: "Sin comentarios".

La primera buena noticia para Jack llegó con la llegada de sus padres. Tom y Jennifer pudieron al menos confirmar que Jack había recibido algún tipo de paquete de su difunto tío y que parecía estar muy perturbado por lo que contenía. Lamentablemente, no pudieron confirmar el contenido de ese paquete, ya que el propio Jack les impidió ver lo que contenía. Por desgracia, tampoco tuvieron más remedio que revelar la problemática infancia de Jack, su fijación con la sangre y sus esporádicos estallidos de violencia hacia otros niños.

Muy lentamente, la policía comenzó a tejer un tapiz de pruebas que demostraría que Jack Reid era un joven muy perturbado, con un historial de enfermedades mentales y una fijación con la sangre que, en su opinión, condujo a la terrible y despiadada serie de asesinatos que finalmente se habían perpetrado en Brighton. El hecho de que pareciera haber mentido (o al menos fantaseado) sobre Michael y el hombre de la casa de Abbotsford Road no hizo más que dar más peso a la teoría policial.

Cuanto más se prolongaba la investigación policial, menos se sostenía la historia de Jack. Ninguno de los supuestos "hechos" que había relatado a la policía podía ser corroborado suficientemente. Aparte de la muerte de su tío Robert y de algunas ideas descabelladas sobre que Robert Cavendish había tenido pesadillas con Jack el Destripador mientras yacía en coma algún tiempo antes de su muerte, confirmadas por la viuda del hombre, Sarah Cavendish, no había nada más que la policía pudiera saber que pudiera confirmar cualquier otra parte de la historia de Jack Reid. Sarah Cavendish sí informó a la policía de que su marido se había vuelto susceptible de sufrir alucinaciones de pesadilla en los meses previos a su muerte, pero esa información sólo dio a la policía más pruebas de un grado de locura o, al menos, de alguna forma de enfermedad mental que arrastraba la familia Cavendish, un hecho muy discutido por Tom Reid pero que, no obstante, fue aceptado por los implicados en la investigación.

Sin embargo, lo único que dejó una duda en la mente de Holland y Wright fue la información que Jack les proporcionó sobre su tío Mark Cavendish, el hermano de Robert. Les había dicho que el misterioso hombre de la casa de Abbotsford Road le había hablado del suicidio de su tío en Malta. Las comprobaciones de la policía con sus homólogos de la isla mediterránea confirmaron ese hecho. ¿Cómo podía Jack conocer ese dato? La respuesta vino del Inspector de policía de Maltés que se había encargado de la investigación de la muerte de Cavendish. En algún momento antes de que comenzaran los asesinatos en Inglaterra, un joven que se hacía llamar Jack Reid había telefoneado a la policía local de Valetta, la ca pital de Malta, en busca de información sobre el paradero de su tío. El policía que atendió la llamada había comprobado los registros policiales locales y luego informó al joven de la trágica muerte de su tío.

Holland se mostró satisfecho de haber dado con su hombre, aunque George Wright se reservó el derecho a tener una pequeña duda, la creencia de que tal vez, sólo tal vez, se les había escapado algo de importancia en el extraño y trágico caso del "Destripador de Brighton". Por un lado, propuso la opinión de que si Jack Reid estaba tan trastornado mentalmente, ¿cómo pudo su mente concentrarse lo suficiente como para elaborar un plan tan intrincado, que incluía los mapas, las ubicaciones geográficas exactas comparadas con los asesinatos de Whitechapel y así sucesivamente?

Después de una serie de evaluaciones psicológicas, toda una batería de entrevistas adicionales con su abogado presente y ninguna otra corroboración de nada en la historia de Jack Reid, éste fue condenado a juicio por el cargo de asesinato, tres cargos, su juicio comenzaría tres meses después de la fecha de su comparecencia.

Tom y Jennifer Reid contrataron al mejor abogado que podían pagar, Simon Allingham, para que representara a Jack en su juicio, pero a pesar de los esfuerzos de Allingham resultó imposible obtener la fianza para su cliente y Jack Reid se encontró detenido hasta que su caso llegara al tribunal. Cuando lo hizo, resultó ser un asunto breve y muy decisivo.

TREINTA Y UNO

JUICIO Y CASTIGO

SÓLO PASARON tres meses antes de que Jack Reid se enfrentara al juez y al jurado en el Tribunal de la Corona de la ciudad vecina de Brighton, Hove, en Sussex Oriental. El día de la apertura del juicio, la seguridad era estricta y la tribuna del público se llenó de personas que querían echar un vistazo al hombre al que la prensa ya había apodado "El Destripador de Brighton". La opinión oficial sobre el estado mental del joven había estado dividida en el período previo al juicio. Al parecer, las estimaciones de los miembros doctos de la profesión psiquiátrica estaban divididas al cincuenta por ciento: la mitad de los que habían examinado a Jack lo consideraban un individuo altamente perturbado y potencialmente psicótico, mientras que la otra mitad informaba de que estaba tan cuerdo como el que más, aunque con posibles tendencias homicidas. En consecuencia, se denegó la petición de la defensa de que se le considerara "no apto para declarar" y se le recluyera automáticamente en una unidad psiquiátrica de seguridad.

Mientras tanto, para su crédito, Mike Holland y

George Wright habían continuado su investigación, bajo la presión de Wright, en todo el tiempo que podían disponer para hacerlo. Por lo que respecta a sus superiores, tenían a su hombre y el caso estaba efectivamente cerrado, a excepción del propio juicio. Wright, sin embargo, había continuado suplicando a Holland que profundizara en las afirmaciones de Jack sobre el hombre misterioso y su joven cómplice, ya que algo en la historia de Jack le sonaba a verdad al sargento Detective. Holland, que no era partidario de ignorar los presentimientos de su Sargento, había accedido a hacer todo lo posible para tratar de corroborar o refutar por completo la historia de Jack. Desgraciadamente, parecía haber tantos agujeros e incoherencias en la declaración de Jack y en sus recuerdos personales de las semanas anteriores a su detención que los dos policías se habían visto obligados a abandonar cualquier esperanza de revelar nuevas pruebas antes del juicio.

Así pues, a sólo tres semanas del día de Navidad, Jack Reid se encontró en el tribunal. El juicio comenzó a las diez de la mañana en uno de los días de diciembre más fríos de la historia reciente. Una gruesa escarcha había descendido sobre el sur de Inglaterra esa noche. Tentáculos blancos de hielo colgaban de las ramas de los árboles, adornaban los arbustos y colgaban de los alféizares de las ventanas del propio juzgado mientras Jack era conducido al tribunal en una furgoneta sellada, y llevado a la escalinata trasera del edificio, para ser recluido en una celda bajo el tribunal hasta que llegara el momento de subir a la sala propiamente dicha, donde se sentaría en el tribunal y se enfrentaría a sus acusadores.

Entre esos acusadores se encontraba la abogada de la Reina designada para llevar el caso en nombre de la Corona. Ingrid Hewitt Q.C. tenía poco más de cuarenta años y se estaba forjando rápidamente una reputación de fiscal capaz y tenaz. La Fiscalía de la Corona la consideraba ideal para llevar a cabo la acusación en el juicio de Reid, ya que para ellos parecía un caso muy abierto y cerrado, con pocas posibilidades de absolución. No había necesidad de recurrir a los verdaderos "pesos pesados".

Desgraciadamente para Hewitt y para la acusación en general, aparte de las pruebas que vinculaban a Reid con el asesinato de Mandy Clark, no había ninguna prueba forense y, desde luego, ninguna prueba testifical que lo situara en las escenas de los dos primeros asesinatos, un hecho que el propio abogado de Jack, Simon Allingham, hizo mucho hincapié en sus intentos de desviar al jurado del énfasis excesivo en el asesinato de Clark. Esto fue, dijo Allingham, en su discurso al jurado;

"Un caso en el que la acusación quiere hacerles creer que el joven que está ante ustedes en el tribunal cometió no uno, ni dos, sino tres horribles asesinatos. ¿Dónde están las pruebas que puedan sugerir que Jack Reid cometió los dos primeros asesinatos? No hay ninguna. Ni una sola prueba forense o de otro tipo puede ser presentada para vincular a mi cliente con esos asesinatos. ¿Por qué? Porque sostengo que esas pruebas no pueden existir porque Jack Reid no cometió esos asesinatos. Además, en el caso del asesinato de Mandy Clark es un hecho indiscutible que Jack fue descubierto caminando por Hastings Close con la sangre de la víctima y que el arma homicida, una vez descubierta, contenía sus huellas dactilares. Sin embargo, eso no lo convierte en el asesino de esa joven. ¿No podría haber estado en la casa, bajo la influencia de las drogas, como han confirmado la policía y los médicos que le examinaron tras su detención, y haberse despertado para encontrar a la chica muerta en la casa y quizás le entró el pánico cuando vio el cuchillo, lo tomó y lo tiró a la papelera en su prisa por abandonar el lugar?"

Era una hipótesis improbable y Allingham lo sabía, pero su intención era hacer todo lo que estuviera en su mano para ayudar a Jack Reid. Era bueno en su trabajo y, aunque su caso era débil, casi inexistente de hecho, creía que el caso de la acusación era igualmente débil, aunque por supuesto las pruebas, tal como eran, tendían a apilarse a favor de la acusación.

El juicio en sí fue corto para los estándares modernos, durando apenas cuatro días. Durante ese tiempo, los padres de Jack fueron llamados al estrado, donde se vieron obligados a confirmar el historial de problemas psiquiátricos de Jack cuando era niño, y su extraño comportamiento al recibir el extraño legado de su difunto tío, Robert Cavendish. De ese legado, el llamado diario de Jack el Destripador, tal como lo había descrito Jack, y que había insistido en que había causado su último desequilibrio mental, no se había encontrado ningún rastro, a pesar de las extensas investigaciones policiales. Giles Morris compareció en nombre de los abogados de la familia, Knight, Morris y Campbell, para testificar que en ningún momento ningún miembro del bufete tuvo conocimiento del contenido del paquete que se había dejado a su cuidado hasta la mayoría de edad de su destinatario. Bajo el interrogatorio de Ingrid Hewitt, se vio obligado a admitir que el paquete podía no contener nada más inquietante que una historia familiar, o una colección de cartas de su tío, o algún contenido inocente de este tipo. Fiel a sus clientes como siempre, Morris contrarrestó su admisión afirmando, para alivio y no poca diversión de Simon Allingham, que por la misma razón la señorita Hewitt no tenía ninguna prueba de que el paquete no contuviera efectivamente lo que Jack Reid decía que había hecho. Giles Morris no sólo evitó que Allingham tuviera que hacerle esa misma pregunta durante el interrogatorio, sino que, al argumentar profesional y educadamente contra la acusación de Hewitt de la forma en que lo hizo desde el estrado, dio a la defensa una ayuda muy necesaria en su caso. La acusación había localizado a la chica a la que Jack había convencido para que se hiciera pasar por el investigador privado con el fin de intentar localizar a Mark Cavendish. Hewitt hizo hincapié en el hecho de que Jack podría haber hecho fácilmente esas averiguaciones él mismo y que la chica, Christine Carter, había sido una cómplice involuntaria en su plan para evitar ser identificado por los abogados de la familia en su deseo de localizar a su tío. La acusación, sin embargo, no pudo explicar por qué, si la historia de Jack era falsa, estaría buscando a su tío. A pesar de que Simon Allingham insistió en este punto, el jurado pareció ignorar por completo la importancia de esta anomalía.

La defensa llamó a Sarah Cavendish, quien confirmó que su difunto esposo Robert había recibido un paquete él mismo en algún momento después de la muerte de su padre, pero tampoco pudo corroborar lo que contenía. En cuanto a Jack el Destripador, admitió que su marido se había obsesionado con el asesino en serie después de haber experimentado sueños y alucinaciones perturbadoras durante su estancia en el hospital tras el accidente de coche que mató a su padre y que Robert había seguido teniendo pesadillas en el tiempo que precedió a su muerte. No tenía ni idea de lo que Robert le había legado a Jack, y mucho menos podía aventurar cuál podría ser ese legado. Su testimonio, por desgracia, no sirvió de mucho para apoyar el caso de Jack y Hewitt pudo volver gran parte de su declaración en contra de Jack insistiendo en que la propia mente perturbada de su tío mostraba la propensión de la familia a la inestabilidad mental, un hecho que pareció inclinar al jurado hacia el caso de la acusación.

Allingham también señaló que en los dos primeros asesinatos la policía había encontrado pruebas que sugerían que el asesino había usado guantes de goma para no dejar huellas dactilares en la escena. ¿Por qué, preguntó, Jack Reid, si era realmente el asesino, habría prescindido de repente de tal precaución y habría dejado sus huellas dactilares no sólo en el arma homicida, sino también por toda la casa? La acusación se limitó a sugerir con éxito al jurado que Jack estaba tan influenciado por el cóctel de narcóticos en su sangre que había sido descuidado en la ejecución de su último crimen, y el jurado, muy dispuesto a ser duro con el tema del abuso de drogas vinculado al asesinato, estuvo de acuerdo con la conjetura de Hewitt.

Al final, el caso de Jack Reid se hundió por el hecho de que no se pudo corroborar ninguna parte de su historia, salvo una. George Wright había localizado al taxista que había dejado a Jack y Michael en la casa de Abbotsford Road. Al menos, el conductor declaró que los había dejado en algún lugar de Abbotsford

Road y que no podía describir al otro hombre que había estado en el taxi. Para él, ambos parecían un par de drogadictos y no les prestó mucha atención, aparte de asegurarse de que recibía su tarifa antes de que "se dieran a la fuga", como dijo. No tenía ni idea de adónde habían ido cuando salieron de su taxi y la defensa no pudo demostrar que Jack hubiera entrado en la casa o que el hombre que le acompañaba fuera el misterioso "Michael", que simplemente había desaparecido de su residencia en la ciudad. Las investigaciones policiales les habían llevado a creer que había abandonado la ciudad algún tiempo antes del asesinato de Mandy Clark y no habían conseguido encontrar nada que lo relacionara con Jack Reid, otro hecho que dificultaba el intento de Allingham de defender al joven en el tribunal.

Por último, la incapacidad de la policía para identificar o incluso corroborar la existencia de "El Hombre", como lo llamaba Jack, pesó mucho en contra de la defensa. Simon Allingham consiguió obligar a un importante psiquiatra a admitir que, si este hombre era producto de la imaginación de Jack, podía considerarse como una señal de que efectivamente sufría una enfermedad psicótica por la que su mente había creado un "alter-ego", un otro yo ficticio al que su mente racional podía culpar de sus crímenes.

Tal vez gracias a esa admisión final del psiquiatra, el jurado, cuando se retiró, tardó poco más de una hora en emitir su veredicto. Jack Reid era culpable, pero lo consideraron demente en el momento de los asesinatos y el juez, el presidente del Tribunal Supremo, David Skinner, no tuvo más remedio que internar a Jack en una unidad psiquiátrica de seguridad, un "hospital especial" a disposición de Su Majestad.

En otras palabras, el joven que se sentaba en el tribunal sería internado por el resto de sus días, o hasta que al menos dejara de ser considerado una amenaza para la sociedad. Por lo que dijo el juez en su resumen, a Jack Reid le habría parecido que ese momento estaba muy lejos, si es que lo estaba. Así fue como Jack Reid recibió su justo castigo de la ley. Su reino del terror había terminado, y los habitantes de Brighton podían dormir tranquilos en sus camas una vez más.

Mientras era conducido desde el tribunal a las celdas bajo el tribunal para esperar su traslado a una unidad de seguridad, Jack saludó a sus padres, que habían asistido a cada minuto de su juicio, con una máscara de lágrimas que reflejaba las de su madre, Jennifer. Tom Reid trató de mostrarse estoico y fuerte por su hijo y le devolvió el saludo con un alegre "te queremos" mientras Jack desaparecía por los trece escalones que conducían al pasillo que albergaba las celdas.

Ese mismo día, Jack fue trasladado a Ravenswood, donde, por supuesto, comenzó mi historia y donde hoy paso gran parte de mi tiempo en compañía del, muy agradable y, sin embargo, según los tribunales, criminalmente loco joven que tan viciosamente asesinó a tres jóvenes inocentes durante ese horrible otoño en Brighton.

En circunstancias normales, es muy probable que mi relato termine aquí mismo, y sin embargo, los recientes acontecimientos ocurridos lejos de estas paredes han provocado el más extraño y desconcertante giro en la historia de Jack Reid. También me han llevado a creer en la posibilidad de que no todo sea como parece en el caso del joven con fijación por la sangre y la extraña historia de un hombre misterioso en una casa vacía en una colina. Sólo puedo relatarles los hechos tal y como me los contaron y permitirles que compartan conmigo la estremecedora y asombrosa conclusión de la historia de Jack Reid y el caso del Destripador de Brighton.

TREINTA Y DOS

UNA SOMBRA DE DUDA

Así QUE AQUÍ ESTAMOS, casi de vuelta en el punto en el que comenzaron mis recolecciones de estos eventos. Digo casi, porque el mayor misterio de todos en el enmarañado asunto que rodea la vida y los hechos de Jack Thomas Reid sólo comenzó a revelarse realmente hace unas pocas semanas.

Mis propias sesiones con Jack habían caído en una especie de rutina. Siempre se mostraba cortés, casi respetuoso, como si me respetara un poco más que a alguien que no fuera psiquiatra. A menudo me explicaba que mi posición me equiparaba a la de su difunto tío, el Doctor Robert Cavendish, y a la de sus antepasados, que habían practicado el arte de la psiquiatría. En cierto modo, había empezado a sentir que Jack prácticamente me adoraba como una heroína. Quería complacerme, eso pronto se hizo evidente en nuestros encuentros y hacía todo lo posible para intentar que me sintiera a gusto mientras estaba con él. Me aseguró en más de una ocasión que lo que había hecho en el pasado era literalmente sólo eso, el pasado.

—Pensé que habías dicho en tu juicio y en el interrogatorio de la policía que nunca habías matado a nadie, Jack. ¿Ahora dices que lo hiciste? Le pregunté un día, tras una de sus afirmaciones.

—Doctora Ruth, —respondió. "Sé que dije que no lo hice, y creí firmemente que era la verdad, pero la policía, el jurado, los psiquiatras, la fiscalía y todo el mundo dice que sí lo hice. Incluso usted y el doctor Roper me han dicho que sólo puedo empezar a mejorar si puedo admitir ante ustedes y ante mí mismo que cometí los asesinatos. Me estoy convenciendo de que tal vez sí hice esas cosas terribles, porque todo estaba allí, ya ve, en el diario, tal como me advirtió mi tío Robert y caí bajo su hechizo y debí hacer esas cosas mientras estaba bajo el control de Jack el Destripador, o al menos, bajo el control del poder de sus palabras".

Yo seguía creyendo que el diario era un producto de su imaginación, así que su repentina admisión me resultó un poco confusa. ¿Seguía mezclando la verdad y la ficción de su situación? Eso es lo que pensé en ese momento, que esto era parte de la psicosis de Jack, su incapacidad para distinguir entre la realidad y la ficción de su pasado.

Las cosas empezaron a cambiar de repente una mañana, cuando recibí una llamada telefónica de uno de los detectives que había investigado los asesinatos de Brighton. El Detective sargento George Wright me dijo que había tenido conocimiento de algunos hechos que podrían arrojar nueva luz sobre el caso, y que él y una "asesora", como la describía, llamada Alice Nickels, tenían que venir a Ravenswood para hablar conmigo y, si era posible, con el propio Jack Reid. Wright me aseguró que contaba con el pleno respaldo y el permiso de su propio superior, el Detective Inspector Holland, que estaría encantado de confirmar el hecho por escrito, lo que yo sabía que sería necesario para que Wright pudiera realizar cualquier interrogatorio a Jack.

Yo estaba tan ansiosa como George Wright por averiguar todo lo que pudiera sobre el caso y sobre Jack en particular y accedí a su petición, haciendo los arreglos para que me visitara en Ravenswood tres días después, dando tiempo a que Mike Holland enviara la documentación apropiada, que llegó debidamente por correo de primera clase a la mañana siguiente.

Tuve la sensación de que el sargento Wright creía que había discrepancias en el caso contra Jack, no por nada que me dijera directamente, sino simplemente por el tono de su voz. Llámenme vidente si quieren, pero no estaba muy equivocada. Un cálido sol bañaba los alrededores la mañana de la llegada de George Wright y Alice Nickels a Ravenswood. Apenas una nube decoraba el claro cielo azul y el canto de los pájaros en los árboles que daban a Ravenswood un aire de sosiego permitía pensar poco en asesinatos violentos y sed de sangre y, sin embargo, tristemente, esos pensamientos nunca estaban lejos de la mente de muchos de los reclusos del centro, un hecho al que yo y muchos de los empleados nos veíamos obligados a enfrentarnos cada día de nuestra vida laboral. Ravenswood puede parecer un tranquilo hotel rural desde el exterior, sobre todo en esos días, pero al fin y al cabo es un hospital de seguridad y en tiempos pasados la palabra "Manicomio" podría haberse aplicado fácilmente a mi lugar de trabajo.

El sargento Wright presentó a la señorita Nickels como miembro destacado de *The Whitechapel Society 1888*, en cuyo momento recordé que su nombre se mencionaba en uno de los informes policiales que habían llegado al expediente de Jack. También había testificado en el juicio como "testigo experto". Ella había ayudado a la policía en sus investigaciones en Brighton y había sido instrumental en la reconstrucción del calendario de eventos que los llevó a la eventual detención de Jack tan cerca de la escena del último asesinato. Era una "destripadoróloga", una experta en los asesinatos de Jack el Destripador de 1888. Al parecer, había averiguado que Jack había seguido el cronograma y los lugares de los asesinatos originales colocando un mapa de Brighton sobre un plano cuadriculado de los asesinatos originales de Whitechapel, localizando así el lugar de lo que resultó ser el tercer asesinato y, por tanto, la posterior detención de Jack. Ahora, parecía que tenía nueva información que ella, Holland y Wright consideraban que debía ser presentada a mí, como psiquiatra de Jack.

—Debe entender, Doctora Truman, comenzó, —que cuando ofrecí mi ayuda por primera vez al inspector Holland y al sargento Wright, no tenía ideas preconcebidas sobre quién podría haber sido el asesino. Simplemente les presenté lo que me parecía una serie de hechos que podrían haberles ayudado a detener al responsable de esos asesinatos. En aquel momento, no tenía ningún hacha personal que afilar, ni pruebas que relacionaran a nadie, Jack Reid incluido, con los asesinatos de las tres chicas.

—Sí, lo entiendo, señorita Nickels, pero ¿qué tiene que ver su visita de hoy con Jack Reid? Ya ha sido condenado por los asesinatos, y parece haber pocas dudas de que lo hizo, ¿o no?

—Ah, bueno, verá, Doctora, ese es mi problema. En ese momento estábamos todos tan ocupados felicitándonos a nosotros mismos, que la posibilidad de que alguien más estuviera involucrado no entró realmente en nuestras mentes, a pesar de la insistencia de Jack en que otros eran responsables de los asesinatos.

—Y ahora me va a decir que esa posibilidad puede existir, ¿es así?

—En efecto, así es. También tengo que decirle que tanto el sargento Wright, aquí presente, como su oficial superior, el Inspector Holland, creen que mi nueva información puede tener cierta credibilidad. Lo que necesitamos es presentar ciertos hechos a usted y a Jack Reid y seguir a partir de ahí si creemos que podemos tener un caso de error judicial en nuestras manos.

—Si eso es así, ¿no debería estar aquí el propio Inspector Holland? —pregunté. "El Inspector Holland está en Varsovia", intervino George Wright, "siguiendo lo que creemos que puede ser información de gran relevancia para el caso".

—¿Varsovia? Hablé con sorpresa.

—No sólo eso, sino que el sargento Wright, aquí presente, es un compañero de estudios de los asesinatos de Jack el Destripador y es el hombre ideal para estar presente siempre y cuando tengamos la oportunidad de hablar con Reid, —dijo Nickels.

—Miren, ¿podría uno de ustedes decirme de qué se trata realmente? —pregunté. "¿Qué tiene que ver Varsovia con el caso? ¿Por qué creen que puede haber algo poco sólido en la condena de Jack? ¿Quieren decir que podría haber una pizca de verdad en su historia después de todo?"

Las preguntas se me escaparon de la lengua. Quería saber por qué estaban aquí, y quería saberlo cuanto antes. Tenía que conseguir que fueran al grano, y rápidamente. Un brillante rayo de sol entró por la ventana como oro líquido, inundando el rostro de Alice Nickels, que levantó una mano para protegerse los ojos del resplandor. Me levanté y cerré un poco las persianas. Nickels me dio las gracias y luego miró a Carl Wright y, al recibir su asentimiento, comenzó a relatar su historia mientras yo volvía a tomar asiento detrás de mi escritorio.

—Bueno, digamos que tenía ciertas reservas sobre la culpabilidad de Jack Reid incluso antes del juicio.

—¿Las tenía?

—Sí. Me preocupaba que lo hubieran atrapado tan fácilmente, tan descuidadamente si se quiere. Los dos primeros asesinatos fueron "Jack el Destripador" a la perfección. No había testigos, ni pruebas forenses, absolutamente nada que relacionara al asesino con sus víctimas. Esos asesinatos fueron obra de un individuo frío, calculador, magníficamente inteligente y muy organizado que se esforzó por recrear los asesinatos del Destripador hasta el extremo. En el caso de Mandy Clark, sin embargo, todo me parecía mal. Las huellas dactilares de Jack Reid estaban por todo el arma homicida, por toda la casa y obviamente había estado drogado en el momento de su detención. Seguramente, si copiar los crímenes originales del Destripador era tan importante para él, no se habría permitido llegar a tal estado y luego dejar tal cantidad de pruebas en la escena para incriminarse. Desgraciadamente, no había nada en su historia que pudiera corroborarse en aquel momento, a pesar de que George y su jefe hicieron todo lo posible por comprobar su historia. Antes de que pregunte por qué no dije nada de esto en el juicio, déjeme decirle que no habría servido de nada. Soy abogada de profesión, Doctora Truman, y conozco la ley. Si hubiera ventilado mis pensamientos en el tribunal, en el mejor de

los casos podría haber sido visto como un intento de
poner en duda el caso de la acusación y, en el peor de
los casos, el juez lo habría rechazado al instante por
no ser más que una conjetura personal, que para ser
justos, lo era.

—Algunas semanas después del juicio, George
Wright y yo nos encontramos en una reunión de The
Whitechapel Society en Londres, donde discutimos
el caso Reid. George me confió que tenía pensamientos similares a los míos y juntos nos dirigimos al
Inspector Holland con la petición de que se nos permitiera profundizar un poco más en la investigación
de la historia de Reid.

—El Inspector Holland señaló que el caso estaba
oficialmente cerrado y, aunque estaba de acuerdo
hasta cierto punto con el escenario que Carl y yo le
señalamos, la policía no podía dedicar sus recursos a
una investigación completa. Sin embargo, aceptó que
George se pusiera en contacto conmigo en su tiempo
libre y que si surgía algo útil lo investigaría.

—Y surgió... algo, ¿quiere decir? —dije, dando a
Nickels la oportunidad de respirar.

—Bueno, sí, más o menos, aunque al principio era
un vínculo tenue en el mejor de los casos, pero un
vínculo al fin y al cabo. Cuando pensé en todo el caso,
me pareció poco probable que Jack Reid construyera
un escenario ficticio en torno a una persona real. Verá,
este joven llamado Michael realmente existió, eso fue
confirmado por la policía, aunque había desaparecido
mucho antes del juicio. ¿Por qué, me dije, Reid entre-
lazaría su historia sobre "El Hombre" con otra sobre
este Michael, a menos que hubiera alguna base de
hecho para su historia? Por favor, no diga que podría
haber sido parte de su psicosis. Lo sé, pero he leído

todo lo que he podido sobre el tema, y habría sido mucho más lógico que hubiera creado una historia totalmente ficticia. Además, sabía dónde vivía Michael, aunque, por supuesto, la policía en el momento de la investigación dijo que probablemente era porque Michael había sido su proveedor de drogas.

—De todos modos, decidí centrarme en Michael y con la ayuda de George nos pusimos a intentar localizar al escurridizo traficante de drogas.

—Y, ¿lo encontraron?

—Al principio fue como si hubiera desaparecido en el aire. La falta de un apellido no ayudó, y entonces George, durante una de sus expediciones fuera de servicio en el lado sórdido de la ciudad, encontró a un antiguo cliente suyo que recordaba que una vez fue conocido como Devlin.

George Wright tomó el relevo en este punto, dando a Alice Nickels la oportunidad de tomarse un respiro.

—El drogadicto, que se llama Taylor, fue uno de los primeros "clientes regulares" de Michael y, aunque no podía jurar que Devlin fuera realmente el nombre de Michael, fue un punto de partida para mí. De todos modos, investigué más a fondo y encontré que un tal *James* Michael Devlin había sido arrestado en Hastings hace un par de años por tráfico de drogas de poca monta y eso parecía confirmarlo. Sin embargo, cuanto más buscaba, menos encontraba. Nadie con el nombre de James o Michael Devlin había sido detenido en ningún lugar del país, según los registros, así que era obvio que no estaba bajo custodia policial en algún lugar, a menos que hubiera cambiado su nombre. Entonces, tuvimos una oportunidad. Alice había conjeturado que si el hombre del que había hablado Reid existía realmente y si ejercía tal poder y control sobre Michael, era posible que el hombre hubiera utilizado a Michael para ayudar a su desaparición del país y luego se hubiera deshecho de él.

Cuanto más avanzaba Wright, más veía a dónde quería llegar con su teoría. Me estaba cautivando lo que tenía que decir y esperé a que continuara, lo que hizo tras una breve pausa.

—Volví a hablar con mi jefe, que para entonces había aceptado aún más mi idea de que Reid podía haber sido víctima de una trampa, y autorizó una comprobación de posibles víctimas de asesinato o muertes inusuales o aparentes suicidios de hombres jóvenes, no sólo en el Reino Unido, sino en cualquier lugar de la Unión Europea. Tenemos acceso a mucha más información sobre esas cosas de la que teníamos antes y al final dimos con la clave.

—Lo encontraron, ¿no? ¿Encontraron a Michael? —dije, segura ahora de que eso era lo que Wright iba a decirme. "Por eso el Inspector Holland está en Varsovia, ¿no es así?"

—Sí, Alice Nickels se reincorporó a la conversación. "La semana pasada George recibió un correo electrónico de un Inspector de la policía polaca que había respondido a la solicitud de información de Holland. Varsovia, por supuesto, se encuentra en el río Vístula, y parece que el cuerpo de un joven fue descubierto en las orillas del río hace unas semanas. Estaba muy descompuesto y parecía haber estado en el agua durante algún tiempo, pero el peso aproximado de la víctima, el color del cabello y la descripción general que Holland había hecho circular hicieron pensar al Inspector que el hombre podía ser el que estábamos buscando, sobre todo cuando se combinó con las otras noticias que tenía para dar."

—Precisamente, —dijo Wright. "Escuche, Doctora, nuestro jefe no habría dejado que el Inspector Holland se fuera en avión a Polonia sólo porque encontraron un cuerpo que *podría* ser el de uno de los hombres que Jack Reid dijo que eran los verdaderos responsables de los asesinatos por los que fue juzgado".

—Entonces, ¿por qué lo dejaron ir?

—Por los otros cuerpos, —dijo Alice Nickels.

Eso fue todo. Me tenían y tenía que saber el resto.

—¿Qué otros cuerpos? —pregunté con impaciencia.

El sargento Wright retomó el relato.

—No fueron sólo los cuerpos; fueron el momento y los lugares los que lo hicieron. Al principio, éramos escépticos sobre las posibilidades de que el hombre fuera Michael. Su ropa, o lo que quedaba de ella, tenían todas etiquetas inglesas, pero podría haber sido una coincidencia. Muchos polacos viven y trabajan en Inglaterra y él podría haber sido un nativo de Polonia que había hecho precisamente eso y luego volvió a casa. Pero, además de la forma de su muerte, los otros cuerpos confirmaron mucho de lo que Alice y yo habíamos sospechado.

—¿Qué otros cuerpos? Casi le grité al policía en mi necesidad de escuchar lo que tenía que decirme.

—¿Alguna posibilidad de tomar un café, Doctora? —preguntó a modo de respuesta. "Me vendría bien beber algo antes de contarle lo que realmente hemos venido a relatar".

Mi frustración podía desbordarse en cualquier momento, pero me las arreglé para mantener mi aire de calma profesional mientras descolgaba el teléfono y pedía a mi secretaria que trajera tres tazas de café.

—Ahora, Sargento, ¿podría hablarme de estos otros cuerpos? Wright miró a Alice Nickels, que le dedicó una sonrisa cómplice, y asintió. Cuando estaba a punto de empezar, Tess, mi secretaria, llamó a la puerta y entró en el despacho con una bandeja que contenía café para los tres y un plato bien apilado de galletas variadas. Wright se contuvo mientras Tess colocaba la bandeja sobre mi mesa y se retiraba del despacho. Cuando la puerta se cerró silenciosamente tras ella, el sargento George Wright respiró profundamente y, mientras yo le miraba fijamente a los ojos, dispuesta a estar pendiente de cada una de sus palabras, comenzó su extraño relato de los acontecimientos de Varsovia que les habían llevado a él y a Alice Nickels a mi despacho aquel día.

TREINTA Y TRES

ALICE NICKELS INVESTIGA

"Ya tenía mis propias dudas, como le he dicho", comenzó Wright, "y seguí molestando a Mike Holland a medida que pasaban las semanas después del juicio. Algo en el caso no encajaba en mi mente, y cuando me encontré con Alice en la última reunión de The Whitechapel Society y juntamos nuestras cabezas, esas dudas simplemente aumentaron hasta que estuve seguro de que la historia de Reid podría tener algo de verdad. Cuando le conté a Mike Holland los pensamientos de Alice, se mostró comprensivo, como he insinuado, pero quería más. Como no tenía tiempo para hacerlo, le pregunté a Alice si quería realizar alguna investigación sobre el asunto, lo que hizo, con resultados sorprendentes."

—¿Y? —pregunté con impaciencia. Wright asintió a Alice Nickels, que retomó el relato.

—Bueno, yo ya creía que quien estaba detrás de los asesinatos no sólo era inteligente, sino que probablemente también estaba gravemente trastornado mentalmente. Disculpe si es un término equivocado, Doctora, pero es la forma en que pensé en él. Ya le he dicho que el comportamiento de Jack Reid después del asesinato de Mandy Clark era tan diferente de lo que esperábamos después de los dos primeros asesinatos que tenía serias dudas sobre su culpabilidad. Ahora, se deduce que si él no es el asesino, tiene que existir la posibilidad de que su historia sea cierta. Mi problema era de qué manera iba a probar o refutar mi teoría. Entonces tuve una idea. ¿Qué habría hecho yo si hubiera sido el verdadero asesino y supiera que mi tiempo en Brighton había terminado, ya que la policía había descubierto mi plan? La respuesta, por estúpida que parezca, era fácil. Me iría a otro lugar para completar la serie de recreaciones.

—Pero seguramente, —dije, —eso estropearía el aspecto de las cosas. Me refiero a la geografía de los asesinatos y demás, como usted señaló en el juicio.

—No, si encontrara la manera de ceñirse al trazado original. Verá, cuando coloqué el mapa de Brighton sobre el plano de la Whitechapel victoriana los lugares de los asesinatos coincidían, así que, ¿por qué no podría el asesino haber elegido un nuevo pueblo o ciudad y hacer lo mismo de nuevo, esta vez añadiendo los otros asesinatos cometiéndolos en lugares que, sumados a los asesinatos anteriores, siguieran produciendo la misma distribución geográfica que los asesinatos originales de Whitechapel? Recordemos que quien hizo esto tuvo que ser ingeniosa y diabólicamente inteligente. Además, su estado mental no le habría hecho pensar que quizás nadie sumaría dos y dos para unir los puntos y asociar sus nuevos asesinatos con los de Brighton. Me lo ha confirmado un psiquiatra, por cierto. Me aseguró que el asesino, si hay alguien más aparte de Jack Reid que es responsable de los crímenes, probablemente está tan obsesionado con su propia "misión" que no le importaría que nadie más se diera cuenta de la importancia de los nuevos asesinatos en un nuevo lugar. Estaba satisfaciendo su propia necesidad, una compulsión por completar su recreación de los asesinatos del Destripador y lo haría de cualquier forma que le pareciera adecuada y que además le permitiera escapar de la detección.

—Así que mi siguiente paso fue tratar de averiguar si se había llevado a cabo algún asesinato idéntico a los de Brighton en las fechas relevantes relacionadas con los asesinatos originales del Destripador. No había nada en el Reino Unido. Eso habría sido demasiado fácil, supongo, y además habría aparecido en la prensa. Empecé a rastrear en Internet, buscando informes de prensa de toda Europa para empezar. Si no hubiera encontrado nada, habría seguido buscando más lejos, ¡pero tuve suerte!

—¿Los otros cuerpos? —pregunté, esperando que la respuesta estuviera a la vuelta de la esquina.

—Correcto, —dijo Nickels. —Descubrí que había habido una serie de asesinatos en Varsovia, que reflejaban los de Jack el Destripador, cometidos en las fechas correctas y que incluían un llamado "doble evento" como en el caso de Liz Stride y Cathy Eddowes en Whitechapel. Todo parecía encajar, y lo único que necesitaba era confirmar si las localizaciones encajarían con los asesinatos de Brighton al reproducir las localizaciones del mapa de Whitechapel.

—Ahí es donde entré yo, —dijo Wright. "Alice me trajo su información y Mike Holland quedó prácticamente convencido allí mismo. Se puso en contacto con la policía de Varsovia y un tal Inspector Fabian Kowalski, encargado de la investigación polaca, le contestó por correo electrónico en un día adjuntando un mapa de la ciudad con los lugares de los asesinatos claramente marcados."

—Me va a decir que coincidieron, ¿no?

—Sí, lo hicieron. Cuando tomamos el mapa de Varsovia y le añadimos el de los asesinatos de White-chapel como plantilla, y luego añadimos los de Brighton a lo que teníamos entonces, los asesinatos de Polonia completaron el escenario perfectamente.

—Dios mío, —exclamé. "Entonces, Jack Reid po-dría ser realmente inocente después de todo".

—Espere, Doctora, hay más, —dijo Alice Nickels.

—Si asumimos que la historia de Jack es aparente-mente cierta, entonces también tenemos que aceptar que el misterioso diario del que habló también es au-téntico.

—¿Se refiere al llamado "Diario de Jack el Des-tripador"?

—Exactamente. Y si el diario existe, y la historia que Jack Reid relató respecto a que su propio tío, Ro-bert Cavendish había sido afectado psicológicamente por su percibida relación familiar con Jack el Destri-pador es cierta, entonces ¿no es seguro asumir que la persona lógica que lo ha robado y que también tendría la composición genética del Destripador en su to-rrente sanguíneo y por lo tanto el motivo psicológico y desquiciado para llevar a cabo estos asesinatos debe ser otro descendiente directo del Destripador? ¿Otro miembro de la familia, quizás?

—Pero el único otro miembro masculino supervi-viente de la familia Cavendish/Reid es el padre de Jack, —dije, negándome a creer que el apacible Tom Reid pudiera haber llevado a cabo los asesinatos en Brighton y, de todos modos, ¿no había estado visi-tando a su hijo regularmente aquí en Ravenswood?

Seguramente habría sabido si había dejado el país por algún tiempo.

—Ah, mi buena Doctora, —dijo Alice Nickels, sacudiendo la cabeza y mirando gravemente al sargento Wright mientras lo hacía. "Me temo que eso no es del todo cierto. Verá, hemos descubierto que hay otro candidato mucho más probable para los asesinatos, uno que lleva tanta o más sangre del Destripador en sus venas. Por eso el Inspector de George está ahora en Varsovia. Verá, el verdadero candidato principal para los asesinatos de Brighton y el hombre que puede limpiar el nombre de Jack Reid no sólo es un pariente de sangre de Jack, sino que también tiene, o tenía, amplios intereses comerciales en la capital polaca."

—Espera un momento, —dije, al darme cuenta de lo que Alice Nickels estaba diciendo. "¿Está tratando de decirme que el hombre que hizo esto, el que mató a todas esas mujeres, drogó y luego inculpó a Jack Reid no es otro que...?"

—Por George, creo que lo tiene, —exclamó George Wright antes de que pudiera terminar mi frase.

Durante los siguientes minutos, la teoría que el policía y la abogada/destripadoróloga habían traído a mi oficina aquel día empezó a crecer en claridad y convicción hasta que empecé a creer, como ellos, en la inocencia del joven que actualmente languidecía en una celda cerrada aquí, entre los muros de Ravenswood.

TREINTA Y CUATRO

¿CULPABILIDAD POR HERENCIA?

"Miren", insistí, "tengo la historia familiar de Jack Reid aquí en su expediente. Los únicos parientes masculinos que tenía en el momento en que recibió el supuesto diario eran su padre y su tío, Mark Cavendish, hermano de Robert, y más tarde se descubrió que Mark había muerto, probablemente suicidándose, en Malta."

—Ah, pero ahí es donde las cosas empezaron a ponerse interesantes, —dijo Wright. "Mike Holland envió un correo electrónico a la policía de La Valetta, y la policía maltesa nos respondió con información muy interesante sobre la muerte de Mark Cavendish. Es cierto que se informó de su muerte, pero las pruebas de ese hecho eran, en el mejor de los casos, escasas. La policía encontró su ropa en una playa rocosa no muy lejos de La Valetta. Su cartera, la tarjeta de crédito y el dinero estaban intactos en el bolsillo de su chaqueta. Se supone que estaba deprimido tras la muerte de su hermano, que vendió todos sus negocios y que acabó con su vida adentrándose en el mar y ahogándose. Tres semanas después apareció un cadáver en otra playa a unos ocho kilómetros de la costa, pero estaba tan destrozado por la vida marina de la zona y mostraba signos de haber sido golpeado por la hélice de un barco, dejándolo sin cabeza, que no fue posible identificarlo. La policía sumó dos y dos, asumió que era Cavendish y cerró el caso.

—Pero, ¿qué hay de las comparaciones de ADN? —pregunté.

—Mire, Doctora, no es mi intención poner en entredicho a otros agentes, ni siquiera a los de otro país, pero, en primer lugar, la policía maltesa no tenía a nadie con quien comparar el ADN recuperable. Habrían querido cerrar el caso rápidamente, por lo que les habría costado mucho trabajo obtener muestras de ADN de lo que quedaba del cadáver y enviarlas a Inglaterra con la esperanza de que alguien de aquí pudiera localizar a la familia del hombre y tal vez hacer una prueba de comparación. Por lo que a ellos respecta, tenían una persona desaparecida y un conjunto de restos descompuestos y muy dañados que parecían corresponder, por lo que podían decir, con el hombre desaparecido. Sólo hace una semana, después de que Mike Holland se pusiera en contacto con ellos, empezaron a tener dudas sobre la identidad del cuerpo. Verá, otro hombre fue reportado como desaparecido algunos días después de la desaparición de Mark Cavendish y hasta ahora, no ha sido encontrado, ni vivo ni muerto. En el momento del supuesto suicidio de Cavendish, la policía ni siquiera sabía de la conexión entre los dos hombres, pero ahora resulta que el segundo desaparecido fue en su momento un socio comercial menor de Mark Cavendish que manejaba algunos de sus intereses en la isla. Si el Inspector Holland no les hubiera pedido que profundizaran en los antecedentes de este hombre, quizá nunca se hubieran dado cuenta de que los dos desaparecidos se conocían.

—Y usted cree que Mark Cavendish mató a este hombre...

—Guido Bonavita, —añadió Wright, dando al hombre su nombre, y por lo tanto, un sentido de realidad corpórea en mi mente.

—Bien, creo que veo a dónde quiere llegar. Cree que mató a Bonavita y utilizó su desaparición para encubrir la suya, mientras volvía a Inglaterra para ejecutar su diabólico plan.

—Lo creo, —dijo Wright, —del mismo modo que utilizó cínicamente a este personaje Michael como su ayudante voluntario en Brighton, aunque no tengo ni idea de qué control tenía sobre el hombre, y luego se lo llevó con él cuando huyó sólo para deshacerse de él en Polonia, donde supongo que pensó que Michael pasaría a ser otro asesinato sin resolver. Es muy inteligente, pero creo que su mente está llegando a un punto en el que su psicosis o lo que sea que padece quizá esté empezando a hacerle correr riesgos.

Alice Nickels volvió a hablar mientras Wright hacía una pausa.

—También explicaría por qué no dejó que Jack le viera la cara y por qué disimuló su voz. Jack Reid dijo que había algo vagamente familiar en la voz del hombre aunque no podía ubicarlo. Si fuera su tío, habría conocido su cara, su voz, todo. Es obvio que Cavendish querría mantener a Jack en la oscuridad sobre su identidad.

—¿Pero por qué inculpar a su propio sobrino? —pregunté.

—No estoy seguro de si eso era lo que pretendía hacer en un principio, —prosiguió Wright, —pero cuando Jack apareció en Brighton y Michael se topó con él por accidente y encontró el diario en su bolso, como Jack insiste en que hizo, tal vez eso le dio a Cavendish una nueva faceta de su plan. Para Jack, conocer a Michael fue una trágica coincidencia, ya que no podía saber que el hombre ya estaba asociado con su tío. Para Cavendish, ¿qué mejor chivo expiatorio para los asesinatos que otro descendiente directo de Jack el Destripador? El hecho de que fuera su sobrino no parece haberle afectado en absoluto. Sospecho que Mark Cavendish, aparte de lo que le afecte, es un sociópata clásico. No siente nada por sus víctimas o por cualquier otra persona que pueda utilizar para favorecer sus propios planes. Cavendish y Michael parecen haber usado drogas para ayudar a controlar y confundir a Jack. Creo que descubriremos que Mark Cavendish ha investigado seriamente el uso y la aplicación de varios narcóticos y que utilizó ese conocimiento para ayudarle una vez que Jack llegó a la escena y se convirtió en su involuntario chivo expiatorio. Tener un sospechoso preparado con todos los antecedentes genéticos y hereditarios adecuados habría sido como un maná del cielo para Cavendish. Todo lo que tenía que hacer era dejar suficientes pistas para que las encontráramos y las siguiéramos y obviamente pensaríamos que teníamos al hombre correcto, y por supuesto eso fue lo que hicimos.

—Toda la absurda historia que contó Jack era demasiado increíble para ser cierta, no obstante, creo que la contó como si lo fuera. Doctora, para cuando el Inspector Holland regrese de Polonia, creo que tendremos suficientes pruebas para, al menos, poner en duda el encarcelamiento de Reid aquí en Ravenswood y quizá reabrir el caso y demostrar que fue

Mark Cavendish, y no Jack Reid, quien mató a esas mujeres. Mike Holland, incluso ahora, está trabajando con la policía polaca para intentar localizar a Cavendish. Verá, Mark Cavendish también tenía conexiones comerciales en Polonia, todo ello relacionado con su negocio informático, y puede que tenga varios amigos o conocidos allí que tengan información que pueda ayudarnos a dar con su paradero.

—El único problema que tiene la policía, —dijo Nickels, —es que sin atrapar realmente a Cavendish y conseguir que confiese los crímenes, o al menos encontrar alguna otra prueba, como el diario, con la que respaldar la historia de Jack, las posibilidades de que lo liberen de aquí seguirán siendo, como mínimo, escasas.

El último comentario de Alice Nickels me hizo pensar durante un minuto y cuando hablé fue con un aire de resignación y pesar al decir,

—Pero, sargento Wright, señorita Nickels, lo que están olvidando es que, independientemente de que Jack Reid haya matado o no a esas mujeres, estamos tratando con un joven gravemente perturbado. Jack Reid tiene un historial de trastorno psicológico y ahora muestra muchos de los síntomas que asociamos con un individuo altamente peligroso y potencialmente mortal. Puede parecer educado, tranquilo y en control, pero hay cosas en la mente de ese joven que aún no hemos empezado a revelar. Nos guste o no, Jack Reid es un enfermo mental, y necesita tratamiento para esa enfermedad.

—De acuerdo, Doctora, —dijo Nickels, —pero eso no incluye que se le tilde de asesino psicópata patológico si no lo es y seguramente podría recibir tratamiento para su enfermedad sin necesidad de que le den una paliza en el centro psiquiátrico más seguro del país.

—Estoy segura de que podría, señorita Nickels, pero ¿cómo se sentiría usted, Sargento, si le dieran el alta, sólo para salir y hacer daño a alguien antes de que hayamos tenido la oportunidad de curarle, si es que la cura es posible?

—Entiendo su razonamiento, Doctora, y estoy de acuerdo con usted en su mayor parte. Sin embargo, mi trabajo es defender la ley sin miedo ni favoritismos y si Jack Reid es inocente de los crímenes por los que fue juzgado y condenado a estar aquí, mi trabajo es corregir esa injusticia, tanto como atrapar al verdadero asesino. Después de que presentemos las pruebas que encontremos, la decisión sobre lo que pasará con Reid tendrá que ser decidida por los tribunales o por cualquier autoridad competente que tenga el poder de tratar lo que estoy seguro que será un problema bastante complejo.

—¿Seguro que está de acuerdo en que, si es inocente, no debe ser retenido aquí más tiempo del necesario? —preguntó Alice Nickels.

Me limité a asentir como respuesta, sin decir nada, ya que no estaba segura de que las noticias que me habían traído fueran a ayudar realmente a Jack Reid, o a la sociedad en general a largo plazo. Una vez presentadas las pruebas, Carl Wright preguntó si podían hablar con Jack. Acepté, siempre y cuando entendieran que estaría presente durante toda la conversación con mi paciente. Ambos estuvieron de acuerdo y, unos minutos más tarde, los tres estábamos sentados en una cómoda consulta en compañía del joven, encantador y quizá, sólo quizá, inocente Jack Reid.

TREINTA Y CINCO

UNA AUDIENCIA CON JACK REID

Las salas de consulta de Ravenswood no se parecen en nada a lo que su nombre sugiere. De hecho, están lujosamente equipados, cada uno con su propio sofá, sillones e incluso un sillón reclinable para los que prefieren esa comodidad. En el centro de la sala hay una larga y mesa baja de café con una selección de revistas y periódicos actualizados, que ocupa el lugar del esperado escritorio del médico, y médico y paciente se sientan en un ambiente relajado creado específicamente para garantizar un entorno tranquilo y sin tensiones. El suelo está enmoquetado con alfombras de lana de diferentes diseños, y las paredes están decoradas en suaves colores pastel con estampados de paisajes como toque final. La única señal visible que indica al visitante que se trata de un hospital seguro y no del cómodo salón de una casa de las afueras, es la presencia de las rejas que forman una barrera ineludible en cada ventana.

Alice Nickels y George Wright me esperaban cuando llegué a la sala de consulta con Jack, los visitantes habían sido acompañados por Tess. Ambos se levantaron de sus asientos cuando entré y George Wright ofreció su mano al joven Jack Reid, que la tomó y le devolvió el apretón con firmeza y confianza.

Llevaba una pequeña micro grabadora de mano con la que grabaría la entrevista, tal y como se había acordado con ambos visitantes y con Jack cuando le acompañé a la sala.

—Sargento Wright, —dijo Jack, sonriendo. "Me alegro de volver a verle. No le había visto desde el juicio. ¿Cómo están usted y el Inspector Holland?"

—Los dos estamos bien, gracias, Jack, —respondió Wright. "Esta es la señorita Alice Nickels. Ha venido conmigo para hablar contigo de algo importante".

—Me acuerdo de usted, —dijo Jack, mirando a la atractiva mujer que ahora se sentaba en uno de los dos sillones de la sala. "También estuvo en el juicio. Usted declaró sobre las conexiones de los asesinatos con los crímenes de Jack el Destripador".

—Así es, Jack, —dijo Nickels. "Creo que te interesará escuchar lo que el sargento y yo tenemos que contarte hoy".

—Eso espero. Rara vez consigo escuchar algo interesante en este lugar, —contestó Jack, casi con pereza, como si realmente no le importara en absoluto lo que sus visitantes tuvieran que decirle.

El policía y la abogada tardaron casi treinta minutos en contarle a Jack la misma historia que me habían contado en mi despacho hacía tan poco tiempo. A lo largo de su relato, Jack no habló ni una sola vez, sino que se limitó a sentarse con la cabeza ligeramente inclinada hacia un lado, como solía hacer durante nuestras sesiones, escuchando atentamente.

No interrumpí el relato de su teoría, contentándome con observar a Jack, mi paciente, y sus reacciones ante lo que habían venido a contarle. Esas observaciones me llevaron a creer que Jack estaba bastante satisfecho con lo que tenían que decir en su mayor parte, pero una o dos veces una mirada interrogativa cruzó su rostro como si le hubiera gustado discutir o al menos cuestionar algo de lo que habían dicho. Sólo cuando ambos callaron y Wright preguntó a Jack si tenía algo que decir, el joven rompió finalmente su propio silencio.

—Me alegra que piense que puedo ser inocente, Sargento. Yo mismo ya no estoy seguro, debe entenderlo. Me duele mucho la cabeza hoy en día y ya no sé muy bien qué creer. Todos dijeron que yo lo hice. Incluso el Hombre lo dijo, y no pudo haber sido mi tío Mark como usted parece pensar, porque el tío Mark está muerto. El mismo Hombre me lo dijo.

Vi la extraña mirada que Wright y Nickels intercambiaron ante las palabras de Jack. Era como si no hubiera escuchado realmente lo que habían dicho, como si no pudiera comprender la posibilidad de que el "Hombre", como lo llamaba, y su tío, Mark Cavendish, pudieran ser la misma persona. En la mente de Jack, tal posibilidad no parecía existir.

—Jack, ¿no has oído lo que he dicho? Mark Cavendish te tendió una trampa. Creo que él era el hombre misterioso de la casa. Disfrazó su voz, te ocultó la cara y te mantuvo drogado para que no le reconocieras y así facilitar que él y Michael te situaran en las escenas de los crímenes para que llegaras a creer que realmente habías cometido los asesinatos. Tu tío te utilizó como chivo expiatorio, un cordero de sacrificio si lo prefieres, y luego te dejó para que fueras juzgado por sus crímenes. También utilizó a Michael, y ahora Michael está muerto, Jack. ¿Me entiendes? Está muerto, probablemente asesinado por tu tío para evitar que lo identifique o delate su secreto.

—¿Michael está muerto?

—Sí, Jack. Lo degollaron y su cuerpo fue arrojado a un río en Polonia, en Varsovia para ser más exactos.

—El tío Mark vivía en Malta, y Michael está muerto en Polonia. Lo ve, le dije que no podía ser él.

La extraña mirada interrogativa pasó entre los dos visitantes una vez más. Ya era obvio que Jack Reid no comprendía su información con verdadera claridad. Les había advertido, por supuesto, y ahora estaban viendo por primera vez la verdadera naturaleza de las perturbaciones que existían dentro de la mente del joven, en otras circunstancias, inteligente. Si esto había sucedido como resultado de todo lo que le había sucedido en Brighton, o debido a la influencia del diario aún no corroborado, o si estaba vinculado directamente a sus problemas de la infancia, era algo que todavía tenía que averiguar.

—Jack, —dije. "El sargento intenta decirte que cree que eres inocente y que tu tío fingió su muerte para poder venir a Inglaterra y cometer los asesinatos al estilo de Jack el Destripador sin que nadie sospechara que era él.

Mi mención a Jack el Destripador pareció desencadenar algo en la mente de Jack. En un instante pasó de su estado de confusión a uno de total lucidez. Su voz cambió, adoptando un aire de superioridad casi benigna en un estilo que sólo había escuchado de él una vez, cuando lo entrevisté por primera vez, y me contó toda su historia con gran convicción. ¡Ese Jack había vuelto!

—De lo que ninguno de ustedes está totalmente convencido es de la existencia del diario, —dijo. "Era, es, real. Lo leí de principio a fin y puedo asegurar que era el diario del propio Jack el Destripador. El bisabuelo de mi tío Robert, que supongo que es mi tatarabuelo o algo así, dejó varias notas y cartas dentro del diario y sabía todo lo que había que saber sobre el Destripador. El tío Robert también puso algunas notas allí, que me ayudaron a dar sentido a ciertas cosas dentro de él. Ese diario es malvado. Apesta a maldad. Emana de cada página y de alguna manera, influye en aquellos que lo leen, de eso estoy seguro. Cuando lo tocas, las páginas se sienten cálidas, como si tuvieran vida propia. Suena estúpido ¿no es así? Pero es verdad, se lo digo yo. Tendría que verlo, sentirlo, leerlo para saber el poder que se filtra de esas viejas páginas amarillas. Me volvió loco, sabe. ¿Por qué crees que acabé aquí?"

Se calló tan rápido como si alguien hubiera apagado un interruptor. Hablar de un tema tan intenso, uno que pesaba mucho en su mente, obviamente lo había cansado y angustiado y se sentó mirando directamente a George Wright, como si esperara una respuesta del sargento de policía.

—Acabaste aquí porque nosotros, la policía, pensamos que habías cometido tres asesinatos, —dijo Wright. "El juez y el jurado también lo pensaron, y fue la intervención de un gran número de mentes médicas la que hizo que te enviaran aquí en lugar de a una prisión convencional de alta seguridad."

—¿Pero no lo ven? Soy un descendiente directo de

Jack el Destripador. El bisabuelo del tío Robert lo confirma en sus notas, al igual que el tío Robert en sus propias anotaciones. Es lógico que si llevo sus genes, entonces debo haber llevado a cabo esos asesinatos, ¿no? Debo haber hecho todas esas cosas que dicen que hice.

El lúcido Jack estaba empezando a desaparecer una vez más. Intervine para tratar de ayudarle a mantener la compostura el tiempo suficiente para concluir la entrevista.

—Escúchame, Jack. La herencia es una cosa extraña. Si, y sigo pensando que es un gran "si", eres descendiente del Destripador, entonces esa herencia puede no haberse manifestado en ti. Después de todo, tu tío Robert no salió a matar gente, ¿verdad? Tampoco lo hizo su padre, abuelo o bisabuelo. Tal vez el gen que llevó al Destripador a ser un perturbado mental, si es que ese era su problema, provenía de su madre y no del bisabuelo de Robert, que tú dices que era su padre. El hecho de que el asma o el cáncer, o incluso las enfermedades mentales, se den en una familia no significa que la enfermedad se manifieste en cada generación. Puede que ni siquiera poseas los genes que llevaron a los crímenes del Destripador, aunque fuera un antepasado tuyo.

Eso pareció darle un empujón psicológico y me miró con lo que tomé como una forma de gratitud por las seguridades que le había dado, aunque si creía totalmente lo que acababa de decir era otro asunto completamente distinto. En realidad, yo no estaba segura de creer en lo que acababa de decir; tales eran las complejidades que rodeaban a este triste joven y su historia familiar.

—¿Pero está diciendo que el tío Mark lo hizo?

—Estoy diciendo que tal vez él cree que sí. Si leyó el diario, que por el bien de la conversación estoy aceptando que existe, puede haber encontrado una excusa conveniente para lanzar su propia serie de asesinatos. Puede que no tenga nada que ver con ser un supuesto descendiente de Jack el Destripador. Puede ser simplemente que exista una historia de enfermedad mental dentro de tu familia que no haya sido plenamente reconocida en el pasado. Por otra parte, si tienes razón, puede que sea una especie de reencarnación del Destripador. De cualquier manera, si se puede probar, ayudaría mucho a demostrar tu inocencia en estos crímenes.

—Pero si es así, ¿por qué no se vio afectada ninguna de las tres generaciones anteriores?

Esta pregunta vino de Alice Nickels, que había estado escuchando atentamente mi conversación con Jack.

—Quizá lo fueron, —respondí. "Las enfermedades mentales no siempre afectan a la gente en la medida en que se reconocen fácilmente. Por lo que sabemos, el abuelo de Jack, o el tío Robert, o cualquiera de sus descendientes varones podría haber sufrido una forma de inestabilidad mental no diagnosticada, algo que no necesariamente perjudicaría su capacidad para llevar una vida normal. Por lo que he oído, Robert Cavendish era ciertamente un hombre perturbado hacia el final de su vida".

—Pero había perdido a su padre, estuvo involucrado en un horrible accidente de coche y sufrió terribles alucinaciones mientras estaba en coma. Seguramente eso explicaría sus supuestos trastornos.

—Sí, pero esas perturbaciones parecían haberse

extendido a su vida cotidiana causando un grado de paranoia, según tengo entendido. Los sucesos que menciona pueden haber sido el detonante que provocó un desequilibrio químico en su cerebro, lo que le llevó a sufrir una forma leve de demencia.

—Mmm, ya veo, —dijo Nickels. "Entonces, suponiendo que la historia de Jack sea cierta, es probable que Mark Cavendish esté efectivamente perturbado mentalmente y que tal vez la muerte de su hermano se convirtiera en el detonante que desató su propia enfermedad mental".

—Precisamente, —respondí.

Jack volvió a hablar de repente.

—Entonces, ¿maté a esas mujeres o no? —preguntó, con una mirada confusa y casi lastimera. Evidentemente, le resultaba difícil asimilar lo que estaba escuchando. Había empezado a creer totalmente en su propia culpabilidad y ahora que se hablaba de su posible inocencia le costaba aceptarlo. A menudo es más fácil para un paciente en la situación de Jack aceptar lo que se le dice y dejar que su mente se adapte a lo que ve como realidad. Cualquier desviación de esa realidad se convierte entonces en una fuente de confusión para ellos. En el caso de Jack, su declaración original de inocencia había sido rechazada por la policía, los tribunales y los servicios psiquiátricos y, bajo el peso de tantas opiniones e informes que hablaban de su culpabilidad, su mente había encontrado cómodo aceptar esas opiniones como propias. Cambiarlas le llevaría algún tiempo si tales cambios se hacían necesarios.

—No creo que lo hayas hecho, Jack, —dijo Alice Nickels.

—Yo tampoco, —añadió Carl Wright.

—¿Y usted, Doctora Ruth? —preguntó Jack, apareciendo en su rostro una expresión de dolor y perplejidad, con la cabeza inclinada hacia un lado una vez más.

—Jack, después de lo que me han contado hoy el sargento y la señorita Nickels, tengo que decir que tengo algunas dudas sobre tu culpabilidad. No quiero crear tus esperanzas, pero si el Inspector Holland descubre lo que intenta descubrir en Polonia, entonces sí, puede demostrar que eres inocente de los crímenes de los que se te acusó.

—Entonces, ¿podré volver a casa pronto? —preguntó, de manera infantil e inocente, como si todo esto hubiera sido un mal sueño y pudiera simplemente volver a la forma en que las cosas habían sido una vez, lo que tanto yo como mis visitantes sabíamos que sería prácticamente imposible.

—Tendremos que esperar y ver, Jack, —respondí. "El tiempo lo dirá, y primero debes dejar que la policía lleve a cabo su investigación. Si descubren que efectivamente eres inocente, estoy segura de que se hará algo para arreglar las cosas, ¿estoy en lo cierto, sargento Wright?"

—Por supuesto, Doctora, —respondió Wright. "Como usted dice, el tiempo lo dirá".

A estas alturas, por supuesto, Wright y Nickels habían comprobado por sí mismos que, inocente o no, Jack Reid era en verdad un joven perturbado, tal vez no sea sorprendente después de todo lo que había pasado. Lo que le deparaba el futuro, incluso si se demostraba que era inocente de los asesinatos de Brighton, llevaría a los responsables de su caso a tomar decisiones difíciles, incluida yo misma.

Tras concluir la entrevista con Jack y acompañarlo a su habitación, me despedí de George Wright y Alice Nickels. El sargento de policía había prometido mantenerme al corriente de los progresos que el Inspector Holland hiciera en Varsovia. Acompañé a los dos hasta el coche del sargento y sentí el calor del sol de la mañana mientras bajábamos los escalones que llevaban desde la entrada de visitantes hasta el corto camino del estacionamiento. Los pájaros cantaban un alegre estribillo en los árboles que bordeaban el estacionamiento, los narcisos asentían en nuestra dirección mientras inclinaban sus cabezas tranquilamente con la suave brisa, y el cielo aparecía como un océano aéreo de azul casi claro sin apenas una nube a la vista. Todo parecía estar bien en el mundo, y esperaba que el policía y la destripadoróloga no estuvieran a punto de abrir una lata de gusanos que pudiera tener consecuencias desastrosas para el joven que, una vez más, se sentaba contemplativo en la habitación 404, a la espera de saber qué le deparaba el futuro. En realidad, temía por Jack Reid, ya que, si alguna vez salía de su encarcelamiento, estaba segura de que su inestabilidad le llevaría algún día a tener más roces con la ley y los servicios psiquiátricos. Por el momento, estaba a salvo y seguro dentro del capullo artificial que Ravenswood ofrecía a sus pacientes, a sus reclusos si lo prefieren. Si se le sacara de ese capullo, las cosas podrían parecer muy diferentes para el propio Jack y para quienes entraran en contacto con él.

Por ahora, sin embargo, al igual que Jack, esperaré. No tenía otra opción, y mientras el coche que llevaba a Wright y Nickels desaparecía por el camino de grava y se detenía en la entrada principal para ser registrado y luego liberado por los guardias de seguridad, sentí como si un gran peso hubiera descendido sobre mi propia mente. Si Mark Cavendish estaba por ahí y era el verdadero Destripador de Brighton, y la policía lo encontraba era posible que Jack fuera reivindicado. Si lo fuera, me pregunté, ¿sería el mundo un lugar más seguro? Admito que tenía mis dudas.

TREINTA Y SEIS

LA ODISEA POLACA DE MIKE HOLLAND

La "información adicional" que George Wright esperaba como resultado de la visita de su superior a sus homólogos de Varsovia llegó mucho antes de lo que él o yo esperábamos. Apenas tres días después de que Wright y Alice Nickels hicieran su visita a Ravenswood, recibí una llamada telefónica del propio Inspector. Me preguntó si podía venir al hospital a verme en compañía de Wright y la señorita Nickels

Me aseguró que la información que había recabado en Polonia era más que relevante para el caso Reid, pero prefería no hablar de ello por teléfono. Acepté al instante, ya que mi propia curiosidad y la necesidad de conocer los hechos del caso se habían acumulado durante los tres días anteriores. Acordé con el Inspector Holland que él y los demás me visitarían al día siguiente, siempre y cuando la señorita Nickels pudiera salir de su propia oficina para viajar a Ravenswood. Holland me llamó media hora después para confirmar la visita. Alice Nickels parecía tener un gran margen de maniobra con su bufete de abogados. Obtener tiempo libre de su práctica legal ciertamente parecía no presentar problemas para ella.

Me había reunido con Jack una sola vez desde la visita de Wright y Nickels y parecía haber asimilado la mayor parte de lo que le habían contado, a pesar de su aparente confusión en el momento de la entrevista con él. Durante el poco tiempo que pasamos juntos el día después de la visita, se mostró lúcido y comunicativo. Me aseguró que ahora se sabía inocente de los asesinatos de Brighton. Una vez más, volvió a la historia que había sido su defensa durante los interrogatorios policiales originales y el propio juicio. Había sido engañado, drogado y engañado por Michael y "El Hombre", que ahora creía, como Wright había sugerido, que era su supuesto tío fallecido, Mark Cavendish. Expresó además su convicción de que la policía lo reivindicaría durante su actual reinvestigación del caso. Esperaba por su bien que el Inspector Mike Holland hubiera encontrado información que le sirviera de ayuda. Si la policía descubría que Jack era el asesino y que Mark Cavendish estaba de hecho muerto o un hombre inocente, podría provocar el colapso mental total de mi paciente. Al menos, tras la llamada de Holland sabía que no tendría que esperar mucho para averiguarlo.

El día de la visita de Holland llegó muy pronto. Era viernes y el final de la semana laboral anunciaba un descanso de la monótona rutina diaria para la mayoría de la población. No así para la policía o el personal de Ravenswood. Ni la delincuencia ni la sanidad se toman un día de descanso y nosotros, en Ravenswood, junto con los cuerpos de policía del país, prestamos un servicio integral los siete días de la semana. Por suerte para mí, este era mi fin de semana libre, en el que podía disfrutar de dos días de descanso y de un respiro del contacto diario con numerosos psi-

cópatas, asesinos y otros pacientes con problemas psicológicos dentro de las instalaciones de alta seguridad.
Cada dos semanas estaba de servicio durante el fin de
semana, con tiempo libre durante la semana que
nunca parecía tener el mismo ambiente de descanso
que el tradicional descanso de fin de semana.

En total contraste con el día de la visita de Wright
y Nickels, el amanecer de ese viernes trajo consigo
una estruendosa tormenta. Unas nubes oscuras, casi
negras, entraron desde el sur arrastrando un aguacero
torrencial, agravado por los vientos que empezaron
siendo feroces y pronto se convirtieron en huracana-
dos, haciendo que la lluvia se deslizara en láminas he-
ladas que picaban en la cara y en cualquier otra carne
expuesta. Aunque no era el mejor día para conducir,
Mike Holland y sus dos acompañantes llegaron pun-
tualmente a las once de la mañana. Holland había recogido a Alice Nickels en un hotel durante el camino,
donde había pasado la noche para facilitar que él y
Wright la recogieran mientras se dirigían a Ravenswood.

En esta ocasión no habría entrevista con Jack
Reid, sólo un informe de Holland sobre los resultados
de su visita a Varsovia. Me moría de ganas de escuchar lo que había descubierto y, tras saludar a mis visitantes en la entrada principal y acompañarles por los
pasillos que conducían a mi oficina, esperé con impaciencia el discurso de Holland. Sin embargo, primero
dispuse que se sirviera café y galletas, siendo Tess,
una vez más, la encargada de repartir las bebidas. Le
había contado a mi secretaria lo que había ocurrido
tres días antes y ella estaba tan interesada como yo en
el resultado de esta nueva visita. Sin embargo, Tess
tendría que esperar hasta que Holland y los demás se

marcharan antes de que yo pudiera ponerla al corriente de lo que podía o no podía ser la futura disposición de nuestro más célebre paciente.

—Un día horrible, Doctora, comenzó Holland.

—En efecto, lo es, Inspector. Me sorprende que
no haya llegado tarde con la lluvia y el viento.

—Me enorgullece no llegar nunca tarde a una cita
importante. Cuando vi el clima a primera hora de la
mañana llamé al sargento Wright y a la señorita Nickels y les pedí que estuvieran listos treinta minutos
antes de lo previsto para que pudiéramos empezar
temprano y así llegar a tiempo, y funcionó, como
puede ver.

—Estoy impresionada, Inspector Holland. Ahora,
por favor, ¿tiene algo importante que decirme?

—Sí, lo tengo. Le pediré que me permita completar mi historia antes de que exprese su opinión, ya
que puede sonar un poco incoherente a medida que
avanzo, pero quiero contárselo tal y como sucedió y
así estará mejor informada en cuanto a lo que podamos tener que hacer en el futuro.

—De acuerdo, —dije. "Por favor, continúe,
Inspector".

Antes de comenzar su relato, Mike Holland
asintió a George Wright y el sargento le pasó el maletín negro que había llevado a la sala. Holland lo
abrió y sacó una carpeta de cartón marrón, que parecía contener varios papeles sueltos y una pequeña
colección de fotografías. Aunque Holland tenía la carpeta en sus manos, al principio no dijo nada de su
contenido.

Encendí mi grabadora, me senté en mi silla y,
junto con George Wright y Alice Nickels, escuché
cómo el Inspector Mike Holland empezaba a rela-

tarnos los resultados de su investigación aunque, por supuesto, sabía que Wright ya estaría al tanto del contenido del informe. Aun así, parecía estar tan atento como cualquiera de nosotros. Tenía el presentimiento de que esto iba a ser un cuento, y como resultó, no me decepcionó.

—Permítanme decir en primer lugar, comenzó Holland —que si no hubiera sido por la constante insistencia del sargento Wright en que sentía que había algo mal en el caso contra Reid, y por las intuitivas y bastante extraordinarias habilidades de investigación de la señorita Nickels, yo no habría estado sentado aquí hoy contándole lo que voy a contar. Tú, Alice, podrías haber sido policía. Eres una mujer extraordinaria.

Alice Nickels sonrió, asintió, pero no dijo nada, no quería interrumpir al Inspector.

—Cuando el sargento Wright siguió insistiendo en el caso y yo revisé personalmente todas las pruebas y las transcripciones del juicio y recordé todo lo que habíamos pasado para llevar a Jack Reid a juicio, tuve que admitir que sí parecía haber fallos y discrepancias en todo el asunto. Obviamente, como el caso estaba cerrado cuando Reid fue enviado aquí, no había mucho que pudiera hacer para reabrir activamente la investigación, pero mi sargento y la señorita Nickels, convencidos de que se había producido un grave error judicial, se negaron a dejar de lado el asunto. Cómo se le ocurrió a Alice la idea de buscar información sobre asesinatos fuera del Reino Unido, no tenía ni idea en ese momento, aunque desde entonces me explicó sus razones, que eran, por supuesto, perfectamente sólidas. ¿Por qué nuestro asesino, si no era Reid, se pondría en peligro de ser capturado continuando sus crímenes aquí en Inglaterra cuando, debido a su mentalidad desquiciada, lo habría hecho en cualquier lugar? Todo lo que tenía que hacer era planificar sus localizaciones para que se superpusieran a las de Brighton y Whitechapel y sus medios estarían servidos. La brillantez de los criminales dementes es a menudo mucho mayor que la del criminal medio, y en este caso, quizás incluso más.

Vi que Holland me miraba atentamente mientras pronunciaba la última frase y asentí a su creencia. Es cierto que los criminales dementes suelen mostrar una genialidad, aunque a menudo una versión deformada de ese rasgo, en la ejecución bastante brillante de sus crímenes, alimentada por la intensa y a menudo muy aterradora psicosis que existe en sus mentes. El inspector continuó.

—Cuando estos dos expertos en la historia de los crímenes de Jack el Destripador me expusieron su último lote de hechos y creencias, no tuve más remedio que tomarlos en serio. Cuanto más lo analizaba, más parecía que Jack Reid había sido incriminado por los asesinatos de Brighton mientras el verdadero asesino, o los asesinos, escapaban. La desordenada escena en la casa de Mandy Clark confirmó lo que Alice creía, aunque yo nunca lo hubiera pensado. Estaba demasiado contento de haber atrapado al hombre que creía que había llevado a cabo los asesinatos y, para su crédito, mi sargento aquí presente fue lo suficientemente generoso como para admitir que en ese momento se sentía exactamente como yo. Sólo más tarde, cuando las dudas empezaron a surgir, él y Alice empezaron seriamente a bombardearme con sus creencias, y finalmente me vi obligado a examinar el caso con detenimiento cuando apareció la conexión polaca. Por supuesto, no pude hacer mucho al respecto por mi cuenta, pero el Jefe de Policía me apoyó totalmente cuando le presenté la teoría de Alice y Wright. Una vez que el sargento recibió ese correo electrónico de Varsovia y que nos pusimos en contacto con la policía de Varsovia y obtuvimos algunos datos de ellos, parecía cada vez más que la "Conexión Varsovia" podía contener la respuesta a lo que Alice y Wright, y para entonces, yo creíamos. El Jefe de Policía autorizó mi visita a Varsovia, ya que no había mucho que pudiera hacer simplemente a base de llamadas telefónicas y correos electrónicos entre aquí y Polonia, así que me fui.

—A mi llegada a Varsovia me atendió maravillosamente el Inspector Kowalski. Me recibió en el aeropuerto Frederic Chopin, me acompañó en coche al hotel y me dejó instalarme en mi primera noche en Polonia. Lo curioso es que pensaba que Polonia sería un país muy frío y, sin embargo, las temperaturas eran muy parecidas a las de aquí. Demasiado para llevarme mi ropa térmica de invierno.

En fin, al día siguiente empezamos a trabajar juntos y Fabian y yo nos hicimos buenos amigos en muy poco tiempo. Es un poco mayor que yo, aunque parece más joven, maldita sea, y es policía desde hace más de veinticinco años. Dice que su mujer le dice que quiere más al cuerpo de policía que a ella. Se ríe de ello, pero sospecho que puede haber algo de verdad en esas palabras. Le encanta su trabajo, es un fanático de atrapar a los malos, y sin embargo, le vi cambiar cuando le enseñé algunas de las cosas que me había llevado a Polonia.

Estaba intrigado por la posible conexión entre los asesinatos polacos y los de Inglaterra. No hay ningún policía en el mundo que no haya oído hablar de Jack el Destripador y la posible conexión entre los asesinatos y los de Whitechapel de hace más de un siglo le hacía babeando, en un sentido de investigación, por supuesto.

"De todos modos, antes de llevarme a ver los lugares de los asesinatos en Varsovia, me hizo un repaso exhaustivo de la secuencia de los hechos. En la noche del 30 de septiembre, Anna Adamczyk y Florentyna Jaworski fueron asesinadas a menos de un kilómetro y medio de distancia la una de la otra, y sus cuerpos fueron colocados en la muerte de forma similar a los cuerpos de Elizabeth Stride y Cathy Eddowes en 1888. En el caso de Adamczyk, las heridas eran idénticas a las de Stride, con pocas mutilaciones pero en el asesinato de Jaworski, el asesino le había extirpado el útero y uno de los riñones y le había acuchillado y mutilado la cara como había hecho Jack el Destripador con Cathy Eddowes. También había colocado las pocas posesiones que llevaba en su bolso junto al cuerpo, otra recreación del Destripador, según tengo entendido. Fabian me mostró las fotografías de la escena del crimen y, créanme, si no fuera porque eran en color y las chicas estaban vestidas con ropa moderna, podría haber estado mirando las fotos de Stride y Eddowes que el sargento Wright me dio para que las llevara a Polonia para compararlas. En estos dos casos la policía polaca se quedó en blanco. No hubo testigos, no se dejaron rastros en las escenas y nadie en la zona escuchó un sonido. Ah, sí, debo mencionar que ambas chicas eran conocidas por la policía como prostitutas, aunque sospecho que usted ya había llegado a esa conclusión, Doctora".

Asentí con la cabeza y jadeé con repugnancia

cuando Holland sacó por fin algo de la carpeta que tenía en su regazo. Eran dos fotografías de las chicas asesinadas tal y como las descubrió la policía. Era como él decía, horrible y sangriento y con todas las características de una serie de asesinatos al estilo del Destripador. No dije ni una palabra, como había prometido, y él continuó.

"A pesar de dedicar muchos recursos y personal a la investigación, la policía de Varsovia se quedó en blanco debido a la falta de pruebas y testigos. De hecho, estaban a punto de declarar los dos asesinatos como no resueltos y reducir su investigación cuando, el 9 de noviembre, se produjo el asesinato más horrible que Fabian había vivido en su tiempo en la policía. Una joven prostituta de veinte años llamada Maria Kaminski fue literalmente descuartizada en su departamento. Quien la mató se tomó su tiempo y se aseguró de que la escena del crimen se pareciera a la del caso de Mary Kelly en Millers Court, en Whitechapel. Fabian me confesó que se había sentido violentamente enfermo cuando vio el cuerpo al entrar en el departamento. Nunca le había sucedido eso y confesó que si volvía a encontrarse con un espectáculo tan horrendo en su carrera, probablemente dimitiría del cuerpo de policía ese mismo día."

Una vez más, Mike Holland metió la mano en su maletín y me pasó las fotos de la escena del crimen sin decir una palabra. No era necesario. Eran como él había insinuado, literalmente horrendas. Cualquier ser humano sensato sólo podría consolarse con el hecho de que la pobre chica ya estaba muerta cuando su cuerpo había sido prácticamente desgarrado miembro a miembro por el cuchillo enloquecido del carnicero que había perpetrado el vil e indecible horror. En todos mis años en el negocio de tratar y atender a aquellas almas desafortunadas cuyas mentes se habían visto afectadas por numerosos trastornos psicológicos, incluso yo me desanimaba al pensar que un ser humano, por muy afligido mentalmente que estuviera, pudiera haber infligido a otro unas mutilaciones tan viles y despreciables. Aun así, permanecí en silencio mientras Holland continuaba su relato de los macabros y escalofriantes resultados de su visita a Polonia.

—Por supuesto, —prosiguió, —en ese momento no había nada que relacionara los asesinatos con Mark Cavendish, suponiendo que aún estuviera vivo, ni con ningún otro individuo. La policía de Varsovia había establecido, en el momento de mi llegada, una conexión entre los asesinatos de las dos chicas y el joven que ahora creemos que es James Michael Devlin. Fabian había sido lo suficientemente astuto como para comparar las heridas de las chicas con las descritas por el patólogo que había realizado la autopsia de Michael, a pesar de que los casos parecían no tener relación. Las heridas de los cuerpos, y concretamente las de las gargantas, coincidían. El mismo cuchillo había sido utilizado para cortar las gargantas de todas las víctimas. Desgraciadamente, cuando llegué al lugar de los hechos todos los cuerpos habían sido incinerados, por lo que no había posibilidad de ver los restos ni de obtener muestras de ADN para futuras comparaciones. Había demasiadas coincidencias para que la teoría de Alice no tuviera fundamento. Todo parecía encajar, hasta la superposición de los mapas para producir una representación casi perfecta de la geografía de los asesinatos de Whitechapel. Lo único que Fabian y yo teníamos que hacer, o eso parecía, era en-

contrar pruebas de que Mark Cavendish estaba vivo y
cometiendo asesinatos en Polonia cuando supuestamente había muerto ahogado en las cálidas aguas del
Mediterráneo. Fabian me llevó a los lugares donde se
cometieron los asesinatos, lo que me puso los pelos de
punta pero no produjo ningún resultado, natural-
mente, y distribuyó una descripción de Cavendish
junto con copias de una fotografía que había obtenido
de la viuda de su hermano, con instrucciones a todas
las fuerzas dentro de las fronteras de Polonia para que
estuvieran pendientes del hombre en relación con los
asesinatos de Varsovia. Los detectives y oficiales uniformados estaban mostrando copias de la foto de Cavendish a los recepcionistas y propietarios de hoteles
y casas de huéspedes de todo el país, sin mucho éxito,
debo decir.

—Las pruebas que buscábamos, cuando finalmente se presentaron, llegaron de la forma más
inusual y tuve la suerte de estar allí hace unos días
cuando aparecieron. Fabian y yo estábamos en su oficina cuando recibió una llamada telefónica del jefe
del departamento de policía de la ciudad de Lublin.
Tras recibir la petición circularizada de Fabian de información sobre cualquier extranjero sospechoso en
sus zonas y también la foto y la información sobre Cavendish, el jefe de policía de Lublin tenía algo muy
interesante que comunicar a mi nuevo amigo. Lublin
está a unos ciento setenta kilómetros de Varsovia y la
ciudad está dividida en dos por el río Bystrzyca. Al
parecer, había habido un accidente de coche mortal
en las afueras de la ciudad, cuando un coche de alquiler se había descontrolado debido a lo que posteriormente se descubrió que era un fallo de los frenos
completamente accidental causado por un mal mante-

nimiento. El vehículo había saltado el parapeto bajo de un puente y se había precipitado al río. Desgraciadamente, había varias rocas grandes que amortiguaban la caída del coche y una de ellas debió perforar el depósito de gasolina, que se incendió y todo el vehículo fue rápidamente consumido por las llamas, incluido el conductor. Cuando la policía llegó al lugar de los hechos, ya era demasiado tarde para poder hacer algo por el conductor, que se había quemado hasta quedar irreconocible, y que debió de sufrir una muerte terrible, y sólo el hecho de que quedaran suficientes restos del coche para identificarlo y rastrearlo hasta la empresa de alquiler de coches permitió a la policía obtener el nombre del hombre que lo había alquilado. Había dado su nombre como Joseph Barnett de Londres, habiendo presentado un pasaporte con ese nombre al completar la documentación. Como ahora sé por todos los conocimientos que he adquirido sobre el caso del Destripador, Joseph Barnett era el novio de Mary Kelly y en su día fue entrevistado por la policía que investigaba los asesinatos de Jack el Destripador. Me pareció que el hombre del coche tenía que ser Cavendish. Usar el nombre de Barnett sólo contribuyó a su propio y retorcido juego. El Inspector Dabrowski de Lublin informó a Fabian de que simplemente no quedaba nada del conductor del coche para intentar siquiera una identificación basada en la fotografía o la descripción que había circulado, pero había algo más que se encontró, algo que fue determinante para mí, en todo caso.

El Inspector Mike Holland volvió a meter la mano en la carpeta que tenía sobre el regazo y sacó un montón de páginas que parecían viejas y desgastadas de un libro grande. Me las pasó. Al cogerlas me di cuenta de que eran copias de los originales, que debían de estar todavía en manos de la policía polaca. Sin embargo, cuando empecé a leer la primera página, me di cuenta inmediatamente de lo que estaba leyendo.

—El diario, jadeé con incredulidad. "Es real, existe".

La página copiada mostraba que el original había sido dañado y comenzaba,

"*1 de octubre de 1888*

¡Dos en una noche! Un glorioso aunque involuntario doble. Rastreando a una puta y tentando a la perra con uvas. ¿Qué puta puede permitirse unas uvas? No pudo resistirse a mi regalo, y habría disfrutado mucho con su cuerpo de no ser por la interrupción. La rajé con bastante facilidad, aunque en la oscuridad usé el cuchillo más corto, no tan rápido ni afilado, y vi la sangre brotar en un abundante río desde su cuello. Luego, maldita sea, no pude empezar a destripar a la puta. Escuché ruidos fuera del patio, y los pasos de los caballos sobre las piedras. Tuve que huir, y rápido, me mantuve cerca de la pared mientras un caballo y un carro se acercaban y me escabullí antes de que el hombre alertara. No tenía sangre encima, así que me metí en el túnel más cercano y me mantuve invisible, y pronto aparecí en la Plaza Mitre. ¡Dios bendiga al Sr. Bazalgette! Otra puta pronto se puso a mi disposición, y esta vez no me equivoqué. Esta sangró como lo haría un cerdo atascado, y la sangre salió a borbotones de su garganta cortada. Le desgarré la cara y la destripé con toda la facilidad del mundo. La calle estaba manchada de rojo claro; incluso en la oscuridad lo vi. Juraría que se movió mientras le rebanaba las entra-

ñas, ¡pobre putita sangrienta! Tal vez no. No me llevó nada de tiempo, y esta vez rebané la oreja como había prometido. Usé el propio delantal de la puta para... la página estaba rasgada aquí."

Había otras páginas, dañadas y en algunos lugares borradas, pero estaban ahí y contemplé con asombro lo que ahora tenía en mis manos y lo que significaban. Incluso había restos de lo que debió de ser una carta del bisabuelo de Cavendish a su propio hijo, en la que le contaba la triste historia del diario y cómo había llegado a poseerlo.

—Es bastante real, Doctora, reanudó Holland su relato. "La policía de Lublin encontró éstas y algunas páginas más del decrépito diario flotando en el río, donde parecían haber caído de un maletín que el conductor llevaba en el vehículo, y que debió abrirse de golpe y descargar su contenido cuando el coche cayó al agua. Después de leer la información y la petición de ayuda de Fabian, Dabrowski no tuvo ninguna duda de que el hombre del coche era el que Fabian estaba buscando".

A estas alturas, estaba tan convencida de la historia de Holland que tuve que hacer la pregunta que se había estado formando en mi mente durante algún tiempo mientras escuchaba su relato de los acontecimientos en Polonia. "Entonces, ¿Jack Reid es inocente? El diario es real, así que su historia debe ser cierta, o ¿de qué manera el hombre del coche llegó a él? Tuvo que ser Cavendish y tuvo que habérselo robado a Jack".

—Sé que todo parece apoyar la historia de Jack Reid, —respondió Holland. "Ninguna de las cosas que he mencionado, ni por sí solas ni en conjunto, exculpan a Jack Reid ni prueban la culpabilidad de

Mark Cavendish, a pesar de lo que podamos creer, y de hecho, sabemos en nuestros corazones que es la verdad".

Por un momento pensé que Holland estaba a punto de dejarlo ahí, que prácticamente había demostrado la inocencia de Jack Reid y la culpabilidad de su tío, pero que no había presentado las pruebas sólidas que exigen los tribunales de Inglaterra para anular la condena de Jack. Entonces, como un mago que ha guardado lo mejor de sus trucos hasta el final de su actuación, Mike Holland metió la mano en el expediente una vez más.

—Estos, sin embargo, podrían convencer a los tribunales de que Mark Cavendish fue el asesino y Jack Reid nada más que una víctima.

Holland extendió la mano y me entregó una pequeña colección de fotografías. Se las cogí, sin poder evitar que me temblara la mano al hacerlo. Allí, en color, estaban las pruebas que demostraban que Mark Cavendish, con la ayuda y la complicidad de Michael, había sido el verdadero asesino. Las fotografías, obviamente tomadas por Michael, mostraban a Mark Cavendish en medio de la horrible y espantosa mutilación de sus víctimas. En cada caso, Jack Reid estaba tumbado en el suelo, aparentemente insensible y presumiblemente drogado. Otro conjunto de fotos mostraba a Jack posando como si fuera el asesino, todavía drogado, supongo, pero en un estado semiconsciente, lo que facilitaba a Cavendish y Michael controlarlo. Habrían sido las fotos que Jack insistió en que "El Hombre" le había mostrado para demostrar que había matado a las jóvenes. Había sido un plan diabólico y uno que sólo podría haber sido ideado y ejecutado por un individuo gravemente trastornado.

Estaba a punto de hablar cuando Mike Holland dio una última sorpresa. Extendió la mano hacia donde George Wright había estado sosteniendo un paquete envuelto en lienzo durante toda nuestra conversación, o más bien durante el monólogo de Holland. Wright le pasó el paquete a su Inspector, que procedió a desatar la cuerda marrón que mantenía cerrada la envoltura de lienzo. Cuando el paquete se abrió, reveló su contenido. Allí, ante mis ojos, había un cuchillo brillante de mango negro y hoja larga, del tipo que utilizan los carniceros en una carnicería tradicional a la vieja usanza para abrirse paso entre los huesos y tendones de los cadáveres de animales que cuelgan en sus ganchos.

—Esto, —dijo Holland, —fue lo decisivo. Todavía tiene restos de sangre, y los análisis ya han identificado que esa sangre es de las tres víctimas.

Me sonrió mientras se relajaba en su silla. George Wright y Alice Nickels también parecieron relajarse, como si hubieran estado conteniendo la respiración durante la larga exposición de Holland de sus pruebas. Ambos exhalaron simultáneamente como para confirmar que ellos, y de hecho Jack Reid, podrían haber llegado al final de un largo y duro camino y estarían a punto de salir de un túnel hacia la luz del día una vez más.

—Jack Reid nunca hizo daño a nadie en Brighton, —dijo Alice Nickels. "Supongo que con estas pruebas para respaldar una apelación, apoyará cualquier campaña para su pronta liberación de Ravenswood, Doctora".

—Como dije el otro día, señorita Nickels, Jack sigue siendo un joven gravemente perturbado. Sufre de un trastorno psicológico y aún podría ser un peligro para sí mismo y para los demás. Cualquier decisión de liberarlo tendría que tener en cuenta ese hecho.

—Pero es inocente, continuó. "¿Cómo se puede justificar que se mantenga encerrado a alguien que no ha hecho nada, simplemente por el hecho de que algún día podría hacer algo? Seguramente eso va en contra de todo el sistema de justicia británico".

En esencia, estaba en lo cierto, aunque a sus abogados les costaría mucho trabajo y esfuerzo intentar que Jack Reid fuera liberado, suponiendo que los tribunales aceptaran la apelación que seguramente se presentaría ahora cuando la policía informara a sus abogados de las nuevas pruebas que habían obtenido.

La entrevista con los dos policías y la abogada/destripadoróloga tuvo lugar en mi oficina hace algo más de seis meses. El curso de la justicia británica, aunque es uno de los más justos y respetados del mundo, tiene la costumbre de ir tan rápido como el proverbial barco lento a China. El proceso de apelación duró más de lo que cualquiera de nosotros esperaba antes de llegar al panel de jueces que finalmente decidiría el futuro de Jack Reid. Yo misma fui llamada a declarar ante el tribunal y, sin embargo, debo decir que me sorprendió el resultado de las deliberaciones de los doctos jueces.

TREINTA Y SIETE

LA SENTENCIA

LOS TRES JUECES que se sentaron a escuchar la apelación presentada por el equipo legal de Jack Reid produjeron lo que yo vi como una sentencia final bastante extraordinaria en el caso del llamado Destripador de Brighton. El abogado de Jack, Simon Allingham, dirigió una vez más una animada y experta defensa de su cliente, esta vez respaldada por la información obtenida gracias a la diligencia de los agentes de policía que habían investigado el caso en un principio.

Los padres de Jack permanecieron sentados con rostro serio durante todo el proceso, esperando que éste fuera el final de su propia pesadilla y que su hijo les fuera devuelto, dañado mentalmente y con cicatrices quizás, pero físicamente sano y preparado para comenzar una nueva vida en el seno de su familia.

Alice Geraldine Nickels fue llamada a declarar y la abogada, tan a gusto como siempre en el entorno jurídico, hizo su propia declaración de los hechos que rodearon su participación en la investigación posterior al juicio del caso. No vaciló ni una sola vez, ni siquiera cuando uno de los jueces de apelación, Su Señoría, Presidente del Tribunal Supremo Roland Hume, la interrogó profundamente sobre sus motivos para involucrarse en el caso.

—Justicia, señoría, fue su sencilla respuesta. —Todo lo relacionado con el caso original contra Reid me parecía incorrecto. Sabía que la policía había hecho todo lo posible, pero como alguien que conoce íntimamente los asesinatos originales de Whitechapel, podría decir, por mis años de investigación del caso, que el asesinato de Mandy Clark simplemente no tenía sentido. Reid fue capturado con demasiada facilidad y el Destripador, si es que era eso lo que copiaba, nunca se habría permitido ser tan descuidado en la ejecución de sus crímenes, especialmente cuando, en su mente, todavía había "trabajo" por hacer en la forma de al menos tres asesinatos más.

Mike Holland subió al estrado y fue bastante contundente y breve al relatar la investigación original, las dudas planteadas por su sargento tras el juicio y su propia creencia posterior en la posibilidad de que Reid fuera un hombre inocente. Volvió a contar los detalles de su visita a Varsovia casi palabra por palabra, como lo había hecho conmigo en mi oficina de Ravenswood y, por supuesto, todas las pruebas fotográficas, los fragmentos del diario y el cuchillo utilizado en los asesinatos fueron presentados como pruebas para apoyar el caso para limpiar el nombre de Jack Reid y culpar firmemente a su tío, Mark Cavendish.

El sargento Wright respaldó básicamente las pruebas de su Inspector y fue el que menos tiempo pasó en el estrado de todos los testigos.

Finalmente me llamaron al estrado, pero en lugar de pedirme inmediatamente que diera mi opinión profesional sobre el estado mental de Jack Reid, me sorprendió que Lord Hume me pidiera que diera mis ideas y conjeturas profesionales sobre las razones por las que el asesino había llevado a cabo los asesinatos e intentado implicar a Jack Reid como medio de escapar a la detección.

—Su Señoría, comencé. "Soy un psiquiatra profesional y hacer conjeturas sobre el estado mental de un individuo al que nunca he conocido, y mucho menos he tenido la oportunidad de entrevistar o formarme una opinión, sería muy poco ético por mi parte".

—Entiendo su renuencia, Doctora, pero por favor, sólo por una vez, permítame. Si le preguntaran cómo ve el estado mental del tipo de hombre que podría haber cometido estos crímenes, en un escenario hipotético por supuesto, ¿cómo respondería?

—Bueno, si lo plantea así, tendría que decir que se trata de un individuo muy motivado, muy inteligente pero psicológicamente defectuoso. Este hombre, si es que estaba relacionado con Jack Reid, obviamente no tuvo ningún reparo en intentar culpar de sus propios crímenes a su sobrino. Eso me indicaría que probablemente era un sociópata, alguien sin sentido de la responsabilidad ni sentimiento de culpa respecto a sus actos. La condición conocida como Sociopatía también se conoce como Trastorno Antisocial de la Personalidad y los individuos con este trastorno invariablemente tienen poca consideración por los sentimientos o el bienestar de los demás. Eso explicaría en cierta medida la total indiferencia de este hombre por las consecuencias de sus propios actos y el efecto que tendrían en los demás, incluida su familia. Como diagnóstico clínico se limita normalmente a los mayores de dieciocho años. En raras ocasiones puede diagnosticarse en personas más jóvenes si cometen actos antisociales aislados y no muestran signos de otros trastornos psicológicos. También debo mencionar que la condición es crónica y, una vez iniciada, dura toda la edad adulta.

—¿Y cuáles serían los síntomas, Doctora? ¿Existen signos externos, cosas que sean visibles para el espectador casual o al menos para un psiquiatra entrenado como usted?

—Los síntomas habituales, algunos de los cuales podrían detectarse en una consulta psicológica, incluyen el no aprender de la experiencia, que la persona no tenga sentido de la responsabilidad, la incapacidad de establecer relaciones significativas o de controlar sus impulsos, la falta de sentido moral, el comportamiento crónicamente antisocial, la inmadurez emocional, la ausencia total de cualquier sentimiento de culpa y, por supuesto, el no cambio de comportamiento tras el castigo.

—Ya veo, y si le pidieran que hiciera un diagnóstico, puramente hipotético, por supuesto, sobre el hombre que la policía cree que es el verdadero asesino de esas pobres mujeres desafortunadas de Brighton, basándose en lo que sabe de él por la información que le han suministrado, ¿cuál sería ese diagnóstico?

—Bueno, si el hombre fuera Mark Cavendish como ha sugerido la policía, yo diría lo siguiente. Si empezamos por la inmadurez emocional, tal vez ésta se manifieste en cierta medida en el hecho de que dirigía una empresa que producía videojuegos y juegos de ordenador, juguetes en realidad, aunque altamente tecnológicos, pero juguetes al fin y al cabo. No tenía raíces como tal, ni esposa, ni amigos íntimos y rehuyó la atención durante toda su vida, un comportamiento antisocial clásico. Por lo que he sabido de su familia, era un hombre muy recluso y ciertamente desapareció aún más en su caparazón tras la muerte de su hermano. Hablando hipotéticamente, sospecho que Robert Cavendish, siendo él mismo psiquiatra, conocía la condición de su hermano y fue quizás el único hombre que ayudó a Mark a mantenerse en el camino recto durante todo el tiempo que lo hizo. Una vez que Robert se fue, Mark fue "liberado" y se sintió libre de hacer lo que quisiera. Ya he mencionado la falta de culpa que experimentaría al implicar a su sobrino, así que diría que, sí, Mark Cavendish, o al menos el hombre que mató a esas mujeres en Brighton, casi definitivamente sufría el trastorno.

—Ya veo. Gracias, Doctora.

El juez se dirigió a sus colegas doctos y los tres jueces de apelación se sentaron en estrecha consulta susurrada con sus colegas durante un minuto antes de volverse hacia mí.

—Una última pregunta, Doctora. En el tiempo que lleva tratando a Jack Reid, ¿cree que él también sufre de esta, ah, sociopatía?

—Jack Reid es un joven perturbado, su señoría, de eso no tengo duda. En cuanto a si es un sociópata, tendría que ser honesta y decir que no, no en esta etapa, aunque es posible que pueda desarrollar esas tendencias en el próximo año o dos. Ciertamente, sufre un trastorno psicopático de la personalidad y muestra una gran confusión en ocasiones y se deja sugestionar fácilmente. Sin embargo, esos no son los síntomas de la sociopatía, así que mi respuesta a su pregunta, repito, es no. Sin embargo, me gustaría advertir a sus Señorías que no lo liberen de mi cuidado en esta etapa, ya que sin duda es...

El juez Hume me interrumpió antes de que pudiera terminar mi frase.

—Sí, sí, gracias, Doctora Truman. Tenemos aquí su informe escrito completo sobre el estado de Reid, Hume lo levantó para que yo viera que efectivamente tenía en sus manos el informe de catorce páginas sobre Jack que yo había redactado en respuesta a la petición del tribunal. "Hemos tomado el consejo de un número de psiquiatras líderes en este caso, su buen ser entre ellos y ahora nos retiraremos para considerar nuestro veredicto sobre la apelación de Jack Reid."

Me sorprendió que me despidieran tan sumariamente del estrado, pero a falta de exponerme a una acusación de desacato al protestar ante los jueces del tribunal de apelación, poco podía hacer. Junto con los agentes de policía y los demás testigos, sólo pude abandonar el tribunal y esperar la decisión del trío de doctos jueces. A menudo, los resultados de las apelaciones no se revelan hasta algún tiempo después de que el tribunal se reúna, pero en este caso, los tres jueces de apelación llegaron a su decisión ese mismo día.

Como todo el mundo sabe, en 1888 Jack el Destripador llevó a cabo su matanza con aparente impunidad, sin que nunca, al parecer, se le identificara ni se le detuviera. En una sentencia que sin duda sorprendió a los que habían participado en el caso de Jack Reid y debo admitir que casi me dejó sin aliento, los tres jueces del Tribunal de Apelación decidieron lo siguiente:

—En el caso de la apelación en el caso de La Corona contra Jack Thomas Reid, encontramos lo siguiente: Existiendo pruebas suficientes para arrojar una duda razonable sobre la condena y la subsi-

guiente sentencia de detención en una unidad psiquiátrica de seguridad de Su Majestad, por la
presente anulamos la sentencia original, y declaramos
que el mencionado Jack Thomas Reid es, desde el
punto de vista jurídico, inocente de los delitos por los
que fue juzgado originalmente. Al no haber pruebas
suficientes para establecer la identidad del hombre
que perpetró los crímenes, a pesar de que se han encontrado pruebas físicas abrumadoras para establecer
que alguien distinto a Reid cometió de hecho los asesinatos en Brighton en las fechas indicadas, no encontramos ninguna razón para nombrar a un hombre
potencialmente inocente en relación con los crímenes. Si la policía hubiera podido establecer la identidad del hombre en Polonia por medio de huellas
dactilares, ADN o identificación visual, esta decisión
podría haber sido diferente, pero la ley no nos permite
nombrar y calumniar a un hombre que no ha sido
identificado positivamente, por lo que ordenamos que
el caso se incluya en el expediente "abierto" una vez
más y que la policía tenga la libertad de reabrir sus
investigaciones sobre los asesinatos con la esperanza
de establecer y tal vez finalmente identificar positivamente al autor de estos atroces crímenes. Los fragmentos del diario que la policía descubrió
contribuyen en gran medida a establecer la inocencia
de Jack Reid, al igual que el cuchillo que se utilizó en
los asesinatos, pero por sí solos no identifican al es-
critor del diario ni al hombre que lo llevaba consigo en
el momento de su muerte. Aceptamos, como se incluye en el informe de la Doctora Truman, que el asesino, en su estado mental desquiciado, se asumió a sí
mismo como descendiente de Jack el Destripador, y
por esa razón se embarcó en su juerga criminal utili-

zando a Reid como víctima para despistar a las autoridades policiales de su propia pista, pero, de nuevo, no existe ninguna prueba que demuestre la identidad del hombre en cuestión.

—En cuanto a Jack Thomas Reid, este tribunal decide que sea liberado inmediatamente de la unidad de seguridad del centro psiquiátrico de Ravenswood y que sea puesto bajo el cuidado de la Autoridad Sanitaria de su área local, con instrucciones de que sea examinado y entrevistado regularmente por un psiquiatra consultor de dicha Autoridad Sanitaria, que será responsable de su bienestar bajo el Programa de Atención en la Comunidad.

No podía creerlo. No sólo se negaban a nombrar al asesino a pesar de que todo el mundo, incluidos los tres jueces de apelación, sabían que se trataba de Mark Cavendish, sino que simplemente iban a liberar a mi paciente en la comunidad por algún sentido de responsabilidad ante la corrección política que prácticamente se ha apoderado de la clase dirigente en el Reino Unido en cada una de sus muchas facetas. Jack Reid era potencialmente peligroso. Yo lo sabía, ellos lo sabían, todos en el tribunal lo sabían, pero como había sido absuelto de los asesinatos y no había hecho daño a nadie hasta donde ninguno de nosotros sabía, iba a ser puesto en libertad a pesar de mis recomendaciones profesionales y simplemente se confiaba en que se presentara regularmente a las consultas con un psiquiatra en su hospital local.

Al salir del juzgado ese día, me alcanzaron mientras bajaba las escaleras hacia la carretera el Inspector Holland, el sargento Wright y Alice Nickels.

—¿Se encuentra bien, Doctora? —preguntó el Inspector Holland al ver la expresión de mi cara, una de conmoción y preocupación, estoy segura, ya que eran las dos emociones que sentía con más fuerza en ese momento.

—No puedo creerlo, —respondí, —nada de eso. Primero, dejan ir a Jack, sin más, y luego ni siquiera nombran a Cavendish como el asesino. Es como si se hubiera salido con la suya. Es como Jack el Destripador. Nadie sabrá nunca quién mató realmente a esas mujeres, pero esta vez se debe a un tecnicismo legal, la falta de una identificación positiva del hombre al que casi atraparon en Polonia.

—Lo sé, Doctora, —respondió Holland. "Yo mismo me sorprendí con esa parte de la sentencia, pero en realidad nunca esperé que mantuvieran a Jack en Ravenswood una vez que se estableció que era inocente de los crímenes por los que fue condenado".

—Es terrible, —dijo Alice Nickels. "Pasamos por todo eso para exculpar a Jack, y ahora ni siquiera podemos decirle a nadie quién lo hizo realmente".

—Quizá algún día podamos hacerlo, —añadió George Wright. "No nos rendiremos, y existe la posibilidad de que la policía polaca aún pueda descubrir algo".

—¿De verdad cree que eso va a ocurrir? —pregunté con una nota de cinismo en mi voz.

Ninguno de los dos policías respondió.

—No, yo tampoco. En cuanto a Jack el Destripador, incluso han conseguido establecer la existencia de su diario, pero éste quedó tan dañado y casi destruido en el accidente de coche de Lublin que todavía no podemos establecer ni siquiera quién fue el Asesino de Whitechapel, ¿verdad?

En el silencio que siguió llegamos al último de los escalones que conducían a la amplia acera. Al pisar la amplia extensión de losa, me giré y miré el imponente edificio del tribunal que teníamos detrás, la estatua de la Justicia sobre el tejado de cúpula, con los ojos firmemente vendados y la balanza en alto, brillando bajo el sol de la tarde.

—No está bien, ¿sabe? —dije, mirando a los ojos del hombre que primero había arrestado y luego finalmente había sido decisivo para ayudar a limpiar el nombre de mi paciente, que sería liberado de su encarcelamiento en Ravenswood a mi regreso.

—Puede que Jack no haya matado a esas mujeres, pero eso no quiere decir que sea seguro para que se le permita vagar por las calles como si fuera igual que el resto de nosotros, porque no lo es.

—Sé lo que quiere decir, Doc, pero después de todo, y a pesar de lo que pueda pensar de él, Jack Reid es un hombre inocente.

—Sí, lo es, —respondí, —pero ¿por cuánto tiempo...?

EPILOGUE

DE LA PLUMA DE JACK THOMAS REID

Supongo que a estas alturas todos han hablado con la Doctora Ruth. Ella les habrá contado toda la triste historia de cómo llegué a ese horrible lugar. Sin embargo, tengo que decir que siempre fue todo lo amable que pudo ser en los momentos que pasamos en su oficina o en las consultas de Ravenswood. Yo intentaba ser tan educado y cortés como ella, ya que me habían educado así. Es una buena persona, la Doctora Ruth.

Debo admitir que se entristeció al verme partir. Cuando volvió a Ravenswood aquel día después de la apelación y me comunicó la noticia de mi inminente liberación, me sentí tan feliz que podría haber llorado. Bueno, de hecho, lloré, sólo un poco. La Doctora Ruth me dijo que estaba un poco descontenta de que me dieran el alta tan pronto y sin que se establecieran lo que ella llamaba las garantías "adecuadas" para mi futuro. No estaba seguro de lo que quería decir hasta el día siguiente, cuando mi abogado, el Sr. Allingham, llegó a Ravenswood con mis padres. El Sr. Allingham y la Doctora discutieron un poco cuando ella le dijo que le preocupaba que yo no recibiera los cuidados constantes que creía que necesitaba una vez que me dieran el alta. El Sr. Allingham le dijo que yo ya no era su responsabilidad y que debía alegrarse de que un hombre inocente ya no estuviera encerrado injustamente en un hospital psiquiátrico sin causa justificada. La Doctora Ruth le dijo que había muchas razones para que yo estuviera en Ravenswood, pero que los tribunales la habían desautorizado. No me enfadé con ella por su actitud hacia mí. Al fin y al cabo, a su manera se preocupaba por mí, aunque yo considerara que esa preocupación ya no estaba justificada. Al fin y al cabo, yo era inocente, ¿no?

Pronto me adapté a la vida en casa de papá y mamá. Encontrar trabajo no fue fácil debido a mi notoriedad y al hecho de que todo el mundo en la ciudad parecía saber quién era y dónde había estado. Un hombre al que no le importaba mi pasado era Dave Longbridge, el dueño del pequeño taller de reparación de coches que había a unas calles de casa. Era bien sabido que había pasado por la cárcel por asalto y agresión en su juventud, así que quizás se apiadó de mí. Me ofreció un trabajo de aparcacoches, y aunque era bastante servicial y aburrido, al fin y al cabo era un trabajo, y lo acepté de buen grado y con el tiempo he llegado a disfrutar del trabajo.

Acudo al hospital local una vez cada dos semanas, donde tengo una consulta con el Doctor Bill Redman, un agradable psiquiatra que me anima a hablar de mi pasado y de mis esperanzas para el futuro. Cree que lo estoy haciendo bien. Me asegura que cualquier conexión que mi familia haya tenido con Jack el Destripador está en mi mente, que el diario puede haber sido real pero que no hay razón para suponer que soy descendiente del Destripador o que sus genes asesinos puedan ser heredados por mí, o por cualquier miembro de mi familia. La Doctora Ruth solía decir eso, antes de convertirse en creyente. Pero entonces, ¿qué saben los llamados expertos en genética, herencia y demás? Se creen tan superiores y conocedores, pero saben tan poco cuando todo está dicho y hecho. Sólo los que tenemos el don conocemos la verdad real.

Así que, en cuanto al Doctor Redman, no le he hablado de los sueños, por supuesto. ¿Por qué habría de hacerlo? Son mis sueños y son privados, ¿no? No lo entendería de todos modos y si lo hiciera, trataría de encerrarme de nuevo. Siempre empiezan igual, con las páginas del diario de Jack el Destripador nadando ante mis ojos, las palabras poco claras pero la voz que sigue a las páginas tan clara como el día. Es realmente extraño. Recuerdo haber leído el diario cuando el tío Robert me lo dejó por primera vez, pero no recuerdo realmente los detalles que contenían las páginas, al menos no palabra por palabra, aunque sí recuerdo gran parte del significado de lo que el Destripador decía en ellas. Esa voz me mantiene despierto gran parte de la noche. Al menos, creo que estoy despierto, sobre todo cuando veo la forma del hombre que entra casi como un fantasma por la ventana de mi habitación y se sitúa ante mi cama, esperando, sólo esperando. Es como si supiera exactamente lo que estoy pensando y lo que voy a hacer con mi vida, como si formara parte de esa vida, lo cual, por supuesto, es así.

Mañana es el primer día de agosto y queda poco menos de una semana. El día 7 es un aniversario importante y tengo que empezar un nuevo trabajo, ¡un trabajo que sólo yo puedo hacer! Sabes, todo el tiempo que estuve bajo la influencia de mi tío Mark y de Michael, y durante el juicio y todo lo demás, ninguno de ellos sabía que me había dejado una página del diario en casa cuando me fui. Yo tampoco lo supe hasta que me soltaron de Ravenswood y volví a casa a vivir con mis padres. Lo encontré un día, alojado bajo el armario, donde debió de flotar y encontrarse solo, allí, en ese lugar oscuro, cuando me fui de casa con tanta prisa. A mamá nunca se le habría ocurrido mover el armario para para buscarlo. ¿Por qué iba a hacerlo? Nadie sabía de su existencia, y menos la policía. Negaron que el diario existiera hasta el final. ¿Le gustaría leerlo? Aquí está, porque este es mi destino, mi legado, mi futuro.

> *Sangre, hermosa, espesa, rica, roja, sangre*
> *venosa.*
> *Su color llena mis ojos, su olor asalta mis fosas*
> *nasales, su sabor cuelga dulcemente en*
> *mis labios.*
> *Anoche, una vez más, las voces me llamaron,*
> *Y me aventuré, a sus órdenes, a su impía*
> *búsqueda.*
> *A través de las mezquinas calles iluminadas*
> *por el gas y envueltas en la niebla,*
> *vagabundeé en la noche, seleccionado,*
> *golpeado, con la hoja que destella,*
> *Y, oh, cómo corrió la sangre, derramándose en*
> *la calle, empapando las grietas*
> *empedradas, brotando, como una fuente de*
> *rojo puro.*
> *Las vísceras goteando de las tripas rojas*
> *desgarradas, mis ropas asumieron el olor*
> *de la carne recién descuartizada. Las*
> *escuálidas y oscuras sombras de la calle*
> *me llamaron, y bajo los inclinados aleros*

> oscurecidos, como un espectro desaparecí
> una vez más en la alegre noche,
> La sed de sangre de las voces volvió a
> cumplirse, por un tiempo...
> Volverán a llamar, y una vez más merodearé
> por las calles en la noche, La sangre fluirá
> como un río una vez más.
> Cuidado con todos los que se opongan a la
> llamada, no me detendrán ni me llevarán,
> no, yo no.
> Duerme, hermosa ciudad, mientras puedas,
> mientras las voces de tu interior estén
> quietas,
> Estoy descansando, pero mi hora llegará de
> nuevo. Me levantaré en un glorioso
> festival de sangre, saborearé de nuevo el
> miedo cuando la hoja corte bruscamente la
> carne que se rinde, cuando las voces eleven
> el toque de clarín, y mi tiempo llegará de
> nuevo.
> Así que vuelvo a decir, buenos ciudadanos,
> duerman, porque habrá una próxima vez...

Entonces, ven, como les dije, tengo un trabajo importante que hacer, y no tengo mucho tiempo para prepararme. Si ven a la Doctora Ruth, por favor, salúdenla de mi parte.

Jack

Estimado lector,

Esperamos que haya disfrutado de la lectura de El Legado del Destripador. Por favor, tómese un momento para dejar una reseña, aunque sea breve. Su opinión es importante para nosotros.

Descubra más libros de Brian L Porter en https://www.nextchapter.pub/authors/brian-porter-mystery-author-liverpool-united-kingdom

¿Quiere saber cuándo uno de nuestros libros es gratis o con descuento? Únase al boletín de noticias en http://eepurl.com/bqqB3H

Un saludo,
Brian L Porter y el equipo de Next Chapter

ACERCA EL AUTOR

Brian L Porter es un autor premiado, y rescatador de perros cuyos libros también han encabezado regularmente las listas de los más vendidos. El tercer libro de su serie Mersey Mystery, *A Mersey Maiden*, fue votado como El mejor libro que hemos leído en todo el año, 2018, por los organizadores y lectores de Readfree.ly.

Last Train to Lime Street fue votada como la mejor novela de crimen en el Top 50 de los mejores libros indie, 2018. A Mersey Mariner fue votada como la Mejor Novela de Crimen en los Premios a los 50 Mejores Libros Indie, 2017, y The Mersey Monastery Murders fue también la Mejor Novela de Crimen en los Premios a los 50 Mejores Libros Indie, 2019 Mientras tanto *Sasha, Sheba: From Hell to Happiness, Cassie's Tale and Remembering Dexter* han ganado premios a la mejor obra de no ficción. Escribiendo como Brian, ha ganado un Premio al Mejor Autor, un Premio al Poeta del Año, y sus thrillers han recogido los Premios al Mejor Thriller y al Mejor Misterio.

Su colección de relatos *After Armageddon* es un éxito de ventas internacional y su conmovedora colección de poesía conmemorativa, *Lest We Forget*, es también un éxito de ventas.

¡Los perros de rescate son un éxito de ventas!

En un reciente abandono de su habitual escritura de thrillers, Brian ha escrito seis libros de venta exitosa sobre la familia de perros rescatados que comparten su hogar, y otros más.

Sasha, A Very Special Dog Tale of a Very Special Epi-Dog es ahora un éxito de ventas internacional número 1 y ganador del Preditors & Editors Best Nonfiction Book, 2016, y se colocó en el séptimo lugar en The Best Indie Books of 2016, y *Sheba: From Hell to Happiness* también es ahora un éxito de ventas internacional número 1, y ganador de premios como se detalla anteriormente. Publicado en 2018, Cassie's Tale se convirtió instantáneamente en el nuevo lanzamiento más vendido en su categoría en los Estados Unidos, y posteriormente en un éxito de ventas #1 en el Reino Unido. Más recientemente, el cuarto libro de la serie, *Penny the Railway Pup*, ha encabezado las listas de los más vendidos en el Reino Unido y Estados Unidos. El quinto libro de la serie, Remembering Dexter, ganó el premio Readfree.ly al mejor libro del año 2019. La incorporación más reciente a la serie es *Dylan the Flying Bedlington*

Si te gustan los perros, te encantarán estas seis propuestas ilustradas a las que pronto seguirá el libro 7 de la serie, *Muffin, Digby, and Petal, Together Forever*

Además, su tercera encarnación como poeta romántico Juan Pablo Jalisco le ha reportado el reconocimiento internacional con sus obras recopiladas, *Of Aztecs and Conquistadors*, que encabezan las listas de los más vendidos en Estados Unidos, Reino Unido y Canadá.

Muchos de sus libros están ahora disponibles en ediciones de audiolibros y hay varias traducciones disponibles.

Brian vive con su esposa, sus hijos y una maravillosa manada de diez perros rescatados.

Su blog está en https://sashaandharry.blogspot.co.uk/

El Legado Del Destripador
ISBN: 978-4-86747-236-1
Edición en rústica

Publicado por
Next Chapter
1-60-20 Minami-Otsuka
170-0005 Toshima-Ku, Tokyo
+818035793528

20 Mayo 2021